CE QUI NOUS CONSUME

#3 FASHION WEEK DE MILAN

KENTIN JARNO

CE QUI NOUS CONSUME

#3 FASHION WEEK DE MILAN

ROMAN

H&

HARPERCOLLINS FRANCE
83-85, boulevard Vincent-Auriol, 75646 PARIS CEDEX 13.

www.harlequin.fr

ISBN 978-2-2804-8849-5 — ISSN 2271-0256

Chapitre 1

Ophélie

À errer dans les rues de Londres, je ne prête attention à rien. Ni à l'architecture typique, ni aux volants à droite, ni aux passants pressés. Tout ce à quoi je songe, c'est Evan. Je n'arrive pas à me débarrasser de l'image de ses bras autour de cette fille qui, à quelques détails près, me ressemble beaucoup.

Serait-elle *Mygale* ? Pourquoi la serrerait-il contre lui si tel était le cas ? Ça n'a pas de sens. À moins que j'aie mal interprété le sens de la lettre ?

La culpabilité d'avoir lu ce courrier sans l'accord d'Evan me ronge, mais elle n'altère en rien mes facultés intellectuelles. Je suis convaincue d'avoir compris ce qui s'est passé entre le mannequin et la personne qui se cache derrière l'espèce d'araignée terrifiante. Je ne dois pas douter de ça.

Il est peut-être toujours sous son emprise vénéneuse. Elle lui fait du mal, mais il n'arrive pas à se détacher de ce schéma autodestructeur parce qu'il lui est familier. Après tout, il a été abandonné par ses parents. L'adulte qu'il est s'est construit avec l'idée que tout le monde finira par disparaître de sa vie parce qu'il n'est pas digne d'être aimé. Alors il s'est résigné à accepter de *Mygale* ce qu'elle peut lui offrir, même si pour trouver du réconfort, il doit souffrir davantage.

En dépit de la logique de mon discours, mon intuition me souffle que ce n'est pas ça et je n'arrive pas à la faire taire. Je suis convaincue que la fille de la gare est quelqu'un d'autre. Mais qui ? Evan n'a pas de sœur. Son seul ami est Gavin. Qui pourrait-il bien prendre dans ses bras ? Une idée amère me traverse l'esprit.

Et si Evan m'avait menti ? Et si je n'étais pas la première fille à lui évoquer quelque chose ? La brune de la gare est peut-être un amour perdu, celui qu'on rate comme un train sur un quai bondé mais qu'on n'oublie jamais.

J'ai envie de faire demi-tour, de retourner dans le hall pour les interrompre et comprendre ce qui se passe, mais je refrène cette pulsion. Débarquer comme une furie en annonçant avoir remué ciel et terre pour lire une lettre privée, puis avoir utilisé la carte Snapchat pour localiser Evan ne serait pas du meilleur effet. Il faut que je me calme et que je parle à quelqu'un…

Mes pas finissent par me conduire d'eux-mêmes à l'appartement d'Evan. Je frappe, son coloc m'ouvre. Gavin m'accueille, l'air soucieux. Ses cheveux blonds sont plus en pagaille que jamais. La simple idée de ne plus être physiquement seule me rassure. J'ai l'impression de ne pas avoir les épaules pour affronter cette situation. Les choses empirent avec le passage du temps.

Mes démons me consument. Ceux d'Evan sont enclume. Ils m'écrasent, m'oppressent, s'immiscent entre nous, nous empêchant d'effleurer le bonheur.

— Ophélie… Entre !

Gavin s'efface pour m'ouvrir la voie. Nous nous installons dans le salon, face à face. Les regards que nous nous échangeons en disent long sur la situation. Si je passe mon temps à me ronger les ongles, le grand blond ne cesse d'extérioriser sa nervosité en secouant la jambe.

Je lui tends l'enveloppe contenant la lettre de *Mygale*.

— Tu peux la remettre où tu l'as trouvée, murmuré-je.

— Tu… tu ne comptes pas dire à Evan que tu l'as lue ?

La peur me pousse à répondre « non », à mettre la poussière sous le tapis et à essayer d'avancer comme ça. Sauf que plus rien ne fonctionne. Le monde s'écroule autour de moi et la seule manière d'empêcher que tout disparaisse, c'est de prendre le taureau par les cornes.

— Si. Ça me terrifie, mais il faut que je lui parle. Merci encore de m'avoir confié la lettre, Gavin. Si tu veux, je peux lui dire que je l'ai dénichée toute seule.

Il secoue la tête.

— Je n'ai pas envie de mentir à Evan, me répond-il. C'est mon meilleur ami, Ophélie. La loyauté est tout pour moi. Je m'en veux trop pour le lui cacher.

— Paradoxalement, tu l'as trahi pour son bien. Crois-moi que ce que contient cette lettre est pire que tout ce que tu as pu imaginer.

Gavin déglutit. Il passe une main nerveuse dans sa tignasse blonde, à la recherche de ses mots.

— Tu sais où il est ?

— À la gare de Paddington. Comme ça ne me suffisait pas d'avoir lu ce courrier à son insu, je l'ai aussi traqué comme une stalkeuse.

Un rictus plein de fiel me tord la bouche.

— Qu'est-ce qu'on ne ferait pas pour quelqu'un à qui on tient ?

— Tu ne l'as pas suivi par manque de confiance ou par jalousie. Tu l'as fait pour lui parler parce qu'il va mal. Parfois, ce ne sont pas les actes seuls qui ont de l'importance, mais le motif qui se cache derrière.

— Je ne peux pas m'empêcher de penser à Jérôme quand je me comporte comme ça.

Mon ex toxique au parfum de pervers narcissique m'aura tout fait en l'espace de quelques années. L'idée même de devenir une cinglée comme lui me donne la nausée. Alors je m'accroche à la justesse des mots de Gavin. Il a raison. Je n'ai pas agi comme ça parce que je projette mon manque de confiance en moi, mais parce que Evan se noie. Je dois lui tendre la main pour qu'il sorte de l'eau.

J'ai si peur pour lui…

— Il était avec une fille, avoué-je.

Je fais taire la jalousie qui essaie de se glisser sous ma peau. Elle n'a pas sa place dans cette conversation. Je refuse de croire qu'Evan m'ait menti et qu'il voie quelqu'un d'autre. Il n'est pas comme ça.

— Une fille ?

— Un peu plus petite que moi, brune. Je n'ai pas vu son visage, juste que… qu'Evan la prenait dans ses bras.

Gavin hausse les sourcils.

— Je ne sais même pas si Evan a déjà pris une autre fille que toi dans ses bras.

— C'est ce que je n'arrête pas de me dire. Je ne comprends pas qui elle est, ni ce qu'elle vient faire dans l'équation avec M…

Je m'arrête de justesse. Le nom « *Mygale* » a failli m'échapper. Gavin ne connaît toujours pas le contenu de la lettre conservée par Evan.

— Je ne veux pas savoir, Ophélie. Je… j'ai peur de craquer. De ne pas avoir les épaules assez solides pour tenir le coup.

Je tends la main pour la poser sur son genou.

— Je comprends. Juste… je ne sais plus quoi faire ni penser, Gavin. Je suis perdue.

— Dans les moments où je suis en proie au doute, je m'accroche à ce dont je suis sûr. Ça m'aide à garder la tête froide. Malgré toutes tes interrogations, est-ce que tu as une certitude que rien ni personne ne pourrait ébranler ?

Aucune hésitation ne m'est nécessaire pour répondre :

— J'en ai bien une.

Mon cœur bat à m'en rompre les côtes.

— Je suis en train de tomber amoureuse d'Evan.

Chapitre 2

Evan

— Il y a des choses qui ne changent pas, murmuré-je.

Linda trempe sa brochette de bonbons dans un ramequin de ketchup sous mon regard écœuré.

— Comment tu arrives à digérer ça ?

— Le stress me donne des ulcères. C'est pas un peu de sauce avec des friandises qui vont me tuer…

Cette remarque assombrit l'atmosphère. Bien que nous soyons à l'abri d'un paravent dans un petit restaurant à côté de la gare de Paddington, Linda n'a pas retiré sa capuche. Des mèches brunes s'échappent du tissu violet. Ses lunettes de soleil sont posées sur la table, près des condiments.

— Tu continues à vivre comme une fugitive ?

Cette phrase m'écorche la trachée.

— Je n'ai pas le choix, Evan…

— Je sais. J'ai tenu ma promesse : je n'ai jamais parlé de toi à personne.

Linda me sourit. Elle n'a pas changé : ses joues proéminentes donnent du relief à son visage atypique. Son nez aquilin et son menton incurvé pourraient lui donner un air disgracieux, mais il n'en est rien. En elle, je lis le refuge, la sécurité et la douleur.

— Combien de temps tu restes ?

— À la fin de ce repas, je disparaîtrai.

Face à ma tristesse, elle ajoute :

— Je ne devrais même pas être là, Evan. C'est dangereux pour moi, tu le sais.

J'opine du chef, les lèvres pincées, puis déclare :

— Je suis désolé de t'avoir fait revenir.

Linda tend la main sur la table.

— Ne le sois pas ! Je l'ai juré avant que nos chemins se séparent : je serai toujours là pour toi. Si je reste en mouvement, tout ira bien pour moi. Raconte-moi tout !

Dans le désordre le plus total, je lui conte ma vie, en commençant par la phrase : « J'ai rencontré une fille ». Linda conserve le silence pour me laisser lui expliquer tout ce qui s'est passé entre Ophélie et moi. Dans sa manière de mâcher ses aliments, je revois l'enfant qu'elle a été. Le passage du temps altère beaucoup de choses, mais pas la véritable nature d'une personne.

— Tu vois ! Je t'avais bien dit qu'un jour tu trouverais quelqu'un qui ne te laisserait pas indifférent.

Son sourire m'apaise un peu.

— Par contre, tu as l'air encore plus en proie à tes émotions qu'avant. Qu'est-ce qui t'arrive, Evan ?

Mygale. Voilà ce qui m'est arrivé. L'abandon de mes parents est un cercueil duquel on m'a fait prisonnier. Ma rencontre avec *Mygale* est le dernier clou qui a achevé de le sceller.

— On m'a brisé, Linda. Une deuxième fois. Et j'ai beau essayer de m'ouvrir à Ophélie, je perds les pédales. Mes angoisses surpassent le reste, elles m'étouffent. J'ai peur qu'elles tachent tout ce qu'il y a de beau entre cette fille et moi.

Mon souffle devenu erratique bute contre mes dents, me faisant rater des consonnes.

— Respire ! m'intime Linda. Tout va bien, Evan. Toi et moi, c'est une *safe place*, comme avant. D'accord ?

J'acquiesce.

— Pourquoi est-ce que tout a empiré subitement ?

Du bout des ongles, je me gratte la barbe. Les tensions nerveuses qui dominent mon corps sont omniprésentes. J'ai chaud. J'ai froid. Je vais m'évanouir.

— Parce que je l'ai recroisée.

— Qui ça ?

— La deuxième personne qui m'a détruit. Enfin, la troisième, si on considère que mes parents étaient deux.

— Tu veux m'expliquer ce qui s'est passé ?

Je secoue la tête. J'en ai gros sur le cœur, j'ai envie que les mots sortent, mais j'ai peur de ne trouver le courage de les dire qu'une seule fois. Si tant est qu'une unique personne doive apprendre cette vérité, il doit s'agir d'Ophélie. Notre avenir dépend de sa connaissance de mon passé. Si seulement je n'étais pas aussi terrifié par le regard qu'elle portera sur moi quand elle le saura…

Je partage mes doutes avec Linda.

— Tu dois lui dire, m'affirme-t-elle. Si ça te bouleverse à ce point, c'est parce que tu sais déjà que c'est la seule solution.

— Et si elle me rejetait ? Si elle partait en courant ?

— Je ne la connais pas, je ne peux pas me projeter, Evan. Dis-toi que si ça se produit, elle n'était pas faite pour toi.

— Personne n'est fait pour moi, Linda. L'existence d'Ophélie est une bénédiction. Il n'y en aura pas d'autre comme elle. Je le sais.

— Alors accroche-toi à l'idée qu'elle te comprendra. Si vraiment cette fille est ton âme sœur, rien ne l'éloignera de toi.

— Et si jamais c'est le cas ?

Linda resserre la prise de ses doigts autour des miens. Le sucre des bonbons se colle à ma peau.

— Je serai là.

— Non. Tu vas disparaître, tu me l'as dit.

— Parce que je n'ai pas le choix, Evan. Ma liberté a un prix et j'ai accepté de le payer. Il te suffit d'un message et je viendrai à toi. Comme maintenant.

— Mais tu ne resteras pas.

— *Mais je ne resterai pas.*

Linda m'observe longuement.

— L'époque où tu avais besoin que je te tienne la main est terminée, Evan. On n'est plus les gamins qu'on a été.

— Parfois, je me sens encore aussi impuissant qu'à neuf ans, quand mes parents m'ont abandonné.

— Tu te rappelles ce que je disais de faire quand ça n'allait pas, au pensionnat ? me demande Linda.

— De penser à un rêve cher à mon cœur puis de l'imaginer comme un ballon de baudruche, récité-je, la gorge nouée.

Cette phrase fait émerger un tas de souvenirs. Même si j'ai laissé mon enfance derrière moi pour éviter de trop souffrir en y pensant, il y a eu quelques éclaircies dans mon ciel nuageux. Linda a été l'un de ces rayons de soleil qui m'ont permis de ne pas oublier l'existence de la lumière.

— Ensuite ?

— Ensuite, reprends-je, il faut… il faut respirer profondément et souffler pour gonfler le ballon. Et le rêve se réalise.

Linda me sourit et opine du chef.

— J'ai longtemps cru que ça marcherait, tu sais, avoué-je.

— Ça marche.

— Oui, mais pas comme tu me l'as fait croire. Cette méthode ne m'a jamais aidé à réaliser mes rêves. Elle avait juste pour but de calmer mon anxiété, en pensant à quelque chose de positif et en me concentrant sur ma respiration.

— C'est mon petit tour de magie à moi, murmure Linda. Et crois-moi, ça fonctionne toujours à l'âge adulte. Il suffit de continuer à y croire.

— Je n'y crois plus.

— Tu es juste bouleversé, Evan. Tant que tu auras des rêves et du souffle, la magie opérera. Parler à Ophélie te terrifie, mais tu sais comme moi que c'est la seule solution pour te sortir de cette spirale qui t'étouffe. Il faut juste que tu trouves le moyen d'être assez apaisé pour te lancer.

Linda écarte une mèche de cheveux de ses cils, puis enchaîne :

— Alors dis-moi ! Quel rêve te reste-t-il à réaliser ?

Du tac au tac, je réponds :

— Ophélie. Sans elle, rien n'a de sens.

— Quand tu frapperas à sa porte, pense à ce qu'elle t'inspire de toutes tes forces. Gonfle le ballon et je te le promets…

— Tu me promets quoi ?

— Que la peur disparaîtra. Pas longtemps. Juste assez pour que tu avoues ton secret pour la première fois de ta vie.

Chapitre 3

Ophélie

— Tu veux deux ou trois viandes dans ton taco ?

Aline note minutieusement les indications fournies par Claude sur son téléphone. Mon meilleur ami n'écoute que d'une oreille, son casque recouvrant l'autre. Ses doigts pianotent à une vitesse ahurissante sur le clavier de son ordinateur.

— Et toi, Ophélie ?

— J'ai pas changé d'avis. Une salade César, ce sera très bien.

— OK ! Je reviens au plus vite. Et la prochaine fois, ce sera à votre tour d'aller chercher à bouffer.

— C'est toi qui insistes pour jouer à pierre-feuille-ciseau alors que tu perds systématiquement, rappelé-je.

Ma collègue quitte la chambre de Claude en marmonnant un truc à propos d'un manque de chance chronique dans sa famille. Cela me fait sourire l'espace d'un fugace instant, avant que mes tourments reviennent à la charge.

— Je vais réserver nos billets de retour demain matin, indiqué-je à Claude. J'ai pas la force ce soir. Tu as une préférence sur le siège ?

— Côté fenêtre et dans le sens de la marche.

— Je ne suis pas sûre de pouvoir sélectionner cette option. On échangera nos places, si besoin. À trois, il y en aura forcément un de nous face aux autres et donc dans le bon sens.

Claude acquiesce.

— Vos vacances sont actées ?

J'opine du chef par réflexe, même s'il ne me voit pas. Les images colorées de son jeu vidéo favori défilent sur l'écran.

— Nathalie doit m'appeler. A priori elle aurait peut-être besoin d'aide à l'atelier quelques jours, pour rattraper le retard accumulé en son absence, mais rien de sûr. Sinon, je suis libre comme l'air pendant trois semaines et Aline aussi. Un peu de repos ne me fera pas de mal. Même si j'aurais aimé profiter de mon temps libre ailleurs qu'à Paris.

— De quoi tu rêves ?

De parler à Evan.

— De Séville ou de Cordoue. Je sais pas pourquoi, je pense beaucoup à l'Espagne en ce moment.

Claude ne me répond pas. Il est soudain agité sur sa souris, son nombre de clics se démultipliant. Dans ce genre de moment, je comprends vite qu'il ne faut pas troubler sa concentration. Je sors alors mon téléphone pour me perdre sur Instagram.

Au bout de vingt minutes, une étrange notification attire mon attention. Un mail dont je ne connais pas l'expéditeur m'invite à un séjour tous frais compris dans une somptueuse villa, à Milan. Quand je le raconte à Claude en ricanant, il me répond :

— Tu vois qu'on est écoutés sur nos téléphones. Tout ce qu'on dit est enregistré pour nous proposer des pubs adaptées.

— À moins que Milan se soit soudainement téléportée en Andalousie, le type qui m'écoute ferait bien d'être un peu plus attentif avant de proposer des mails d'arnaque pour me pirater.

— Qui s'est fait pirater ? demande Aline de retour dans la chambre d'hôtel chargée de sacs en papier marron clair.

Elle les dépose sur le bureau près de Claude pendant que je lui explique le charmant mail que j'ai reçu.

— Montre !

J'échange volontiers mon portable contre ma salade César. Mon ventre gargouille depuis un moment et si je ne mange rien, je vais finir par tomber à la renverse.

— T'es sûre que c'est une arnaque ? me demande Aline. Ça a l'air clean, quand même. Tout est détaillé et il n'y a pas de fautes.

— C'est juste que les escrocs s'améliorent. Une invitation à un voyage tous frais payés ? Ça n'existe pas.

— Il y a un numéro précisé. C'est un 06, ça ne coûte rien d'appeler.

— Techniquement, depuis l'Angleterre, selon les forfaits, ça peut être surtaxé, nuance Claude qui arrive à tout suivre en même temps.

Sans attendre mon aval, Aline décide de composer le numéro. Elle finit par froncer les sourcils et me tendre mon propre téléphone en murmurant du bout des lèvres :

— Ils veulent parler à Ophélie de Montmorency.

Je fronce les sourcils. Les pirates informatiques poussent le réalisme jusqu'au bout en 2023.

— Mademoiselle de Montmorency ?

— Elle-même.

— Bonjour, je suis Ginevra, de l'agence Zitti e Buoni.

Les connexions se font dans ma tête. J'ai déjà entendu parler d'eux à plusieurs reprises, au travail. Si je ne me trompe pas, ils traitent avec des personnalités gravitant autour du monde de la Haute Couture.

— Vous avez bien reçu notre e-mail ?

— Je l'ai reçu, en effet. Je vous avoue avoir du mal à y croire.

— Cela n'a rien d'une arnaque, je vous rassure. Vos frais de transport et de logement sont entièrement pris en charge par notre agence, sur invitation d'une de nos personnalités émérites. Cela comprend vos billets d'avion, le transfert vers la villa, la villa elle-même ainsi que toutes les dépenses liées au quotidien.

— Tout est gratuit ?

— Tout, mademoiselle.

— Pendant trois semaines ?

Un ricanement m'échappe. Qui croirait à une telle chose ?

— Non, pendant six jours, le temps de la Fashion Week. Pour tout prolongement, il faudrait voir directement avec la personne qui prend en charge votre venue.

Pendant six jours le temps de la Fashion Week ? La durée et le motif me paraissent plausibles et à la fois je ne comprends pas pourquoi tant de mystères sont faits.

— Et cette personne est… ?

— Je n'ai pas le droit de vous communiquer cette information.

De plus en plus étrange. Quel acteur du monde de la Haute Couture se plierait en quatre pour s'assurer de ma venue à Milan sans se faire connaître ? Je ne suis encore qu'une simple couturière et même si mon réseau s'est étendu ces derniers temps, je peine à croire que ça puisse être réel.

— Écoutez, mademoiselle de Montmorency, le mieux que je puisse faire est de vous transmettre vos billets d'avion par mail. En ce qui concerne les défilés auxquels vous êtes conviée, vous verrez les détails directement sur place.

Bien que je sois toujours sceptique, une idée me traverse l'esprit.

— Je ne serais pas seule si je venais. Il faudrait compter deux personnes supplémentaires.

— Aucun problème ! Mes indications précisent qu'il vous est possible de venir accompagnée de trois personnes maximum, moyennant quoi tout est pris en charge pour vos proches également.

Je hausse les sourcils, étonnée par cette réponse. N'ayant pas d'autres questions à poser, je raccroche puis raconte tout en détail à Claude et Aline.

— Si on cherchait à te kidnapper pour que tu rejoignes un réseau de prostitution des pays de l'Est, on ne nous aurait pas invités aussi, fait remarquer mon meilleur ami.

— Merci pour ton pragmatisme.

— Je t'en prie.

Cela dit, je me suis imaginé le pire, moi aussi. Mais qu'est-ce qui pourrait vraiment m'arriver si nous allions tous les trois en Italie ? Le fait que tout soit en rapport avec la mode crédibilise l'offre et m'intrigue. J'ai rencontré beaucoup d'acteurs du milieu depuis l'année dernière. Sans parler du fait qu'Alex Ivero ait parlé de moi. Serait-il possible que cette invitation soit authentique ?

Mon téléphone vibre. J'ouvre mes e-mails.

— Vous n'allez pas me croire… Il y a bien un billet à mon nom pour partir à Milan dans trois jours. L'agence précise d'envoyer les informations relatives à mes accompagnants pour recevoir les autres billets.

— Chelou, dit Aline. Mais je viens de vérifier sur Internet, l'agence Zitti e Buoni est authentique et réputée.

— Ça ne m'étonne pas, j'avais déjà entendu parler d'eux, affirmé-je. On sait avec qui ils travaillent ?

— Quelques noms sont dévoilés, d'autres pas. En même

temps, s'ils envoient vraiment des billets pour nous, une fois que tu leur auras filé nos infos, il n'y aura plus de raison de s'inquiéter. Une arnaque n'irait jamais aussi loin juste pour se rendre crédible.

— Je suis assez d'accord avec toi, mais tu trouves pas bizarre qu'on refuse de me dire qui nous invite ?

— Pas forcément. C'est sûrement une manière de te surprendre à ton arrivée là-bas.

— Reste à savoir qui voudrait me surprendre et pourquoi…

Je n'ai pas le temps de me pencher davantage sur la question qu'on frappe à la porte. Claude se tourne vers Aline et moi.

— Vous pouvez ouvrir ? Je peux pas décoller de l'écran, là. Et puis, je n'attends jamais personne. C'est forcément pour vous.

Aline et moi échangeons un regard.

— Ah non ! J'ai déjà perdu au pierre-feuille-ciseau, c'est toi qui gères la porte.

Résignée, je capitule. Juste avant d'ouvrir, je cale une mèche de cheveux derrière mon oreille. Si j'avais su qui se trouvait de l'autre côté, je me serais regardée dans le miroir d'abord. Car face à moi se tient Evan, grand, beau et triste. Il porte toujours la même tenue, un T-shirt noir à manches courtes et un jean de la même teinte.

Ses yeux vairons m'apparaissent plus assombris que jamais. Mes jambes flageolent. Une partie de moi pensait que je ne le reverrais jamais. Ou qu'il se contenterait de m'envoyer un message pour me dire que rien n'est possible entre nous et qu'il vaut mieux emprunter des chemins séparés. Pourtant, je n'aurais jamais accepté de prendre le train pour rentrer en France sans m'être confrontée à lui.

Je ne m'attendais pas à deux choses : que la confrontation intervienne aussi vite et qu'il en soit à l'origine.

— Ophélie, murmure-t-il. Je… je me doutais que je te trouverais là. On peut se parler ?

Chapitre 4

Evan

Ophélie est assise sur le bord du lit de sa chambre d'hôtel. Nous avons quitté celle de Claude afin de nous isoler. J'aimerais m'asseoir près d'elle mais je ne tiens pas en place. Je viens déjà de passer deux heures les fesses vissées sur la chaise d'un restaurant avec Linda. J'ai besoin de me dégourdir les jambes, ne serait-ce que pour juguler la nervosité qui me parcourt.

Le silence domine depuis dix minutes. Nous fuyons le regard de l'autre, chacun cherchant à prendre la parole sans vraiment y arriver. C'est finalement elle qui y parvient.

— Evan, je dois t'avouer un truc. Deux même.

Les mains fourrées dans les poches de mon jean, j'opine du chef. Atermoyer reste une forme de soulagement à laquelle je me raccroche.

— Je t'écoute.

Cette fois, mon regard s'arrime à son doux visage. Le maquillage clair qu'on lui a appliqué pour le défilé Alex Ivero n'a pas bougé. Cette journée me semble interminable. Et la conversation qui s'annonce contribue à distordre le temps.

Vivement demain, que je mette cette journée derrière moi.

Ophélie fixe le néant puis, d'une voix blanche, elle me dit :

— J'ai lu la lettre.

Mon sang se glace. Pétrifié, je me répète ces mots, encore et encore, jusqu'à réussir à leur trouver un sens.

— J'ai lu la lettre de *Mygale*, précise Ophélie après s'être raclé la gorge. Je t'ai aussi suivi jusqu'à la gare où je t'ai vu avec cette fille. Et maintenant, j'ai peur que tu me prennes pour une grosse cinglée jalouse alors que la seule raison pour laquelle j'ai fait ça, c'est que j'ai peur pour toi. Alors oui, ça ne justifie pas ce que j'ai fait. Je n'aurais pas dû agir dans ton dos, je m'en veux à mort pour ça. Et à la fois, vu ce que j'ai découvert, je me dis que je ne pouvais pas rester dans l'ignorance plus longtemps…

Elle a débité ses phrases les unes à la suite des autres, sans respirer. À court de souffle, Ophélie s'arrête, sa poitrine s'élevant et s'abaissant à un rythme irrégulier.

Les émotions se bousculent dans mon corps. Je ne les identifie pas, mais je sais qu'elles sont nombreuses et douloureuses.

— Je ne suis peut-être pas en posture de poser des questions, mais je vais le faire quand même, poursuit Ophélie tout bas. Qui est *Mygale*, Evan ? Et qui est cette fille avec qui je t'ai vu à la gare ? Sache que tu es en droit de ne pas me répondre et de ne plus vouloir me voir. Je… je comprendrai. Je ne ferai pas de vagues.

Lentement, les jambes tremblantes, je me dirige vers le lit et m'assieds près d'Ophélie. J'ai envie de lui hurler dessus, mais pas parce qu'elle a agi sans mon accord. J'ai envie de lui hurler dessus, car elle connaît une partie de la vérité et que ça me terrifie de devoir m'y confronter. Ce serait tellement plus simple de péter les plombs et de ne plus lui adresser la parole.

Mais ce serait aller à l'encontre de ma démarche. Si je me suis présenté à la porte de la chambre de Claude, c'est parce que Linda a raison. Je le savais déjà. J'avais juste besoin de l'entendre à afin d'obtenir l'électrochoc nécessaire pour me permettre d'agir.

Je ne peux plus reculer. Il est temps.

— Cette fille s'appelle Linda. Je l'ai rencontrée au pensionnat où m'ont abandonné mes parents. C'était la seule qui faisait attention à moi.

— Alors tu m'as menti quand tu disais que j'étais la première à t'évoquer quelque chose ?

Mon cœur se presse. Je secoue la tête.

— Non. Linda, c'est comme Gavin. Toi, Ophélie, tu es la seule à me faire ressentir des trucs forts. La seule, et la première.

Ses lèvres s'entrouvrent. Sa main s'approche de ma joue pour la caresser tendrement. Je ferme les yeux pour profiter de la douceur de ce contact.

— Pourquoi tu ne m'as jamais parlé d'elle ?

Son ton est sans reproche, empreint d'une curiosité fébrile.

— Avant d'arriver au pensionnat, où elle a été en sécurité quelques années, Linda a grandi dans une secte.

La bouche d'Ophélie s'entrouvre. Je déglutis, puis poursuis :

— Ces gens ne sont pas du genre à laisser leur échapper qui que ce soit. Elle est toujours en fuite, ne reste jamais au même endroit.

— La pauvre, ça doit être horrible de vivre dans l'angoisse permanente d'être retrouvée…

J'opine du chef.

— J'ai pris l'habitude de taire son existence pour la protéger. Et paradoxalement, je l'ai mise en danger volontairement en l'appelant. Mais je ne savais plus quoi faire, je me sens si mal…

Ophélie cherche ma main pour venir y glisser la sienne. La chaleur de ses doigts se diffuse sous ma peau.

— Je ne sais pas ce que tu ressens, Evan, mais tout est légitime. Sache juste que tu n'as pas à avoir honte ni à être gêné. Tu peux tout me dire, ce que tu représentes à mes yeux ne changera pas.

Mon cœur s'émiette. Ces mots, j'ai rêvé de les entendre de la bouche d'Ophélie. Une partie de moi ne doutait pas qu'elle les penserait, mais l'autre était terrifiée. Elle l'est toujours. Avouer le secret que je porte comme une croix depuis des années me paraît inenvisageable. Je m'étais juré d'enterrer ça au plus profond de moi sans jamais l'admettre à haute voix.

Malheureusement, le traumatisme est de plus en plus vivace. J'ai d'abord fui la réalité, et comme ça ne fonctionnait pas, j'ai commencé à faire l'inverse. J'ai pris l'habitude de lire la lettre, encore et encore, pour me faire du mal quand je n'arrivais pas à gérer autre chose. C'était ma manière d'utiliser mes propres failles à mon service. Sauf que ça ne fonctionne plus, le contrôle m'échappe.

— Tu le sais déjà, Ophélie. Si tu as lu la lettre…

— J'ai besoin de l'entendre, Evan. Et… je crois que toi, tu as besoin de le verbaliser.

Nous restons un long moment dans le plus grand des silences. Je ne sais pas ce qui me donne finalement l'impulsion pour me lancer.

— J'ai été… enfin, non. Les mots ont un sens et un poids. Je ne suis pas le sujet de cette phrase.

Je déglutis, la gorge nouée.

— On m'a… on m'a violé.

Ophélie frémit contre moi. Sa main tremble dans la mienne,

alors je serre pour la stabiliser. Une larme roule sur sa joue. Sur la mienne aussi, je crois. J'ai mal dans la poitrine, dans la tête, dans le ventre. C'est étrange, des images m'apparaissent. On m'enfonce des clous rouillés dans la peau. On déchire ma chair comme un vulgaire bout de tissu.

— J'avais vingt-trois ans. Ça faisait quelque temps que je défilais pour des marques, j'ai fait confiance à la mauvaise personne. C'était une femme, Ophélie. *Mygale* est une femme.

Les larmes dévalent les joues d'Ophélie. Les miennes se sont calmées. La souffrance s'est généralisée dans mon corps, mais elle ne passe plus par mes yeux.

— Je suis tellement désolée de ce qui t'est arrivé, Evan. C'est… c'est abject.

— Tu me crois ?

Ophélie écarquille les yeux.

— Évidemment que je te crois. Il ne me viendrait jamais à l'esprit de remettre en doute ta parole. Tu avais peur de ça ? C'est pour ça que tu as toujours gardé ça secret ?

— J'ai honte. Un homme violé par une femme… personne n'en parle. Dans l'inconscient collectif, ça paraît impossible. Et pourtant… elle a abusé de moi. J'étais alcoolisé, elle avait du pouvoir. Elle m'impressionnait, me parlait de toutes les portes qu'elle pouvait m'ouvrir et de toutes celles qu'elle pourrait me fermer, si je n'étais pas docile.

Ma salive s'épaissit. La bile remonte dans mon œsophage à mesure que les souvenirs affluent. J'entends encore distinctement la voix de *Mygale* qui susurre près de mon oreille. Un frisson de dégoût me traverse.

— La honte doit changer de camp, murmure Ophélie. Ce n'est pas juste un slogan. J'ai mal de savoir qu'une telle horreur t'est arrivée, et j'ai mal de me dire que tu n'as jamais pu en parler parce que la société a bâti l'image des hommes comme des rocs insensibles et pseudo-virils. J'ai mal de me dire que tu as été réduit au silence par peur de te sentir humilié si les gens savaient qu'une femme t'a violé. Parce que ce genre d'acte n'est pas un concours de force physique. C'est tellement plus subtil, tellement plus… vicieux.

Ses mots, aussi difficiles soient-ils à entendre, me procurent une forme d'apaisement. Ils représentent tout ce que j'ai toujours pensé, tout en étant terrifié que personne d'autre n'ait le même avis que moi.

— Le tatouage sur ton épaule… c'est en rapport avec ça ? me demande Ophélie d'une toute petite voix.

J'opine du chef.

— Ce jour-là, dans son bureau, elle m'a appuyé sur l'épaule, à l'endroit exact où il y a l'encre, pour m'obliger à me mettre à genoux. Pour la… pour la…

Les mots m'échappent. Ma gorge a tellement enflé qu'elle empêche le passage de l'air.

— Elle m'a forcé à lui lécher les parties intimes.

La main d'Ophélie s'échappe de la mienne pour se plaquer contre sa bouche. Son regard horrifié me brise. En éloignant sa paume, elle murmure :

— Je comprends mieux ton rapport biaisé au sexe et pourquoi tu ne voulais pas pratiquer le…

Elle n'achève pas sa phrase, c'est inutile. L'idée même de me retrouver dans une posture où je dois offrir un cunnilingus à une femme me déchire la poitrine. Je me sens projeté des années en arrière, dans ce bureau luxueux où ma détresse s'est répandue au sol sur un tapis de créateur, comme une flaque de sang s'exfiltre d'un homme blessé par balle.

— Evan, je suis tellement désolée.

— Tu n'y peux rien.

— Si seulement j'avais su comprendre plus tôt…

— Tu ne pouvais pas. Je l'ai toujours caché, Ophélie. Ne t'en veux pas. C'est mon fardeau, pas le tien.

Elle secoue la tête.

— C'est peut-être ton fardeau, mais je le porterai avec toi. Si tu veux de moi…

Une vague de chaleur converge vers ma poitrine. J'opine alors du chef, incapable d'articuler un mot.

— Je peux te poser une autre question ? me demande Ophélie.

Je lui fais signe que oui.

— Pourquoi tu t'es fait tatouer cette araignée ? Et pourquoi tu as gardé la lettre ?

Je prends une grande inspiration, puis révèle :

— La vérité, c'est que j'ai essayé de faire semblant que tout ça n'avait pas existé. Et mon corps me l'a rappelé, chaque jour un peu plus fort. Alors j'ai adopté la méthode inverse : j'ai fait graver le symbole de mon agression, là où elle a commencé, sur ma peau. Et j'ai pris l'habitude de lire cette lettre pour apprivoiser ma propre douleur. Pour recouvrir les émotions que je n'arrivais pas à gérer.

Un poids s'envole de ma poitrine. Une violente névralgie se répand partout ailleurs, mais je ne regrette pas d'avoir pris la parole. J'aurais dû le faire il y a longtemps, si seulement j'avais trouvé la force plus tôt.

— Je suis désolé d'avoir été distant, de m'être isolé. J'ai voulu te parler plus tôt mais je n'y arrivais pas, alors je me suis isolé. Mais j'ai peur de te perdre, Ophélie. Tu comptes tellement pour moi, tu n'as pas idée… te voir sortir de ma vie m'est encore plus insoutenable que révéler mon secret. Voilà à quel point tu es différente des autres. Voilà en quoi tu es la seule à m'évoquer quelque chose.

Ophélie s'essuie le coin de l'œil puis m'entoure de ses bras pour me serrer contre elle. Je me niche dans son cou, m'oubliant un instant dans l'odeur sucrée de son parfum enivrant.

— Tu ne me perdras pas, Evan. Jamais ! Je serai toujours là pour toi, je t'en fais la promesse.

Je raffermis ma prise autour d'elle.

— Il me reste une dernière question.

Je sais.

— Qui est *Mygale*, Evan ? Qui est cette femme qui t'a agressé ? Est-ce que… je la connais ?

Le cœur gros, j'envisage toutes les possibilités. *Non.* Je ne peux pas divulguer son identité, les conséquences seraient trop lourdes. Pour moi, comme pour Ophélie. Parce que oui, elle connaît le monstre qui s'en est pris à moi. Et si elle découvre de qui il s'agit, je doute qu'elle parvienne à agir normalement en sa présence. Je ne veux pas qu'elle mène une vendetta à ma place. Elle pourrait briser sa réputation et sa carrière. *Mygale* a détruit trop de choses, je ne la laisserai pas en plus dérober le rêve d'Ophélie.

C'est mon combat, c'est à moi de le mener et à personne d'autre.

— Je suis désolé, mais je préfère le garder pour moi. J'espère que tu me comprendras. Je veux juste… passer la nuit avec toi, sans penser à autre chose. J'ai la tête pleine. Il faut que je dorme.

Ses traits crispés en disent long sur sa volonté de creuser. Pourtant, elle finit par capituler en me répondant :

— Ne t'en fais pas. C'est ton histoire, ta décision.

Tout habillés, nous nous couchons sur le lit, l'un contre l'autre. J'ai l'impression d'analyser sa respiration des heures durant, avant qu'enfin mes paupières s'alourdissent. À l'instant même où je sombre, une image m'apparaît.

Mygale.

Chapitre 5

Ophélie

Après une nuit à cogiter, j'ai dû finir par m'endormir, car un rayon de lumière me tire du sommeil. Je bats des cils pour retrouver une vision claire, mes idées se remettant en place dans le même temps. Evan dort toujours près de moi, son bras passé autour de ma taille par-dessus le drap. Sa respiration régulière m'apaise. Au moins, au pays des songes, ses noirs cauchemars ne peuvent pas le poursuivre. Enfin j'espère…

Il a pris deux cachets pour arrêter de réfléchir et pouvoir fermer l'œil. Son état psychologique s'est tellement dégradé ces derniers jours qu'il était temps qu'il fasse quelque chose pour se déconnecter. J'ai espoir que cette nuit complète et ses révélations de la veille seront le premier pas vers sa guérison.

Je n'arrive toujours pas à me remettre de ce qu'il m'a dit. J'ai eu beau l'avoir compris en lisant la lettre de *Mygale*, l'entendre de sa bouche m'a remplie d'effroi. À essayer de me mettre à sa place, je cherche encore comment on peut se relever d'une telle épreuve. Sa force de résistance et sa résilience me poussent à l'admirer plus que jamais. Il a sûrement hésité à me dire la vérité de peur que je le prenne en pitié ou que mon regard change.

Le premier cas de figure ne se produira pas et si le deuxième au contraire devenait réalité, cela n'aurait rien de négatif.

En Evan, je perçois un guerrier. Celui qui s'est relevé de l'abandon de ses parents parce qu'ils ont rejeté sa différence. Celui qui a subi un viol par une figure emblématique du milieu de la Haute Couture et a continué d'avancer malgré tout.

Mygale. Je ne sais pas qui se cache derrière ce mot, mais je me promets de le découvrir. Le jour où je mettrai la main sur cette personne, je lui ferai regretter amèrement d'être venue au monde. Un brasier ardent brûle au creux de mon ventre et il n'a rien à voir avec la proximité du corps parfait d'Evan. Il est la manifestation d'une rage qui menace de tout calciner sur son passage. Un seul désir m'anime : venger le garçon dont je tombe amoureuse. Le crime qui l'a détruit ne peut pas rester impuni.

La question demeure : comment démasquer *Mygale* ? Evan a ses raisons pour ne pas me le dévoiler. Déjà parce que avouer la situation est un pas énorme. Je comprends qu'il n'ait pas voulu faire un second pas qui l'aurait peut-être mis à terre. Et ensuite, j'ai bien compris que *Mygale* faisait partie de notre monde. Pour que cette femme ait profité de lui, c'est qu'elle possède une certaine influence. Bon sang ! Si ça se trouve… je la connais.

La nausée me secoue l'estomac. Et si je lui avais déjà parlé ? Et si j'avais ri avec elle ? Et si j'éprouvais de l'estime à son égard ?

En proie à un élan de panique, je m'extirpe du lit sans un bruit pour ne pas réveiller Evan. Je récupère mon portable sur la table de chevet puis je passe dans la pièce d'à côté. En veillant à ce que mes talons ne martèlent pas trop fort le sol, je fais les cent pas pour me calmer.

Il faut raisonner avec logique. Je ne suis qu'une simple couturière chez Alex Ivero. J'ai rencontré des acteurs du monde de la Haute Couture, mais statistiquement, j'en connais bien peu en réalité. Les chances que *Mygale* me soit familière sont donc limitées.

Et pourtant… j'ai comme un mauvais pressentiment. Celui que toutes les raisons d'Evan d'occulter son identité sont peut-être légitimes… mais qu'elles ne sont en réalité que l'arbre qui cache la forêt. J'ai l'impression que la seule raison pour laquelle il a refusé de se confier jusqu'au bout, c'est parce que je la connais. Et parce qu'il craint que mon attitude change, que je fasse une connerie, peut-être. Que j'aille trop loin et qu'il ne sache pas comment réagir.

J'ai beau retourner les données dans tous les sens, je ne parviens pas à une autre conclusion. Celle-ci m'obsède.

La culpabilité d'avoir lu la lettre à l'insu d'Evan me ronge. Je ne veux pas insister pour qu'il me révèle qui est *Mygale*, j'ai déjà dépassé les bornes. Je dois trouver un autre biais…

Soudain, mon téléphone vibre dans ma paume. *Nathalie*. Je sors sur le palier pour répondre sans réveiller les garçons.

— Ophélie ! J'ai essayé de te joindre hier soir, tu devais être occupée.

Occupée. C'est un euphémisme à ce stade, quand on sait ce qui s'est passé la veille.

— Tes vacances commencent maintenant et pour trois semaines, me dit-elle. Il en va de même pour Aline, j'ai réussi à l'avoir tout à l'heure.

— Tu ne voulais pas les repousser d'une semaine pour qu'on t'aide à l'atelier ?

Durant le laps de temps où nous sommes venues à Londres pour la Fashion Week, Nathalie n'a pas arrêté de se ronger les sangs avec les problèmes accumulés à Paris. Elle a laissé l'atelier aux mains de Lisa et Charlène qui n'ont visiblement pas trouvé le moyen de bosser ensemble pour que tout roule. Les bourdes se sont additionnées et il était question que la directrice nous demande d'attendre un peu avant de prendre nos vacances pour redresser la barre.

— C'était le projet, mais j'ai reçu un coup de fil entre-temps. Quelqu'un est intervenu pour que tes congés prennent effet immédiatement.

— Quelqu'un ? demandé-je, intriguée.

Qui a bien pu se mêler de la gestion de mon emploi du temps ? Ce serait du Jérôme tout craché, mais je l'ai dégagé de ma vie. Ma mère aurait bien été du genre à s'occuper de ce qui ne la regarde pas, mais notre relation est complexe en ce moment. Nous marchons toutes les deux sur des œufs, je doute qu'elle se soit permis un truc pareil.

— Tu es en train de te tailler une sacrée place dans le milieu, Ophélie. Ce *quelqu'un* tient absolument à ce que tu viennes à Milan pour la Fashion Week. Tu sais que je crois en toi et que nombreuses seront les personnes qui te mettront des bâtons dans les roues. Je ne serai jamais de celles-là.

Une vague de chaleur converge vers ma poitrine. Des milliers d'interrogations se bousculent dans ma tête. Que veulent dire tous ces mystères ?

— Profite bien de ce voyage et on se retrouve en septembre à Paris.

Avant même que je puisse poser des questions, elle raccroche. Ce coup de téléphone et ces billets d'avion n'ont visiblement rien de *fake*. Si Nathalie me le confirme, il n'y a aucun doute à avoir. Une question demeure : qui aurait assez de pouvoir pour se permettre de demander à ma directrice de me libérer, afin de s'assurer de ma venue ?

En regagnant l'appartement, je sursaute en découvrant Evan, vêtu de ses habits froissés de la veille, les paupières gonflées et l'air encore endormi. Il bâille et s'étire, puis me dit :

— Je ne t'ai pas entendue te lever. J'ai cru que…

Il se frotte la nuque, mal à l'aise.

— … que peut-être tu serais partie.

Je secoue la tête.

— Je ne te quitte pas, Evan. Je te l'ai promis : quoi qu'il arrive entre nous, tu me trouveras toujours à tes côtés.

Je jette un œil en direction de la porte de la chambre de Gavin puis ajoute tout bas :

— Tes révélations d'hier m'ont ébranlée, même si j'avais lu la lettre. Mais en aucun cas ça ne change l'image que j'ai de toi. D'accord ?

Je m'approche de lui d'un pas lent. Il m'observe de ses yeux vairons, véritables pierres précieuses dont je brûle de revendiquer la possession.

— Tu es une victime, Evan. Ce mot ne véhicule aucune honte. C'est *Mygale* qui doit ressentir ça. Pas toi !

— Je sais tout ça, me dit-il de sa voix mal réveillée.

Elle paraît encore plus grave que d'ordinaire.

— C'est juste que parfois, c'est dur de s'y accrocher. Les gens ne pensent pas tous comme ça. Les mentalités sont loin de refléter ton état d'esprit, Ophélie. Et c'est ça qui me terrifie.

Il s'assoit sur le canapé et je me love contre lui.

— Qu'on ne me croie pas ou qu'on remette en doute mon consentement. Qu'on se dise qu'en fait j'en avais envie mais je n'assume pas. Que je veux juste attirer l'attention. Que c'est impossible pour un homme de se faire violer par une femme.

Le nœud autour de mon estomac se resserre. Je serais prête à pulvériser des montagnes et déclencher un cyclone si j'entendais de tels propos.

— Moi, je te crois, Evan. Je te crois. Et je répéterai ces mots autant de fois qu'il le faut pour que tu n'en doutes jamais.

Il se penche vers moi pour me dérober un baiser. Le contact de ses lèvres sur les miennes m'arrache un frisson.

— Tu garderas mon secret ? me demande-t-il. Personne ne doit être au courant, je… je ne suis pas prêt. Ça bouillonne en moi, j'ai l'impression qu'à tout moment je pourrais me mettre à crier ma vérité en pleine rue. Et à la fois, je n'imagine même pas prononcer les mots que je t'ai dits une seconde fois. Ce serait trop dur…

D'un mouvement félin mais lent, pour ne pas brusquer Evan, je m'étends davantage sur lui pour qu'il me prenne dans ses bras. Blottie contre sa poitrine, je murmure :

— Promis, je garderai ton secret.

— Je peux te poser une question ?

— Vas-y.

— Tu crois qu'on sera heureux, un jour ?

Mon cœur s'emballe.

— Individuellement ou ensemble ? demandé-je.

— Individuellement. Tu sais, même si j'ai toujours peur de ne pas être capable de te rendre heureuse, je n'ai aucun doute sur le fait que toi, tu me rendras heureux, Ophélie. Reste à savoir si on arrivera à s'affranchir de nos ténèbres respectives.

Chacun à notre manière, Evan et moi luttons contre nos démons. Sauf que j'ai à présent une vue d'ensemble sur les siens, là où lui n'a pas encore découvert l'intégralité des miens… Je sais qu'il a des doutes, puisqu'il a surpris les regards que je jette à mon corps dans les moments où je m'aime le moins. Je ne suis toutefois pas certaine qu'il ait saisi ce qui se cache derrière.

L'idée de me confier à lui m'effleure l'esprit, mais Evan a suffisamment à faire. Je ne veux pas être un fardeau pour lui. Il a besoin d'une Ophélie solide capable de lui servir de point d'ancrage, pas d'un boulet à la cheville qui l'entraîne vers les profondeurs insondables d'un océan déterminé à le noyer.

— On y arrivera, assuré-je.

Si j'en suis si certaine, à quoi riment les trémolos dans ma voix ? Evan raffermit la prise de ses bras autour de moi. La chaleur de son étreinte me procure un apaisement progressif. Je pourrais presque me rendormir, si seulement l'invitation mystérieuse laissée en stand-by ne m'obsédait pas en arrière-plan.

— Milan, toi et moi, quelques jours : ça te tente ?

Même si je ne peux voir le visage d'Evan, puisque je suis pressée contre sa poitrine, je devine que ses sourcils sombres se froncent. J'explicite alors le mail et le coup de fil avec l'agence, puis l'intervention de Nathalie.

— Intrigant tout ça, admet-il. Tu crois que c'est Alex Ivero ?

— Je ne pense pas. Il est en France, actuellement. Je n'ai pas entendu dire qu'il avait l'intention d'aller à la Fashion Week de Milan. Et en même temps, ça expliquerait beaucoup de choses, si ça venait de lui.

— En tout cas, je n'ai aucun projet pro ces prochains jours. Alors je te suivrai au bout du monde, Ophélie, pourvu qu'on soit ensemble. Et puis, Milan est une ville romantique. J'imagine un lit à baldaquin dans un hôtel luxueux, une bouteille de champagne, une mélodie au violon…

— Bon, il y aurait aussi Aline et Claude.

— Dans notre lit ?

Craignant qu'il ait pris ma réponse au premier degré, je me redresse pour découvrir l'air espiègle qui fait briller ses prunelles.

— Je rêve ou tu viens de faire un trait d'humour ?

— Et sans ton code couleur, précise-t-il. T'as vu, je m'améliore.

La fierté attendrit ses traits. Je ne peux m'empêcher de déposer mes lèvres sur sa fossette de menton, puis sur ses lèvres pleines. Je les couvre de baisers jusqu'à ce qu'elles soient si gonflées que j'aimerais m'y souder pour l'éternité.

— Ophélie ?

— Oui ?

— Je vois bien qu'il y a un truc que tu ne me dis pas.

Sous le feu des projecteurs symbolisés par la splendeur de ses yeux, je me sens mise à nu. Il y a plusieurs choses que je ne lui dis pas, pour des raisons variées.

— Ça a un rapport avec le fait que tu m'aies suivi jusqu'à la gare ?

En effet, ça fait partie du lot.

— Je n'ai pas envie que tu me prennes pour l'une de ces folles qui pourrissent la vie de leur partenaire. Je me suis sentie comme Jérôme et ça me rend malade rien que d'y penser.

— Évidemment, je vais pas te dire que ce que tu as fait est bien et d'ailleurs, ça m'a mis en colère sur le coup. Si ça peut éviter de se reproduire, je préférerais. Mais je sais aussi que tu as agi pour me protéger. Par inquiétude. Alors je ne t'en veux pas.

— Il n'y a pas que ça. J'ai ressenti une jalousie terrible envers Linda. J'ai cru que peut-être je n'étais pas la première, que je ne te suffisais pas.

— C'est ma faute, OK ? Je me suis complètement fermé

parce que mon secret m'obsédait. Je voulais m'ouvrir à toi mais je n'arrivais pas à faire sortir les mots. J'ai agi de manière étrange, je comprends que tu aies pu t'inventer mille et un scénarios. Je te promets d'œuvrer au mieux pour communiquer clairement.

Ma main glisse le long de son avant-bras pour trouver ses longs doigts charpentés que je rêve de sentir en moi. Je refrène toutefois ce désir brûlant, laissant à Evan le soin de venir vers moi s'il a envie que nous fassions l'amour. Compte tenu de son histoire, je ne veux pas le brusquer, alors je lui laisse les pleins pouvoirs.

— Tout va bien entre nous, alors ? demandé-je pour être sûre.

— Je crois qu'on a tous les deux des choses à gérer de notre côté. Mais pour notre… *couple*, oui tout va bien.

La pause qu'il a marquée avant d'énoncer le mot « couple » me fait sourire. Son manque d'expérience le rend candide et craquant. Si j'estime avoir une chance immense d'être en train de tomber amoureuse de ce garçon, ce n'est rien comparé au fait de savoir mes sentiments réciproques.

Être aimée de lui est la plus belle chose qui pouvait m'arriver.

Chapitre 6

Evan

— En plus de devoir payer mon billet tout seul, je me tape une ceinture défaillante ? grommelle Gavin. Génial ! Il manquerait plus qu'une turbulence abîme mon visage parfait.

— Désolée, insiste Ophélie. L'invitation comprenait trois personnes en plus de moi et j'ai pas osé appeler pour parler d'une quatrième.

Installé entre Gavin et Ophélie sur une rangée de trois, j'observe les deux alterner chamailleries et explications. La mystérieuse invitation me tourmente. Une partie de moi ne peut s'empêcher de penser que c'est *Mygale* qui est derrière tout ça et qu'elle essaie de m'atteindre en utilisant Ophélie. Et à la fois, je sais que ce n'est qu'une manifestation de ma paranoïa. Personne ne sait publiquement que nous sommes en couple. Comment la femme qui a détruit ma vie aurait-elle pu obtenir cette information ?

Ça n'a pas de sens.

Ce n'est pas ma raison qui s'exprime, mais mon anxiété. Elle s'imagine des tas de scénarios catastrophes, par anticipation, comme si cela pouvait me protéger de deviner à l'avance ce qui allait se produire.

Mygale n'a rien à voir avec ce séjour à Milan. Il faut que je calme mes angoisses.

— C'est trop bizarre d'inviter des gens sans dévoiler son identité, non ? souligne Gavin.

Aline, sur la rangée de devant aux côtés de Claude, se retourne.

— Pas forcément. Il existe des gens vraiment généreux qui cherchent à faire plaisir sans en retirer les lauriers, tu sais ?

— Enfin, tu admettras que le contexte est particulier. Une couturière et créatrice sur son temps libre invitée pendant la Fashion Week femme de Milan, ça n'a rien de désintéressé.

Aline se mordille l'intérieur de la joue puis se tourne tant bien que mal vers Ophélie.

— Gavin n'a pas tort. Je suis tout excitée à l'idée de découvrir qui t'a conviée. Je suis sûre que ça sent bon pour la suite de ta carrière.

— Tu crois ? demande Ophélie, incertaine.

Son manque de confiance en elle me tue. Détenir autant de talent et avoir du mal à y croire en continu est un véritable fléau. Tant que je serai à ses côtés, j'empêcherai cette fille de douter. J'en ferai ma mission de vie.

— J'en suis même certaine.

Ophélie opine distraitement. Elle a noué ses cheveux bruns dans une queue-de-cheval à la va-vite lui conférant un air négligé qui sort de l'ordinaire sans rien retirer de son charme. La douceur de sa peau m'appelle. J'ai envie d'en découvrir chaque millimètre du bout des lèvres et à la fois, je suis terrifié par le traumatisme du viol. Perdu entre le désir que j'éprouve pour cette fille et la crainte de ressentir à nouveau un mal-être aigu, je ne sais pas comment faire.

— C'est la deuxième fois que je prends l'avion, intervient Claude, coupant court à la conversation. J'ai peur d'être malade. En plus, ils ont foutu Shakira dans la soute.

La passion du meilleur ami d'Ophélie pour son putois empaillé me fascine. Cela donne froid dans le dos à tout le monde, mais lui s'avère guilleret de le trimballer partout où il peut comme s'il s'agissait d'une peluche.

— Tu sais que je ne peux plus danser sur *Hips Don't Lie* sans penser à ton raton laveur, maugrée Gavin.

— Moi non plus, renchérit Ophélie.

— C'est un putois, corrige Claude. Si vous faisiez abstraction du fait qu'il est mort et empaillé, vous aussi vous l'adoreriez. Le poil est si doux…

— On a tous des passions cheloues, nuance Aline. Moi, j'adore m'arracher les poils des jambes avec les ongles et les brûler avec un briquet. L'odeur est bizarre, mais ça me distrait.

Gavin interpelle l'hôtesse de l'air et demande :

— Excusez-moi, il est encore temps de descendre ?

— Non, monsieur. Le décollage est imminent. Sauf cas de force majeure comme une urgence médicale, je vous demanderai de rester bien assis et de vérifier que votre ceinture est attachée.

Inquiet, je m'apprête à demander à Gavin ce qui ne va pas, quand Ophélie et Aline éclatent de rire. Perplexe, je me creuse la tête pour comprendre ce qu'il se passe. Du bout des lèvres, la brune murmure « bleu ». Le code couleur que nous avons mis en place émerge aussitôt.

Bleu = second degré (plutôt positif).

Gavin ne souhaitait pas vraiment descendre parce qu'il ne va pas bien, il s'agissait sûrement d'un trait d'humour pour amuser la galerie. À remettre les éléments dans l'ordre, j'en déduis que c'est en réaction aux passions bizarres de Claude et Aline. Après tout, ces deux-là ont raison, nous cultivons tous des marottes à faire pâlir notre voisin. Combien de fois me suis-je flagellé en relisant la lettre de *Mygale* ? Si les gens le savaient, ils me trouveraient encore plus étrange que de nature. Je ne suis déjà pas l'archétype du mec lambda…

À songer de nouveau à *Mygale*, l'inquiétude surgit au creux de mon ventre. Il y a des chances pour qu'elle soit présente à la Fashion Week de Milan. Une partie de moi a envie de l'éviter au possible. Je pourrais laisser Ophélie assister aux défilés et faire autre chose au cœur de la ville pendant ce temps. Seulement, l'autre partie me pousse à la confrontation. Pourquoi devrais-je courber l'échine devant ce monstre ? J'ai envie d'aller au-delà de la peur et du dégoût qu'elle m'inspire.

Pourtant, ses paroles sont encore très claires dans ma tête. Tout en enrobant ses mots dans de l'édulcorant, elle m'a insufflé des menaces qui m'ont toujours hanté. *Mygale* détient le pouvoir de me réduire en poussière dans le monde du mannequinat. Elle peut mettre un terme à ma carrière en un claquement de doigts. C'est ça, aussi, qui a contribué à me paralyser. J'ai tant à perdre…

Un autre sentiment s'invite à la fête. Celui que j'essaie de refouler, celui qui consume les âmes brisées : la vengeance. Lorsque le visage de *Mygale* s'imprime dans ma tête, des envies de meurtre m'effleurent. L'idée de lui faire du mal apaise le souvenir effroyable de celui qu'elle m'a fait. Ça me tue de savoir que ce monstre s'en sort impunément après m'avoir réduit à néant. Sa carrière se poursuit, ses relations n'ont jamais souffert de ses actes répréhensibles.

Finalement, c'est l'espoir qui me fait tenir debout. Et pas n'importe lequel.

Celui qu'un jour, elle finira par payer.

Chapitre 7

Ophélie

Dans le taxi, Aline est calée entre Claude et moi. Evan et Gavin ont pris un autre véhicule. J'essaie tant bien que mal de me concentrer sur la magnificence de l'architecture milanaise. Les bâtiments présentent une alternance étourdissante entre ultra-design et savoir-faire ancien. Ce mélange m'empêche de saisir l'essence de la ville qui conserve tout son mystère en ne me laissant pas la ranger dans une case.

Aline grignote un Kinder Bueno, prenant tout son temps en croquant chaque carré l'un après l'autre et mastiquant pendant ce qui me paraît des heures. J'ai beau essayer de me focaliser sur l'environnement sublime dans lequel je viens d'arriver, je n'y peux rien : la barre chocolatée m'obsède. Je n'ai pourtant pas faim, mais je ne rêve que d'une chose : sentir le sucre fondre sous ma langue.

Dès que je crois avoir laissé mes démons derrière moi, ils reviennent me pourchasser, plus vindicatifs que jamais. Il n'y a qu'à voir le nombre de fois où Claude a trouvé des papiers de gâteaux dans la poubelle et que j'ai dû mentir, par honte d'admettre la vérité.

Mon pire ennemi réside à l'intérieur de mon corps et m'a pris pour cible à l'adolescence. Je doute qu'il me lâche un jour. J'ai longtemps nourri l'espoir de me libérer de mes troubles du comportement alimentaire, mais plus je progresse dans la vie, plus j'ai l'impression qu'on n'en guérit jamais. Un peu comme de l'alcoolisme. Les gens qui réussissent à atteindre la sobriété dansent sur un fil au-dessus d'un ravin où s'engouffrent de violentes bourrasques. À tout moment, ils peuvent rechuter.

— Ophélie ?

— Hein ?

Je me tourne vers Claude, interrompue dans mes pensées. Celui-ci me fixe intensément avec ce qui me semble être une nuance d'inquiétude.

— Excuse-moi, j'étais dans la lune. Enfin, je n'étais plus concentrée, quoi…

— Je comprends le sens figuré, moi, me rappelle mon meilleur ami.

— Désolée. J'ai pris l'habitude avec Evan. Tu voulais quelque chose ?

— Je te demandais si tu avais hâte d'assister aux défilés de la Fashion Week de Milan ?

J'opine du chef.

— Je suis impatiente. Il y a plusieurs marques italiennes que j'affectionne particulièrement.

— Prada, Ferragamo et Bottega Veneta, en tête de liste, récite Aline qui me connaît par cœur sur le sujet.

— Je n'ai pas regardé qui défilait quand. Il faudra que je me penche dessus en arrivant.

En d'autres circonstances, c'est sûrement la première chose que j'aurais faite en apprenant que je partais à Milan. Là, je suis obnubilée par le mystère qui entoure mon bienfaiteur secret. Je ne comprends pas l'intérêt que quelqu'un aurait à nous inviter, moi et mes proches, sans dévoiler son identité. Est-ce par peur de susciter des jalousies d'autres acteurs du monde de la Haute Couture ? Cette hypothèse a de fortes probabilités de s'avérer juste, toutefois, je n'arrive pas à m'enlever de la tête qu'il y a autre chose.

Tant que je n'aurai pas découvert quoi, je ne profiterai pas de l'Italie comme il se doit.

— T'as réactivé ton compte Tinder, Claude ? demande Aline. C'est le moment. Les Italiennes sont sublimes.

— T'avais dit ça pour les Anglaises aussi, grommelle mon ami.

— Non ! J'avais dit qu'on te trouverait quelqu'un, je n'ai pas précisé la qualité de la marchandise locale.

Un rire m'échappe. Aline et ses expressions…

— Là, je te garantis qu'en Italie, tu n'as pas fini de voir des avions de chasse. Et moi non plus, d'ailleurs.

— J'ai déjà une idée précise du genre de femme que je veux, rétorque Claude.

— Tant mieux, assure Aline. Tu seras plus efficace pour *swiper.* Plus tu écrèmes, plus tu as de chance de trouver ta perle rare.

Mon meilleur ami finit par se désolidariser de la conversation, tournant la tête vers la fenêtre. Aline écrase le papier de son Kinder Bueno terminé pour le fourrer négligemment dans la pochette avant de son sac Maison Margiela. Mon estomac s'enroule sur lui-même, agressé par mes émotions et mon besoin pathologique de manger. Et pas pour me nourrir… pour me remplir.

Il faut que je pense à autre chose.

Le véhicule ralentit puis stationne. En descendant, je découvre alors une villa de pierres blanches et beiges, devancée par une piscine quasi olympique. Un escalier en marbre conduit à un porche soutenu par deux immenses piliers striés de sillons opalins. Des arbres dont les variétés m'échappent bordent la propriété et des fleurs aux couleurs éclatantes nous embrassent de leur douceur.

En récupérant ma valise dans le coffre du taxi, je n'arrive pas à me détacher de la splendeur du lieu.

— Waouh ! lâche Aline en écho à nos pensées à tous. Et tu as reçu des invitations gratuites pour séjourner ici presque une semaine ? Quelqu'un doit vraiment beaucoup t'aimer.

Gavin, en possession de ses affaires, se cale entre nous deux et lâche :

— Imagine, on découvre que c'est Jérôme qui est derrière tout ça. Il t'a fait ce plan en douce pour te reconquérir et il ne t'a pas dit que ça vient de lui, pour s'assurer que tu ne refuses pas.

Un frisson d'horreur sinue sous ma peau.

— Ce serait tordu, souffle Aline.

— Ce serait son genre, commente Claude.

— Ce serait surtout mes phalanges contre son nez, intervient Evan.

Cette dernière phrase me tire un sourire, en dépit de la situation dramatique que la conversation dépeint.

— Préparez-vous à casser votre tirelire, tranché-je.

— Je n'ai pas de tirelire, explique Evan. Le nombre de cambriolages à Londres s'est multiplié par trois depuis 2019, il est plus prudent de laisser ses liquidités à la banque.

— Pourquoi ? demande Gavin en ignorant la réaction de son pote.

Au premier, je réponds « violet », en référence à notre code couleur pour lui faire comprendre d'ignorer le sens littéral et de fouiller dans sa mémoire pour trouver le figuré. Au second, je dis :

— Parce que si j'apprends que mon ex nous loge, on se tire d'ici et on prend un hôtel dans le centre-ville.

La main d'Evan glisse le long de mon bras. Il me frôle le poignet puis passe ses doigts dans l'interstice des miens. Je me penche à son oreille et murmure :

— Tu n'aurais pas besoin de frapper Jérôme, tu sais.

— C'était surtout pour l'image. La violence, c'est pas mon truc.

— Moi non plus, admets-je. Mais je te garantis que si ça l'était, je lui aurais pété le nez avant que tu aies le temps d'esquisser un geste.

Evan me sourit. Chargés de nos bagages mais toujours main dans la main, nous longeons le bassin translucide pour rejoindre les marches marbrées. La porte de la villa est immense et en bois massif. Entrouverte, elle sous-entend que quelqu'un est déjà là. Le cœur battant, je me détache d'Evan pour entrer.

— Il y a quelqu'un ?

Dos à moi, une femme d'une trentaine d'années juchée sur des espadrilles à talons est pendue à son téléphone. Elle pivote sur elle-même, dévoilant un visage parfaitement inconnu. Elle débite plusieurs phrases en italien. Je ne comprends pas grand-chose, bien qu'il existe quelques similitudes lointaines entre cette langue et l'albanais.

— Ophélie de Montmorency ? me demande-t-elle.

Son accent donne une couleur intéressante et novatrice à mon identité. Elle réajuste le chapeau de paille sur sa tête, retire ses lunettes de soleil au motif léopard fondu sur les branches, puis s'approche de moi pour me tendre la main. Je la serre fermement.

— C'est bien moi.

— Soyez la bienvenue à Milan. Vos amis également. Je m'appelle Alba et j'ai reçu la consigne de vous accueillir. Vous recevrez de la visite très rapidement pour éclaircir toutes les questions que je vois pétiller dans votre regard. Je me contenterai de vous remettre les clés de la villa et de vous enjoindre à profiter du luxe qui s'offre à vous. Sentez-vous comme à la maison.

Après avoir ajouté quelques informations supplémentaires ne présentant pas une grande nécessité, elle s'éclipse sans nous laisser le temps de l'interroger.

— J'ai hâte de recevoir cette petite « visite », commente Evan d'un air intrigué. Je me demande qui nous invite aussi gracieusement.

— C'est clair ! renchérit Gavin. L'endroit est *époustouflant*…

Depuis qu'il a appris ce mot en français, il n'arrête pas de le clamer à toutes les sauces. Néanmoins, je dois reconnaître qu'il s'applique parfaitement dans ce cas de figure.

Sous nos pieds se trouve un prolongement du marbre, mais foncé, cette fois. Le salon se compose d'un écran plasma à faire pâlir la salle de cinéma des Halles, à Paris. Le mobilier est un savant mélange de modernité avec quelques pointes plus anciennes. En témoigne la bergère en excellente conservation à droite du canapé, qui invite à s'installer et à se sentir reine. Les deux accoudoirs donnent l'impression qu'il s'agit d'un trône.

— Comment on gère pour la répartition des chambres ? demande Claude.

— Vu la superficie de la baraque, je doute qu'on doive se battre, répond Aline.

Evan et moi nous engageons dans le couloir se découpant dans le mur, au terme du salon. Il conduit à un escalier en colimaçon qui grimpe sur trois niveaux. Au premier étage, nous explorons les chambres d'apparence similaire, jusqu'à jeter notre dévolu sur la plus spacieuse.

— Tu vois ! Tu l'as, ton lit à baldaquin, raillé-je en découvrant les parties montantes en bois qui s'élèvent du cadre de lit.

— Ça donne envie de faire des folies !

Un frisson remonte le long de ma colonne vertébrale. Le désir que j'éprouve pour Evan brûle au creux de mes reins, mais je continue de le réprimer tant qu'il ne fera pas un pas vers moi. Cette simple phrase me ravit, bien que je croise les doigts pour qu'il ait aussi envie d'un véritable passage à l'acte. En espérant que cette fois, le sexe ne soit pas une souffrance pour lui. À repenser au moment merveilleux que j'ai passé, j'ai fini par culpabiliser. Comment est-ce possible qu'une personne soit plongée dans un rêve éveillé pendant que l'autre affronte son pire cauchemar ?

Cet instant de partage aurait dû nous mettre en symbiose, nous faire partager le même plaisir, au même degré. Au lieu de ça, je me suis oubliée dans l'ivresse de l'orgasme pendant qu'Evan souffrait. Et le pire, c'est qu'à aucun moment je ne m'en suis rendu compte. C'est son attitude après coup qui a commencé à me mettre la puce à l'oreille, puis la lettre de *Mygale*.

Les mots de ce monstre me reviennent en tête. Ils sont gravés dans ma mémoire comme s'ils y avaient trouvé leur source.

— La literie est à l'image de la villa, commente Evan. Somptueuse…

Perdue dans mes pensées, je n'ai même pas réalisé qu'il m'a lâché la main pour aller s'étendre sur le lit. En étoile de mer, il fixe le plafond, un sourire flottant sur les lèvres. Son T-shirt noir est relevé sur son ventre, dévoilant la naissance de ses abdominaux saillants. Je trace les sillons profonds des yeux, tout en rêvant de le faire avec la langue. Quelques poils bruns ont repoussé sous son nombril, ouvrant la voie vers le liseré blanc de son boxer sous lequel se trouve l'accès à son éden.

— J'espère que tu as l'intention d'assumer, parce que t'es pas discrète.

Je bats des cils.

— Assumer quoi ?

— Que t'es en train de me mater.

Une moue emplie de mauvaise foi m'étire la bouche.

— Alors là, pas du tout. Tu prends tes rêves pour des réalités, 176 !

Evan me sourit. L'esquisse de ses lèvres revêt une candeur qui me coupe les jambes. Sur le point de vaciller, je me raccroche à la commode à ma droite.

— Ça va ? me demande Evan, inquiet.

Est-ce bien le désir qui me rend aussi fébrile ou le fait que je n'ai rien avalé depuis des heures ?

Et que tu n'as pas l'intention de le faire, surtout.

Je fais taire la voix dans ma tête tout en lâchant la poignée de ma valise. Je m'approche du lit avec autant de détermination que mes jambes tremblotantes me confèrent.

— Tout va très bien, oui, murmuré-je d'une voix incandescente.

Je m'assieds sur le lit, dos à Evan qui s'est redressé en appui sur les coudes, puis je joue avec ma queue-de-cheval pour mettre en valeur ma nuque dénudée. J'y passe la main sensuellement, écartant *malencontreusement* la bretelle de mon haut qui glisse sur mon bras.

Oups.

Chapitre 8

Evan

Le petit numéro d'Ophélie est loin de me laisser indifférent. L'angoisse tente de revenir au galop, mais je concentre toutes mes forces pour la repousser. Je me focalise sur ce que j'éprouve pour cette fille. Une flamme crépite de plus en plus dans mon cœur, je ne peux l'ignorer. Je suis fou d'elle, c'est une évidence. Et cette folie agit à la manière d'un bouclier. Le désir est plus fort que la peur. J'ai envie de réessayer. J'ai *besoin* de réessayer.

Je me redresse complètement pour me mettre à genoux sur le matelas, puis m'approche d'Ophélie. Toujours assise sur le bord du lit, elle fixe l'autre extrémité de la chambre. Mon souffle tiède s'échoue sur sa nuque, la faisant frissonner. Mes lèvres s'impriment sur sa peau soyeuse, elle gémit.

— Evan…

— Redis-le !

Je continue de déposer des baisers dans son cou tandis qu'elle répète mon prénom. Ces quatre lettres ne m'ont jamais paru aussi mélodieuses que dans la bouche d'Ophélie. Elle pourrait crier les pires insultes que la chaleur de sa voix aurait tout de même le pouvoir de me réchauffer l'âme.

— Tu… tu es s-sûr ? me demande-t-elle.

— De m'appeler Evan ?

Elle gigote pour pivoter sur le lit. Son regard rencontre le mien. Je me perds dans la contemplation de ses prunelles marron, appréciant l'éclat mordoré semblable à de la poussière d'étoile à l'extrémité du cercle.

— Tu es sûr de vouloir… enfin tu vois…

— C'est mon rôle de perdre mes mots quand on est tous les deux, susurré-je.

— Il faut croire que la frontière est devenue floue, surtout quand tu m…

Le dernier mot explose dans un soupir que je capture avec ma bouche. Ma langue se fraie un chemin pour rejoindre celle d'Ophélie, alors que j'englobe sa joue dans ma paume pour approfondir le baiser.

Hors d'haleine, je me détache d'elle et réponds :

— Oui, Ophélie. Je suis sûr. J'ai envie de toi. Et… j'ai peur que mes souvenirs gâchent encore ce moment, mais je n'arriverai jamais à en créer de nouveaux si je n'essaie pas.

— Rien ne presse, tu sais, m'assure-t-elle. Je ne veux pas que tu ressentes une quelconque pression. Je suis prête à t'attendre des années, s'il le faut. Toute ma vie, même.

Une vague de chaleur submerge ma poitrine. Je plaque ma bouche contre l'oreille d'Ophélie et chuchote :

— J'ai envie de toi *maintenant*.

Elle frémit.

— Et tu sais quelle est ma couleur préférée…

— Oui, mais je veux t'entendre le dire, murmure-t-elle.

Je souris en songeant au code qu'elle a inventé pour m'aider à mieux gérer les relations humaines. Le mot que je m'apprête à prononcer signifie « prends-moi dans tes bras et embrasse-moi à en perdre la raison ».

— Noir !

Ophélie capture mes lèvres et dérobe mon souffle. Le désir qui anime mon corps résonne dans mes os et trouve son écho en elle. Fiévreux, nous nous déshabillons en prenant notre temps, sans tenir compte du monde autour. Les autres vont peut-être se demander pourquoi il nous faut autant de temps pour défaire nos valises, mais je m'en fous.

Réflexion faite, connaissant Gavin et Aline, je doute qu'ils s'interrogent bien longtemps. Ces deux-là pourraient entrer en compétition pour savoir lequel détient le tableau de chasse le plus impressionnant. J'ai du mal à les départager moi-même. À croire que leurs cerveaux sont branchés sur la fréquence cul.

L'idée de tenter de donner du plaisir à Ophélie avec ma langue m'obsède. J'ai envie d'essayer pour briser les chaînes du passé qui me retiennent captif. Toutefois, la peur est trop forte. Le souvenir de *Mygale* est suffisamment vivace pour me dissuader. L'ensemble de mon énergie est dirigé contre ma mémoire, pour repousser les images du passé afin qu'elles ne viennent pas ternir la solennité de ce moment.

Nus l'un contre l'autre, Ophélie et moi nous embrassons. La pulpe de mes doigts découvre chaque recoin de sa peau douce. Les paupières closes, je dessine les courbes de son corps parfait pour les emporter même dans un sommeil éternel. En ouvrant les yeux, je découvre que les siens sont toujours fermés.

— Regarde-moi, Ophélie…

Ses cils se séparent, je me noie dans la volupté de son regard chocolat.

— Tu es belle.

La chair de poule se dresse sur ses bras, traçant un réseau en relief qui ralentit la progression de mes doigts.

— Je te le dirai autant de fois qu'il le faut pour que tu le penses à ton tour, murmuré-je.

Ophélie presse les lèvres. Elle semble vouloir dire quelque chose, mais les mots lui échappent. C'est moi qui reprends la parole, pour affirmer :

— Ton corps est parfait. Il serait plus mince, il serait toujours parfait. Il serait plus gras, il serait toujours parfait.

Elle me caresse la joue et chuchote :

— Si seulement tout le monde avait tes yeux…

Ces deux iris tant opposés par leur couleur et qui m'ont donné du fil à retordre durant mon enfance. D'abord à l'école puis au pensionnat, j'ai collectionné les moqueries pour de nombreuses raisons. Cette particularité physique se classe au sommet des causes invoquées. Je n'ai jamais rencontré personne d'autre avec un œil bleu et un œil marron. Et si pendant longtemps, j'ai nourri l'espoir de trouver un pair, pour ne plus être unique, j'ai changé d'avis.

Parce que Ophélie chérit cette singularité. Depuis le premier jour, elle n'a jamais raillé ce qui a fini par devenir un atout dans mon métier de mannequin. Elle s'y est accrochée, se l'est appropriée. Je ne ferai rien qui me changerait, de peur de ne plus incarner celui qui a bouleversé cette fille.

— Si seulement *moi* j'avais tes yeux, reprend-elle.

Sa voix a accusé un changement, comme lorsqu'on a la gorge nouée.

— Mes yeux seront les tiens tant que je respirerai.

Ophélie frissonne, puis m'embrasse. Nous roulons deux fois sur nous-mêmes sur le couvre-lit en soie.

À califourchon sur moi, elle libère ses cheveux pour les laisser tomber en cascade sur mon visage. Son nez effleure le bout du mien quand elle me dit :

— Tu sais, il n'y a eu personne d'autre que toi, depuis Jérôme. Et je suis clean…

— Moi aussi. Il n'y a eu personne avant toi.

Je lutte pour chasser au loin les ténèbres qui veulent m'engloutir. Ophélie est la première fille avec laquelle j'ai fait l'amour. C'est elle qui s'est emparée avec douceur de ma virginité. Le viol qu'on m'a fait subir ne compte pas. Je refuse.

— Contrairement à ce qu'Aqua disait, *life in plastic* c'est pas *fantastic.*

J'éclate de rire.

— Vraiment ? raillé-je. Tu me cites *Barbie Girl* au lit ?

Elle se pince les lèvres pour contenir son hilarité, mais je lui chatouille les côtes pour briser ses défenses. Elle se laisse tomber sur le flanc, riant à gorge déployée. Cette mélodie se grave dans mes oreilles, tandis que revient à moi la prestation d'Ophélie sur la scène du bar karaoké. Son interprétation de *Vanity* a fait émerger la nuance la plus sensuelle de sa personnalité. Et j'ai bien l'intention de l'inviter à revenir parmi nous ces prochaines minutes.

— J'étais pas sûre que tu aies la réf' !

— C'est de la culture générale, à ce stade.

— Parfois, j'oublie que tu es mannequin. Tu es tellement…

— Tellement quoi ?

— Tu sais tout sur tout. Tu donnes l'impression de pouvoir exercer tous les métiers du monde. Et même si tu es de loin le mec le plus beau que j'ai vu de ma vie – et t'avise pas de sourire parce que c'est pas un compliment mais une réalité – je ne te colle pas l'étiquette du type qui vit de son physique.

Je n'ai pas pu m'empêcher de sourire. Elle pointe un index accusateur dans ma direction et me dit :

— Continue et je te chatouille jusqu'à ce que tu sois écœuré de sourire pour le reste de ta vie.

— C'est la menace la plus tentante que j'aie jamais entendue. Par contre, question crédibilité, j'ai vu mieux.

— Ça veut dire quoi, ça ? Je ne fais pas suffisamment peur ?

Ophélie tente d'adopter un air farouche, en vain. Elle est trop douce, en dépit de son attitude à tendance « miss gros sabots ».

— C'est plutôt qu'une vie à tes côtés n'est pas compatible avec l'idée d'être écœuré de sourire. C'est un peu une antithèse.

— Ou un oxymore.

Nous opinons du chef avec connivence. La conversation reprend un ton sérieux quand Ophélie murmure, tout bas :

— Si à n'importe quel moment tu ne te sens pas bien, tu me le dis et on arrête, d'accord ? Même si une seconde c'est génial et que juste après, tes émotions basculent, n'aie pas peur de me le dire. Je veux le savoir directement. Ça ne me frustrera pas et je ne t'en voudrai pas. Je tiens à ce que ce soit clair.

Ses longs cils m'attirent dans son regard profond et me retiennent captif. Pourvu que je ne trouve jamais la clé de ma geôle, car je suis le plus heureux des prisonniers. Abandonner ma liberté pour qu'Ophélie en soit la détentrice m'apparaît comme le plus somptueux des châtiments.

— C'est très clair. Je te promets que je te préviendrai aussitôt, si ça ne va pas.

Pour la rassurer, j'ancre mes iris aux siens. Après l'avoir dévorée des yeux, je soulève le buste pour aller à la rencontre de sa bouche parfaite. J'en savoure l'essence, la texture, la tiédeur. Son souffle chaud tapisse l'intérieur de mes joues.

Ophélie ondule contre moi alors que j'oublie tout. La brûlure de notre étreinte éloigne le mal. Contrairement à la dernière fois où j'étais effrayé à l'idée que les souvenirs remontent, leur donnant un ascendant total sur moi, j'ai changé de méthode. Ils peuvent s'inviter de force dans ma tête, je ne mènerai pas cette bataille inutile. La différence, c'est que je refuse de leur accorder l'attention qu'ils aimeraient avoir. Je tolère tant bien que mal leur présence, sans leur conférer de relief.

Tout en continuant à nous embrasser, nos corps se pressent l'un contre l'autre. Avec des gestes maîtrisés, Ophélie s'aligne à moi pour me permettre d'entrer en elle progressivement. Sa moiteur autour de ma chair nervurée projette mon âme hors de mon corps. Chacun de ses mouvements me pousse un peu plus près du précipice et je n'ai pas peur de sauter. Si les profondeurs insondables qui s'étendent à perte de vue appellent à des délices aussi prégnants, je suis prêt à risquer ma vie.

Ivre de désir, j'imprime un mouvement régulier contre Ophélie qui agit de même au-dessus de moi. Quand je lève le menton, je capte l'inquiétude dans son regard. Je lui souris et murmure :

— Je vais bien. Laisse-toi aller, s'il te plaît !

Je redresse le buste pour l'entourer de mes bras. Sa poitrine s'écrase contre la mienne, nos tétons sensibles se frôlant dangereusement. Paupières closes, je ne fais qu'un avec le plaisir de nos deux corps mêlés. Les gémissements qu'Ophélie retenait se libèrent et se succèdent. Ils ont la douceur du miel lorsqu'ils caressent mes tympans. Je veux les entendre, encore et encore, plus fort, moins espacés.

L'angoisse est tapie dans un coin de mon esprit, comme un

fauve prêt à bondir sur sa proie lorsqu'elle sera fragilisée. Les yeux dans les yeux, je l'affronte, le menace. Si j'ai peur, lui aussi.

La jouissance se catalyse par vagues, éloignant au fur et à mesure les vestiges de *Mygale*. Une première lame de fond l'emporte au loin tandis que l'écume bouillonne autour de nous. Une seconde me fait lâcher prise, une troisième m'engloutit. L'orgasme forme un raz-de-marée qui emporte tout sur son passage, me laissant échoué délicieusement sur la plage d'un éden que je pensais inaccessible.

Je suis brisé. Je me pensais perdu à jamais. Pourtant, en raffermissant ma prise autour du corps somptueux pressé contre le mien, une vérité balaie toutes mes certitudes : Ophélie a le pouvoir de me réparer.

Et elle a déjà commencé à le faire.

Chapitre 9

Ophélie

Blottie dans les bras d'Evan, j'écoute sa respiration. Elle a l'air paisible. Est-ce parce qu'il se concentre pour ne rien dévoiler de son trouble ou parce qu'il se sent véritablement apaisé ? De peur d'entendre la réponse, je garde la question pour moi un long moment, dans un silence qui me prend à la gorge.

N'y tenant plus, je crache le morceau.

— Tu... tu as aimé ? Tu te sens bien ?

Les doigts d'Evan effleurent la peau de mon ventre. Un jour sur deux, je déteste cette partie de mon corps. Parfois je me surprends à l'apprécier comme elle est. La plupart du temps, j'y décèle trop de gras ou je fais une fixette sur mes os qui dévoilent un peu de maigreur. Ce paradoxe perpétuel dans ma tête me donne le tournis. Je ne suis jamais satisfaite.

— C'était bon, admet Evan. Très bon, même.

— Tu as pensé à *Mygale* ?

Il se raidit. Je me doutais que l'interroger là-dessus provoquerait une réaction, toutefois je ne pouvais garder mes doutes pour moi. Les problèmes intrinsèques à notre couple tournent souvent autour de notre fragilité à communiquer efficacement.

Nous avons décidé de faire des efforts, alors je ne me laisse pas entraver par l'incertitude.

— Un peu. Disons qu'elle était en arrière-plan dans ma tête… impossible de la faire disparaître complètement. Mais tu sais quoi ? Je ne lui ai juste pas accordé d'intérêt. Je me suis concentré sur toi, et sur nous. Et j'ai pris du plaisir. Et toi ?

— Beaucoup.

Du bout des doigts, je caresse la surface râpeuse de son menton où pousse sa barbe depuis le défilé Alex Ivero à Londres. J'aime Evan avec et sans. Cela change l'aspect de son visage, le poussant dans deux directions opposées menant toutes les deux à un même résultat : la perfection. La pilosité brune apporte davantage de relief à cette fossette de menton que j'affectionne tant. En revanche, elle masque la cicatrice en forme de croissant de lune.

Une idée me traverse l'esprit.

— Tu te rappelles quand tu m'as raconté l'histoire de ta fuite à vélo du pensionnat ?

— Oui.

— Tu m'as dit que quelqu'un avait donné l'alerte de ton départ, alors que personne ne prêtait attention à toi. Enfin, *presque* personne. Ce quelqu'un… c'était Linda ?

Evan opine du chef. Son regard glisse sur mon nez avec douceur. La peur de ne pas être à la hauteur n'a plus sa place lorsqu'il m'observe. Je me sens belle dans ses yeux. Suffisante.

Si seulement je pouvais en dire autant de ma propre opinion à mon égard…

— J'aimerais bien la rencontrer un jour, murmuré-je. Sans mettre en jeu sa sécurité, bien sûr.

— J'adorerais te la présenter. Sa vie est… compliquée. Je

doute qu'elle réussisse à mener une existence normale. Elle est née sous une mauvaise étoile et maintenant, elle paie le prix de l'injustice pour quelques miettes de liberté. J'ai mal pour elle.

Je glisse mes doigts entre ceux d'Evan pour lui témoigner mon soutien.

— Tu crois que les autres se demandent ce qu'on fait ?

— Claude peut-être, réponds-je. Aline et Gavin, impossible de leur mentir. On aura de la chance s'ils ne sont pas derrière la porte avec un verre collé à la cloison pour nous espionner.

Evan grimace.

— On sait qu'ils en sont capables, admet-il.

— J'ai encore l'espoir de penser qu'ils respectent notre intimité sexuelle et se contentent d'écouter nos conversations. Pas tes gémissements.

— *Mes* gémissements ? Parce que toi tu ne gémissais pas, peut-être ?

— Pas autant que toi, c'est une certitude.

Offusqué, Evan m'observe, la mâchoire décrochée.

— Quelle mauvaise foi ! On devrait rajouter une couleur pour ça, dans notre code.

— Pour quoi faire ? On sait tous les deux la reconnaître.

— Moi oui, assure Evan. Toi, rien n'est moins sûr.

Nous nous chamaillons à grand renfort de chatouilles jusqu'à ce que quelqu'un frappe à notre porte. Je tire brusquement sur le drap pour m'assurer d'être couverte et de ne pas me retrouver les nibards à l'air devant nos trois amis. En même temps, entre Gavin, Aline et Claude, ce serait un concours à qui serait le moins intéressé par une telle vision. Encore que mon meilleur ami est hétérosexuel, mais on se connaît depuis si longtemps que je compte pour du beurre, à ses yeux.

— Oui ? lancé-je bien fort.

De l'autre côté de la cloison, j'entends :

— C'est Claude… euh… je ne trouve pas Shakira dans ma valise. Ophélie, on ne l'aurait pas mise dans la tienne par inadvertance ?

— On ne dormait pas dans la même chambre, je te rappelle. Comment veux-tu que ton blaireau ait atterri dans mes bagages ?

— C'est un putois !

— Bonnet blanc, blanc bonnet, marmonné-je en tirant davantage sur le drap.

— Tu crois qu'il va entrer ? me demande Evan tout bas.

— Ce serait plutôt le genre de Gav…

Je n'ai pas le temps de finir ma phrase que la porte s'ouvre à la volée sur le grand blond auquel je pensais. L'air excédé sur son visage m'intrigue et m'évite de le fustiger d'entrée de jeu.

— Désolé de vous déranger, les tourtereaux, mais ça fait une demi-heure qu'il est en boucle sur son raton laveur. Par pitié, aidez-nous à le trouver !

— C'est un putois, corrige à nouveau Claude. C'est pas difficile à retenir.

Evan se contente d'observer la scène sans rien dire, l'air blasé. Il est à moitié nu, la partie centrale de son corps masquée par le bout de tissu que je lui ai laissé dans un instant de grâce. En fait, je n'ai surtout pas calculé mon coup et il a de la chance de ne pas s'être retrouvé cul nu quand les gonds ont pivoté. Enfin, cul nu… façon de parler. Il aurait surtout eu Big Ben à l'air.

— Ça fait déjà une demi-heure qu'on est là ? finit par lâcher Evan.

Gavin n'a pas le temps de répondre que la voix d'Aline résonne dans son dos.

— Et encore, une demi-heure, il est gentil. Ça fait presque une heure que vous êtes enfermés à faire vos cochonneries. Si j'entends le nom de Shakira encore une fois, je vous jure que *la tortura*[1] que j'infligerai à tout le monde avec ma mauvaise humeur va pourrir le séjour. Alors hop hop hop, on s'habille et on cherche.

Aline se fraie un chemin entre les garçons pour refermer la porte. Je profite de cette courte et semi-intimité pour partir en quête de ma culotte.

— C'est ça que tu cherches ?

Je me retourne. Evan tient la dentelle du bout des doigts, comme un chasseur de prime qui a mis la main sur le gros lot.

— Je te la rends, mais je ne garantis pas que tu la garderas bien longtemps.

Le feu me monte aux joues alors qu'un « ouuuuuuh » retentit dans le couloir. *Cette voix… impossible de s'y méprendre.*

— Gavin Lloyd ! m'écrié-je. Je te jure que si je te trouve avec un verre vide collé au mur de la chambre, je ferai de ta vie un enfer. Je pourrirai tous tes *dates*, je ferai en sorte que tu n'aies plus aucune vie sexuelle.

Un bruit de course effrénée dans l'escalier m'informe que ma menace a été prise au sérieux. Je secoue la tête, mi-agacée, mi-amusée.

— C'est trop facile. Il a tellement la nouille qui le démange qu'il n'aurait jamais pris le risque que je bluffe.

— Je me garde ce joker en réserve. Je suis sûr qu'il marche au moins aussi bien sur Aline, renchérit Evan.

— Peut-être même encore mieux.

1. Chanson de Shakira, sortie en 2005.

Nous partageons un regard de connivence tandis que nous finissons de nous habiller. Par acquit de conscience, je vérifie dans ma valise si je trouve le putois empaillé de mon meilleur ami, en vain. Je soupire.

— Bon, eh ben je crois qu'on a pas le choix. Il n'y a plus qu'à chercher Shakira.

Étendue sur le sofa, je fixe le plafond. La chaleur écrasante de l'Italie a eu raison de moi. Quitter l'Angleterre pour un pays aussi chaud impliquait forcément un contrecoup, mais je ne pensais pas qu'il m'aurait tuée à ce point. Sans parler de la chasse au putois effrénée qui nous a pris deux bonnes heures alors que Shakira était simplement tombée du sac à dos de Claude pendant que celui-ci visitait la villa.

— Ma pauvre… deux heures toute seule sur le carrelage froid de la salle de bains.

Caché derrière sa frange grasse, mon meilleur ami caresse la tête de sa bestiole, trop heureux d'avoir mis la main dessus.

— D'une des dix salles de bains, tu veux dire, nuancé-je.

Si l'endroit avait été moins spacieux, sûrement l'aurions-nous retrouvée plus tôt. Dire qu'Evan et moi aurions pu procéder à un deuxième round. Au lieu de ça, Gavin et lui nous ont abandonnés à notre triste sort pour partir en ville. Le grand blond a perdu son chargeur de téléphone dans le voyage et il a tenu à s'en acheter un au plus vite, dédaignant nos propositions de prêt le temps du séjour.

Alors que je commence seulement à retrouver une température normale après avoir arpenté la ville de fond en comble, la sonnette retentit.

— Pierre-feuille-ciseau ? me propose Aline.

Je me tourne vers Claude qui me dit aussitôt :

— J'ai pas les mains libres avec Shakira. Et je ne veux plus la laisser.

Je lève les yeux au ciel.

— On dirait que c'est entre toi et moi, alors, reprend Aline.

Nous chantonnons l'air du jeu. Elle sort la pierre, moi les ciseaux.

— Je suis vraiment la grande bizut du groupe, grommelé-je.

— Eh ! Tu rigoles ? Pour une fois que je gagne. Et te plains pas : toi au moins t'as ken. Moi j'ai pas vu de pénis depuis notre départ de Paris.

— En même temps on bossait, je te signale. C'était pas le moment idéal pour écumer Tinder. Et on peut éviter le mot « pénis » ? J'ai l'impression de revenir en cours de SVT.

Une des matières que je détestais le plus. Les sciences et moi, on ne s'entend pas très bien.

— Tu préfères « bite » ? propose Aline. « Queue » ?

— T'as pas plus poétique ?

— Pardon, je ne voulais pas choquer, madame.

Mon amie se racle la gorge, puis d'une voix grandiloquente, comme si elle jouait une pièce de théâtre, elle déclame :

— Apprécieriez-vous davantage, madâââme (elle exagère l'emphase sur le a) de Montmorency, le terme d'« épée de velours » ?

— Épée de velours ? T'es sérieuse ?

— Tu m'as dit plus poétique, je m'exécute. J'ai une préférence pour le cru. Tu vois, un bon « braquemart turgescent », ça me parle déjà plus.

Je secoue la tête et tout en retenant un fou rire, je me dirige vers la porte pour ouvrir. Une seconde sonnerie retentit alors que je suis en chemin. Lorsque les gonds pivotent, la surprise m'assaille.

— Victoria ?

Face à moi se tient la figure iconique de la Haute Couture italienne. Drapée d'une robe fluide aux motifs baroques dans les tons bleu océan, elle semble dans son élément ici. J'ai l'impression de la découvrir sous un nouveau jour en me trouvant sur son territoire. Elle retire ses lunettes de soleil pour les caler dans ses cheveux bruns, puis me salue.

— Ophélie ! Je suis ravie de vous revoir.

Elle s'approche pour m'offrir une brève accolade qui me surprend. La dernière fois que je l'ai vue, je n'ai pas déduit d'elle que les démonstrations physiques étaient son genre. Je l'ai plutôt trouvée froide et professionnelle, bien que pas désagréable à mon égard. Elle doit avoir ses humeurs.

— La villa vous plaît ? me demande-t-elle.

Cette question s'illustre comme la pièce manquante du puzzle. Aussitôt, les connexions se font dans ma tête.

— Alors c'est vous, l'invitation à Milan ?

Elle me sourit. Son visage parfait se découvre un nouvel éclat lorsque ses lèvres s'étirent. La trentenaire est d'une beauté à couper le souffle. Mon cerveau ne peut s'empêcher de me comparer à elle. Et forcément, je ne me trouve pas à la hauteur.

— Vous permettez que j'entre ? Je vais tout vous expliquer.

— Si j'ai bien compris, vous êtes chez vous. Ce serait étrange de vous refuser l'accès.

Son sourire s'intensifie alors que je m'efface pour qu'elle pénètre à l'intérieur de la villa. Dans le salon, elle salue brièvement Aline et Claude, puis s'assoit dans un fauteuil en velours violet.

La manière dont elle se déplace dans l'espace me l'a aussitôt confirmé : elle est bel et bien la maîtresse des lieux.

— L'espace vous plaît ? nous demande-t-elle.

— Beaucoup, répond Claude.

— C'est sublime, avoue Aline. Merci pour cette charmante invitation.

Pour ma part, je reste silencieuse. La curiosité prend le dessus sur la reconnaissance. Afin de pleinement apprécier l'opportunité, j'ai besoin d'en comprendre les tenants et les aboutissants.

— Tout le plaisir est pour moi, déclare Victoria sans se départir de son sourire.

Le soleil italien l'a visiblement revigorée. À croire que les nuages londoniens ont retenu sa bonne humeur captive la semaine dernière.

— Je peux vous poser une question ? lancé-je après avoir décidé de prendre les devants.

— Vous vous demandez pour quelle raison mon invitation était entourée de mystère ?

— Un peu, admets-je. Je ne veux pas avoir l'air ingrate, j'apprécie le geste. La villa est somptueuse.

— Mais vous vous demandez s'il n'y a pas une entourloupe, n'est-ce pas ?

— L'idée que ce soit un dessous-de-table pour me pousser à accepter votre proposition professionnelle m'a traversé l'esprit.

L'émission télévisée sur la Haute Couture produite par Victoria fait un tabac en Italie. Le format est sur le point de s'exporter dans plusieurs pays dont la France et elle recherche une hôtesse. À ce titre, elle m'a annoncé avoir des vues sur moi pour le poste.

— J'aime votre franchise, Ophélie. Vous êtes rafraîchissante. Je ne vous donne pas tout à fait tort : mon invitation n'est pas dénuée d'intérêt. Toutefois, cela ne concerne pas mon émission. Je vous ai toujours dans le viseur, mais je n'ai pas pris ma décision. D'autres candidates plus expérimentées que vous me donnent matière à réflexion.

Si elle aime mon honnêteté, la sienne n'est pas en reste. Je regrette presque mes propos qui me font passer pour une fille sûre d'elle ne doutant pas un instant d'obtenir la place, alors que je ne suis même pas la favorite sur la liste.

Tout cela est bien étrange. Pourquoi ces mystères si ce n'est pas pour le boulot ?

— Si je n'ai rien dit de mon identité, c'était pour m'assurer de vous intriguer, m'apprend Victoria. De cette manière, je savais que votre curiosité vous pousserait à vous demander *qui* vous invite, et non *pour quelle raison*.

Le stress me noue l'estomac. Déjà que celui-ci me pose tous les soucis du monde, en ce moment. Je n'ai toujours rien avalé depuis notre arrivée, bien que j'aie fait croire à Evan que j'ai grignoté un fruit depuis son départ. Pour qu'il m'envoie un texto à ce sujet, je devine qu'il s'inquiète. J'ai peur de lui parler de mes troubles du comportement alimentaire. Déjà parce que j'ai envie de mener cette bataille seule, ensuite parce que je crains qu'il me donne son avis de médecin quand j'apprécierais juste celui de mon petit ami, et enfin parce que j'appréhende le relief que prendraient mes problèmes si je les verbalisais. Le dire à voix haute rendrait la chose si réelle que ça me terrifie.

Victoria a donc choisi de ne pas se dévoiler dans l'unique but de détourner mon attention de la raison pour laquelle je suis là. Mais pourquoi ?

— Vous souhaitez ma présence à plusieurs défilés, si j'ai bien compris, résumé-je. À moins que je me sois trompée ?

— Non, vous avez vu juste. Je me suis dit que ça vous permettrait de rencontrer du beau monde, vous qui êtes également créatrice à vos heures perdues.

La fin de la phrase prend une tournure cinglante, mais je ne relève pas. Elle m'a déjà avoué que mes dessins présentaient un certain potentiel mais n'étaient pas aboutis. Et elle a entièrement raison. J'aime autant quelqu'un qui me dit les choses telles quelles pour me permettre de progresser qu'un passage de pommade en bonne et due forme qui me fait stagner.

— J'imagine que vous désirez quelque chose en contrepartie.

Le sourire de Victoria craquelle lorsqu'elle aperçoit Shakira sur les genoux de Claude. Celui-ci continue de la caresser comme un animal de compagnie, ce que je ne relève plus tant j'ai l'habitude, mais je perçois le trouble de l'Italienne. Aline se tient sur le bout de son siège, attentive. Elle n'est pas intervenue, écoutant la conversation avec intérêt.

— En effet ! Dans deux jours doit avoir lieu le défilé Iris Di Angelis. La directrice artistique de cette maison est…

— … Claudia Gallo, complété-je en la coupant dans son élan. J'adore son travail.

La satisfaction reprend ses droits sur le visage de Victoria qui me répond :

— Ça tombe bien, elle en a autant à votre service.

— V-vraiment ?

— Elle vous a aperçue au défilé Alex Ivero, à Londres, la semaine dernière. Elle n'a pas eu le temps de se présenter, elle n'était là qu'en coup de vent. J'ai donc reçu la mission de vous sonder.

Nous y voilà. Quel type de proposition aurait Claudia Gallo pour moi ? Une place dans son atelier ? L'idée mériterait d'être étudiée, mais j'adore le travail d'Alex Ivero. Ne plus travailler pour lui représenterait un sacré sacrifice pour moi et à moins de me lancer de mon côté sur la partie créative que j'aimerais développer dans ma carrière, je ne suis pas certaine de trouver mon intérêt à quitter mon poste.

— Claudia veut que vous défiliez pour elle, après-demain.

Mon cœur tombe dans mon estomac. Le monde vacille autour de moi alors que les mots pénètrent mon esprit de force.

— Que je… que je d-défile ?

Victoria opine du chef.

— Exactement. Claudia a décelé quelque chose en vous et elle tient à ce que vous portiez l'une de ses pièces à l'occasion de la Fashion Week. Je me suis renseignée sur vous. Il me semble que vous avez été mannequin par le passé, n'est-ce pas ?

À l'ère d'Internet, rien ne reste secret bien longtemps. La gorge nouée, je réponds :

— Je n'ai plus arpenté les podiums depuis longtemps.

— C'est comme le vélo, ça ne s'oublie pas. Je peux compter sur vous, Ophélie ?

Une villa idyllique pour passer cinq jours avec mes proches ainsi qu'une invitation à plusieurs défilés de la Fashion Week milanaise. Il y a pire comme moyen de persuasion pour que j'accepte de retrouver le chemin des défilés. D'autres à ma place auraient accepté sans sourciller, seulement Victoria a dû se douter que si je n'étais plus mannequin depuis plus de dix ans, il y avait une raison. C'est pour ça qu'elle n'a pris aucun risque en me traitant comme une reine pour me placer dans les meilleures dispositions. Et en jouant la carte du mystère pour m'attirer dans ses filets.

— Je suppose que je n'ai pas vraiment le choix, prononcé-je d'une voix blanche.

Une énorme pression s'abat sur mes épaules. L'urgence de la situation ne me laisse aucun temps de réflexion. D'ailleurs, refuser ne semble pas faire partie de mes options. Toutefois, la peur m'empêche de dire oui d'instinct.

— C'est une super opportunité, Ophélie, intervient Aline. Imagine ! Défiler pour une si grande marque. Quel honneur !

Elle n'a aucune idée de mon passé ni des troubles que cela m'a causés de laisser ma vie entière graviter autour de mon physique.

— Aline a raison, renchérit Claude. Ta mère serait fière de toi. Depuis le temps qu'elle te bassine avec ça.

Mon cerveau tourne à mille à l'heure. Le visage de ma mère apparaît dans mon esprit. Faire sa fierté après tout ce qui s'est passé entre nous me ferait du bien. Nous nous sommes tant éloignées. En partie parce que ses attentes à mon égard étaient trop lourdes à porter.

Seulement là, je tiens en main l'occasion rêvée de réaliser son rêve. Cela nous permettrait sûrement de nous retrouver. Ma maman me manque tellement…

Et puis, ce n'est pas des années de mannequinat obligatoires. Rien qu'un petit défilé. Ça ne peut pas me faire de mal… si ?

Poussée par toutes formes de pression, j'annonce, la voix tremblante :

— J'accepte.

Chapitre 10

Evan

— Tu crois que le bleu est plus solide que le noir ?

— Je crois surtout que la couleur n'a rien à voir avec la qualité du produit, grommelé-je.

Nous sommes entrés dans une boutique exposant un tas de petits articles et pour notre plus grand bonheur, des chargeurs pour tous les téléphones du monde. Si seulement Gavin ne jouait pas sa vie entière sur cet achat.

— Un chargeur, c'est un chargeur. On peut y aller ?

— Ophélie te manque tant que ça ? Ça fait à peine une demi-heure que vous ne respirez plus le même oxygène. Tu vas t'en remettre ?

— Il est physiquement impossible de respirer le même oxygène que quelqu'un, à moins de partager une paire de poumons.

— C'était une façon de parler pour dire que vous n'êtes plus collés depuis peu de temps. C'est pas la mer à boire.

En voyant mes sourcils froncés, Gavin éclate de rire.

— Te parler en images, c'est vraiment ma passion.

Vu son hilarité, je ne cherche même pas à comprendre ce qu'il a voulu dire.

— Allez, dépêche-toi ! On ne va pas gâcher le reste de la journée ici.

Dans ma tête se bousculent des fragments de l'étreinte brûlante que j'ai partagée avec Ophélie. Le mal que j'ai perçu la dernière fois n'a pas la même intensité. Il est tapi quelque part au fond de mon esprit, cherchant à salir le souvenir d'un beau moment en y gravant la souillure d'un tourment qui échappe à mon contrôle. Mais je lutte. *Mygale* ne doit plus avoir ce pouvoir sur moi. Il faut que je lâche prise.

Gavin finit par choisir le chargeur bleu, dont la qualité laisse à désirer. Je ne partage évidemment pas mes réflexions avec lui, histoire de ne pas rester une heure de plus dans ce rayon.

— Vous avez réussi ?

— Réussi quoi ?

— Pour info, je ne cherche pas à plaisanter, ajoute-t-il d'un ton sérieux. Je me demandais si ça se passait bien sur le plan sexuel avec Ophélie. Tu sais, à propos de la demi-sexualité, tout ça…

Mes confidences à Gavin sur le sujet ont un peu contribué à me rassurer, mais pas suffisamment pour que je garde le contrôle. Si j'ai fini par appeler Linda, c'est que je n'arrivais plus à rien maîtriser dans ma vie : les conséquences du viol par *Mygale*, l'expression singulière de mon désir depuis toujours, les ratés qui se sont accumulés avec Ophélie.

Maintenant, dès que ça ne va pas, j'applique la méthode qu'elle m'a enseignée au pensionnat. Celle que je ne pratiquais plus depuis belle lurette avant de la revoir.

— La demi-sexualité n'a pas bougé, expliqué-je.

Cette partie de moi n'a rien à voir avec *Mygale*. Ce monstre a juste fait empirer tous mes doutes et mes questionnements, en me détruisant de l'intérieur.

— Je suis attiré par Ophélie. Je l'ai été dès le premier jour et c'est toujours le cas. Et… on l'a fait.

— Ça s'est bien passé ?

J'apprécie qu'il ne réponde pas qu'il le sait, bien que notre disparition pendant la prise de possession de la villa dise tout ce qu'il y a à savoir sur notre petite escapade romantique.

— J'ai aimé ça. Ophélie aussi, je crois…

J'aimerais pouvoir dire que j'ai adoré, que c'était l'éclate ou que j'ai atteint le septième ciel. Malheureusement, je ne suis pas encore libéré du poids de mon agression et celui-ci endigue encore une partie de mon plaisir. C'est comme si *Mygale* avait placé un embargo sur mes orgasmes. En me forçant à lui en offrir un, elle m'a privé des miens.

N'ayant pas l'intention de partager mon secret, je n'évoque pas ma première fois horrible avec Ophélie.

— Je suis content pour toi, me dit Gavin. Je sais à quel point ça te tourmentait. Tu verras, au fil du temps, ce sera de mieux en mieux. Le sexe, c'est pas une formule magique ou une recette miracle. C'est surtout le fruit d'une bonne communication avec ses partenaires.

Si seulement la vie ne m'avait pas mis autant de bâtons dans les roues à ce sujet.

— À ce propos, tu me racontes de moins en moins de trucs, souligné-je. T'as écumé l'intégralité de ton *feed* Tinder ?

— Ha ha ! Très drôle.

— Ce n'était pas vraiment de l'humour, mais ravi de te divertir.

— Disons que je ne trouve plus autant d'intérêt à enchaîner les plans cul.

— Depuis quand ?

Gavin se prend à observer les chewing-gums disposés sur un bout de carton en caisse. *Tiens, tiens…*

— T'es naze pour cacher des choses, souligné-je.

— Je sais.

Son air ennuyé donne l'impression qu'il cache mille et un secrets.

— Libre à toi si tu ne veux pas en parler.

— J'ai peur de me porter la poisse.

Décidé à passer à autre chose, je ne pose pas davantage de questions. Je connais mon meilleur ami par cœur : il ne tiendra pas cinq minutes dans le silence. Il meurt d'envie de m'en parler, inutile de lui tirer les vers du nez.

Le temps de régler pour le chargeur, il craque avant même de franchir les portes vitrées coulissantes du magasin.

— Tu te rappelles Andy ?

— Honnêtement ? Il y a eu dix Andy, vingt Tom, trente Kieran…

Gavin arque un sourcil, l'air décontenancé.

— C'était de l'humour, précisé-je alors. Pour signifier que tu as eu énormément de *sex friends* au cours de ta vie. En fait, il y a eu trois Andy, quatre Tom et un Kieran.

— Ne précise pas quand c'est de l'humour, Evan. Les gens comprennent, en général.

— Tu as fait une drôle de tête.

— Pas parce que je n'ai pas capté. Parce que je ne m'y attendais pas. Au passage, je note que tu te rappelles très bien les choses.

— Mémoire eidétique, tout ça…

— J'oublie toujours que t'as un ordi à la place du cerveau. Bref ! J'ai revu l'Andy conducteur de train.

— Et alors ? Il te donne envie de refaire tchou-tchou ?

Gavin s'arrête net sur le trottoir, dans l'attente du taxi censé nous ramener à la villa.

— Evan ! Rappelle-moi de dire à Ophélie d'arrêter de t'encourager à faire de l'humour. C'est pas ton truc et c'est OK. Inutile de forcer le destin.

— Dans ma tête, ça avait l'air drôle, bougonné-je.

— Pas vraiment. Mais tu sais quoi ?

Je tourne la tête vers lui, intrigué. Gavin a l'air plus pensif que d'ordinaire. Lui qui passe son temps à revendiquer l'insouciance et la liberté semble en pleine réflexion sur sa vie. Ce sérieux rejaillit sur son visage, creusant sa ride du lion peu marquée.

— Il me donne envie de refaire tchou-tchou.

Chapitre 11

Evan

Mygale est partout. Elle est omniprésente. Chaque fois que je pense m'éloigner de son étau, elle tisse sa toile plus loin encore pour me récupérer.

Cette nouvelle manifestation de son existence vient de balayer le mince équilibre que j'avais recréé. Tous mes tourments remontent à la surface.

Acide.

Vénéneux.

Et j'ai peur. Peur de ne pas réussir à lutter. Peur que le traumatisme soit plus fort et que je ne me relève jamais de cette chute.

J'ai besoin d'aide…

Chapitre 12

Ophélie

Tout en laçant mes baskets, j'observe Evan du coin de l'œil. Debout face à la baie vitrée du vaste salon, il semble pensif. Depuis notre arrivée en Italie, je le trouve étrange. Au début, tout semblait aller mieux. Même après que nous avions fait l'amour. J'ai pris du plaisir, j'ai eu l'impression que lui aussi. Les heures qui ont suivi n'ont en rien entaché cela.

Puis subitement, il a changé de comportement. J'ai beau remuer mes souvenirs, me repasser le film image par image, je n'arrive pas à identifier ce qui a pu le faire basculer. À moins que la chasse au chargeur avec Gavin cache autre chose ?

— Ophélie ? Je peux te dire un truc ?

Quand on parle du loup. Je tourne la tête vers Evan pour vérifier qu'il ne nous prête pas attention, puis d'un signe de tête, je signifie à Gavin que je préfère m'éloigner. Nous nous dirigeons vers l'escalier pour rejoindre l'étage. Le grand blond me suit jusqu'à ma chambre où j'ai l'intention de récupérer un élastique pour nouer mes cheveux. Ça me donnera de quoi me justifier si Evan me demande pourquoi je suis montée.

Je ferme la porte derrière nous puis demande aussitôt :

— Il s'est passé un truc quand vous avez été au magasin ?

Gavin fronce les sourcils.

— Non, pourquoi ?

— Evan est bizarre depuis hier soir. Il se renferme sur lui-même. Pas autant que la dernière fois, mais dans le même esprit.

— Tu as essayé de lui en parler ?

— Il dit que tout va bien.

Pourtant, quand il s'est couché, il n'a pas décroché un mot. Pareil depuis le réveil. Si je m'adresse à lui, il me répond avec douceur mais si je ne me manifeste pas, il ne m'accorde aucune attention. C'est comme si le monde autour de lui n'existait plus. Comme s'il était… déconnecté.

Est-ce qu'il pense à *Mygale* ? Ne pas savoir qui se cache derrière ce mot me rend folle. Je me contiens pour respecter la décision d'Evan de ne pas s'étendre sur le sujet. Le forcer à me le dire reviendrait, à moindre échelle, à lui faire subir ce que ce monstre lui a fait subir. Elle n'a pas respecté sa volonté, elle l'a obligé à commettre un acte qu'il ne voulait pas commettre.

Je ne peux pas user des mêmes armes qu'elle. Son consentement, sa parole, ses choix : j'ai trop de respect pour contourner un seul d'eux. Même le plus anodin. L'aider à guérir revient aussi à lui montrer que tout le monde n'est pas comme *Mygale*. Que les relations humaines saines se jouent dans l'estime des autres et dans la considération de leurs émotions.

— Je ne sais jamais quelle est la meilleure méthode pour l'aider à s'ouvrir, murmuré-je distraitement. Je vais lui laisser un peu de temps et si je vois que rien ne bouge, je lui dirai à nouveau qu'il se ferme. Qu'il ne parle plus.

— Je vais rester à l'affût.

Gavin passe la main dans ses mèches blondes. Il semble

ennuyé. Tandis que je fouille dans ma valise pour trouver un élastique dans le bordel que j'ai déjà fichu, je lui dis :

— Je t'écoute ! De quoi tu voulais me parler ?

— Tu n'as rien dit à Evan à propos de la lettre, pas vrai ? Je veux dire, que c'est moi qui l'ai subtilisée pour te la remettre...

Je secoue la tête. Une fois le petit objet noir en ma possession, je noue ma crinière dans une queue-de-cheval puis m'assois sur le bout du lit à côté de Gavin.

— Evan n'a posé aucune question sur le sujet, sûrement parce qu'il avait plus important en tête, expliqué-je. J'ai trouvé étonnant qu'il n'ait rien demandé les jours qui ont suivi. Il doit vraiment avoir le cerveau en ébullition pour ne pas s'être arrêté sur ce détail qui a son importance.

— Je me sens mal, Ophélie. Je ne veux pas continuer de mentir à Evan, sauf que je ne sais pas comment lui dire la vérité. J'ai peur d'appuyer là où ça fait mal et de le braquer. J'ai trahi sa confiance.

Il soupire.

— J'ai bien essayé de lui parler quand on est parti acheter mon chargeur hier, mais les mots n'ont pas voulu sortir. Ça me prend la tête... Je ne veux plus garder ça pour moi, je me sens malhonnête. Et à la fois, je veux préserver Evan.

— Il comprendra, Gavin. Il sera déçu, comme il a été déçu de moi. Mais s'il est passé au-dessus me concernant, il en fera de même pour toi. Le sujet est suffisamment sérieux pour que notre geste ne soit pas totalement condamné. Crois-moi ! Le contenu de cette lettre ne pouvait plus rester secret.

Gavin dodeline de la tête, pensif. Il n'a toujours aucune idée de l'existence de *Mygale* et du viol qu'a subi son meilleur ami. Je respecte sa volonté de ne pas avoir voulu lire la missive. C'est tout à son honneur et maintenant que je détiens la vérité, je ne peux pas l'avouer. Cette histoire est trop grave pour qu'elle vienne de moi. Si Gavin doit apprendre la vérité, cela doit venir d'Evan et d'Evan seul.

— Ne t'en fais pas, je ne dirai rien, assuré-je.

— Merci, Ophélie.

— Et tu sais, je crois qu'il n'y a pas de bonne ou de mauvaise manière de cracher le morceau, vu le contexte. Fais confiance à Evan ! C'est ton meilleur ami. Même s'il ne cautionnera pas ton geste, il le comprendra. Et il passera l'éponge.

— Je n'en suis pas si sûr…

Gavin se lève et quitte la chambre. Je l'observe marcher, le dos voûté, comme s'il portait le poids du monde sur ses épaules. Lui et Evan ont noué un lien très fort, en dépit des problèmes émotionnels de mon petit ami. Cette connexion doit être préservée à tout prix.

Je me promets de laisser Gavin s'ouvrir sur le sujet et si Evan réagit mal, j'interviendrai en sa faveur. Après tout, je suis la responsable de cette histoire. C'est moi qui ai demandé à son coloc de fouiller dans l'appartement pour me remettre la lettre.

Si le silence présente un avantage, c'est de me laisser profiter de la beauté milanaise. Mon regard s'accroche aux bâtiments dont l'architecture diffère de l'un à l'autre, dans ce qui s'apparente à un chaos esthétique. Mon côté maniaque ne se réveille pas, apaisé par l'harmonie inattendue qui se forme dans les rues italiennes.

Le soleil nous inonde de sa chaleur. Cachée sous mon chapeau Jacquemus, je flâne entre les gens, pensive. Les styles vestimentaires s'opposent et me donnent du grain à moudre.

D'un simple coup d'œil, sans tenir compte des éléments du décor, j'aurais capté immédiatement que je ne me trouve pas à Paris. C'est fou comme l'identité d'un endroit dépend de ses habitants. À mes yeux, en tout cas.

L'inspiration pour mes créations vient en premier lieu des gens que je croise. Il y a un jeu auquel j'aime jouer dans ma tête : imaginer comment mettre en valeur la plus belle pièce que portent les passants. Je dessine dans ma tête les améliorations que je pourrais apporter, ce qui entraîne mon imagination. Grâce à ça, je retrouve l'envie de crayonner et d'avancer sur mes créations. Je sais que j'ai du pain sur la planche pour percer en tant que créatrice, mais je n'ai pas l'intention de me laisser décourager.

L'approbation d'Alex Ivero représente beaucoup pour moi. Il aurait pu se contenter de me dédaigner, de me renvoyer dans mes cordes pour m'obliger à rester à mon poste de couturière sans jamais envisager davantage pour moi. J'adore ce travail, mais ne pas tenir compte du reste reviendrait à me couper les ailes. Au lieu de me considérer comme une concurrente, Alex m'a aidée à la manière d'un mentor.

Lassée de ma propre voix dans ma tête, je finis par dire à Evan :

— Tu as l'air ailleurs.

Il tourne la tête vers moi. Ses mains sont fourrées dans ses poches, je n'ai pas osé rompre son moment de réflexion en en subtilisant une.

— Désolé, je…

— Tu penses à *Mygale* ?

Evan s'arrête net sur le trottoir. Des ados nous contournent, non sans gueuler des mots en italien que je ne comprends pas.

— Entre autres.

— Tu sais que tu n'as plus à me le cacher ? Maintenant que tu m'as confié les détails de ton secret, tu n'es plus obligé d'affronter ça tout seul.

Il se mordille la lèvre.

— Je n'ai pas l'habitude, admet-il. J'ai toujours dû me débrouiller seul ou presque. C'est difficile pour moi de te parler de mon anxiété, chaque fois qu'elle se manifeste.

— Rien ne t'oblige à entrer dans les détails. Tu peux juste me dire que tu es anxieux à cause de *Mygale* et que tu risques de ne pas parler beaucoup. Rien que ça, ce serait précieux.

— Je vais essayer, promis.

— C'est dur de te voir te murer dans le silence sans avertissement.

Evan opine du chef pour signifier qu'il comprend mes doléances. Sa main gauche s'échappe de sa poche pour capturer la mienne et nous poursuivons notre balade. À redécouvrir la singularité de ses yeux vairons, je me fais la réflexion que Milan possède le même charme détonnant fondé sur la contradiction. Et ça marche…

Et toi, petite hypocrite, tu comptes confier tes démons à Evan ?

J'essaie de faire taire la voix dans ma tête mais elle est trop forte. Et elle a raison. J'ai si peur de parler de mes troubles du comportement alimentaire à Evan que je préfère conserver le silence, ce que je lui reproche.

Faites ce que je dis, pas ce que je fais…

— Il n'y a pas que ça, murmure Evan quand nous changeons de rue.

Mon cœur s'emballe. Serait-il possible qu'un autre secret lourd de sens entoure la vie de ce garçon ?

— Quoi d'autre ?

— Je m'interroge sur les méthodes utilisées pour te faire défiler. Et j'ai peur que tu n'en aies pas vraiment envie.

Lorsque j'ai raconté à Evan et Gavin ce qu'ils ont manqué durant leur escapade shopping, j'ai affronté deux réactions opposées. Le premier est resté stoïque, le deuxième a bondi de joie jusqu'au plafond. Je me suis laissé submerger par l'enthousiasme contagieux de Gavin, qui a relancé Aline elle-même folle de joie. Nous avons dansé et ri comme des fous.

Puis la réalité est revenue. Je suis terrifiée à l'idée d'arpenter un podium, comme si me glisser à nouveau dans la peau d'un mannequin revenait à signer mon arrêt de mort. J'ai atteint le pire de mes troubles à cette époque. L'idée de sombrer à nouveau me fait trembler.

Et… ça a déjà commencé. Mon estomac me déchire le ventre tellement j'ai mangé pour me remplir, lorsque tout le monde avait le dos tourné. J'ai essayé de lutter contre mes pensées obsessionnelles mais elles ont refusé de quitter ma tête, tant que je ne leur avais pas cédé. Marcher normalement et sans grimacer me demande toutes les peines du monde.

Je ne veux pas qu'Evan s'en aperçoive, alors je donne tout.

— J… j'en ai envie.

Sois un peu plus convaincante. Même toi, tu n'y crois pas.

L'image de ma mère s'impose à mon esprit. Je me retiens de l'appeler pour lui annoncer la nouvelle depuis que j'ai reçu cette proposition. Et si c'était une manière de m'offrir une porte de sortie ? Tant qu'elle n'est pas au courant, je peux encore faire machine arrière. La déception d'Aline ou de Gavin ne me tuera pas. Celle de ma mère, en revanche… je ne sais pas si je serais capable de l'encaisser. J'ai eu beau m'éloigner de mes parents pour mieux m'émanciper, je suis encore trop attachée à l'image qu'ils ont de moi.

Puis il y a Victoria. Elle non plus, je n'ai pas envie de la décevoir. Son influence en ma faveur pourrait changer mon destin.

— Ce n'est qu'un petit défilé, ajouté-je.

— Petit ? Ophélie, c'est un défilé de la Fashion Week milanaise. Alors oui, ce n'est pas le top trois des maisons les plus attendues, mais ça se situe juste derrière.

La pression m'écrase les épaules. Le sol me paraît plus proche que jamais.

— Merci de me rassurer.

— Tu trouves ça rassurant ?

— Rose, 176. Rose.

Sa bouche trace un « o ». Cette couleur signifie « ironie, sarcasme » dans le code que nous avons constitué ensemble. Je pensais qu'il nous servirait essentiellement en public, avec les autres, mais il s'avère d'une redoutable efficacité dans un cadre privé. Il m'évite de formuler des phrases entières chaque fois qu'Evan passe à côté de l'évidence. Enfin, l'évidence pour le commun des mortels.

Lui est différent. Et c'est ce qui fait toute sa richesse.

— Désolé, prononce-t-il. Je ne veux pas te mettre la pression, juste que tu réalises pleinement la décision que tu prends. Si tu as cessé d'être mannequin ado, ce n'était pas pour rien.

— Je sais. Cette fois, je ne me laisserai pas prendre dans l'engrenage. Ce n'est rien qu'un défilé. Pas petit, d'accord. Mais un seul.

Evan opine du chef.

— Je peux te demander quelque chose ?

— Tout ce que tu veux, me répond-il.

— Distrais-moi ! Je veux pas stresser plus que de raison pour le défilé de demain et je ne veux pas non plus que le souvenir de *Mygale* te tourmente. Distrayons-nous l'un l'autre !

Evan me sourit. Ce n'est pas la divine esquisse emplie de légèreté que j'ai déjà perçue dans de rares moments, or ça suffit pour m'insuffler du courage. L'avenir m'effraie, mais sa main dans la mienne me rassure.

Je ne suis plus seule.

Chapitre 13

Evan

— Alors c'est ça, le château des Sforza ? demande Ophélie.

— Apparemment. En tout cas, ça ressemble à ce que j'ai vu sur Internet.

— Et comme ta mémoire est infaillible, je crois que le doute n'est pas permis.

Je lui adresse un clin d'œil et nous pénétrons dans l'enceinte du bâtiment. À l'approche d'une fontaine dont les jets se déploient en arc de cercle, Ophélie ralentit la cadence. Des gouttes d'eau s'échappent du schéma répétitif pour s'échouer sur mon visage. La sensation de fraîcheur atténue l'impact du soleil qui ne faiblit pas. L'été arrive sur sa pente descendante mais en Italie, ce n'est pas flagrant. Le Britannique que je suis a déjà bien de la chance d'avoir une carnation hâlée, là où la plupart de mes compatriotes ont le teint pâle.

Alors qu'Ophélie fouille dans son sac, je lui demande :

— Tu cherches quoi ?

— Une pièce pour faire un vœu.

Tandis que sa main droite s'agite dans le bordel régnant

dans son sac à main Fendi, la gauche est enroulée autour de son ventre.

— Ça ne va pas ?

Ophélie m'interroge du regard.

— Tu te tiens l'abdomen comme si tu étais souffrante.

Elle secoue la tête puis me sourit.

— C'est juste un tic. J'ai toujours fait ça.

Bien qu'elle soit convaincante, je ne me rappelle pas l'avoir vue esquisser ce geste à de si nombreuses reprises. Mes réflexions sont balayées par sa jubilation quand elle finit par mettre la main sur l'objet de ses recherches.

— Tu en veux une ? me propose-t-elle en montrant une pièce.

— Inutile. Si je devais faire un vœu, ce serait d'être aimé de toi.

Ophélie éclate de rire.

— J'hésite entre trouver ça mignon et me dire que c'est la plus belle disquette que j'ai entendue.

Ne voyant pas le rapport avec l'objet que l'on insérait dans les vieux ordinateurs, je m'enquiers :

— C'est quoi une « disquette » dans ce contexte ?

— Des phrases toutes faites, un peu clichées, qu'on utilise pour draguer. Genre « Ton père est un voleur ? Car il a dérobé toutes les étoiles pour les mettre dans tes yeux ».

Elle mime le dégoût, m'arrachant un sourire.

— J'étais sincère.

— Je sais. Mais si un jour tu as envie de me faire rire, n'hésite pas à laisser la sincérité de côté au profit d'une disquette.

Je prends des notes mentales. L'humour n'étant pas mon point fort, je m'attelle à en percer les mystères à la moindre occasion. Ophélie passe son temps à rire, lorsqu'elle va bien. Je n'ai pas envie de devenir le boulet qu'elle traîne derrière elle ou pire, qu'elle me trouve chiant à mourir. Autrement dit, je dois un minimum m'adapter.

Ophélie ferme les yeux en se concentrant sur la pièce d'un euro qu'elle tient fermement entre son pouce et son index, puis elle la jette d'un mouvement décidé. Je serais curieux de savoir ce qu'elle espère, à travers ce geste insensé. Mon esprit cartésien m'empêche de croire à ces idées farfelues de vœu ou d'intervention divine. Je crois en ce que je vois et ce que je comprends. La science est ma meilleure alliée.

— Voilà ! Plus qu'à attendre… et croiser les doigts.

Malgré son air détaché, je devine qu'elle a pensé à un sujet difficile. Il y a quelque chose qu'elle ne me dit pas et que je veux découvrir. Comment lui venir en aide si elle refuse de me parler ? Et en même temps, je la comprends. Moi-même j'ai refusé de lui dévoiler l'identité de *Mygale*, pour ne pas altérer son comportement, ce qui pourrait lui porter préjudice dans le monde de la Haute Couture.

— Tu es sûr que tu ne veux pas une pièce ? insiste-t-elle d'une voix douce. Tu pourrais en mettre une pour que *Mygale* sorte de ta vie définitivement.

Sur le point de refuser par automatisme, je me ravise. Je ne crois pas au pouvoir magique des fontaines, mais Ophélie, oui. Si accepter revient à lui donner l'impression qu'elle parvient à me venir en aide, peut-être n'est-ce pas une mauvaise chose. Elle veut se rendre utile et moi je dois lui prouver que je m'ouvre à elle. À défaut de me confier sur mes tourments, là où le silence m'est bien plus naturel, je peux lui donner de l'espoir.

— Tu penses vraiment que ça va changer quelque chose ?

— Honnêtement, je crois au karma. Un jour ou l'autre, elle paiera. Mais une pièce ne coûte rien.

— Techniquement, si. Ça coûte la valeur de la pièce.

Ophélie grimace.

— Tu m'as très bien comprise.

— Pour une fois, j'avoue, j'ai fait exprès.

Un pincement aux fesses me fait sursauter et pousser un cri un peu trop aigu à mon goût.

— Eeeh ! C'était quoi ça ?

— Une punition pour t'être moqué de moi. Et l'assouvissement d'une pulsion. Un si beau cul donne envie de le croquer, mais je suis pas sûre que ce soit comestible. Faute de mieux, j'ai décidé de le pincer.

Son air espiègle et fier d'elle m'empêche de garder mon sérieux. Je finis par sourire malgré moi, ce qui n'échappe pas à sa vigilance.

— Je n'y peux rien, je suis drôle de nature, cancane-t-elle. N'essaie même pas de mentir : tu adores mon côté imprévisible.

— On n'a qu'à dire ça.

— Je suis sûre que tu vis par procuration à travers moi. Vois la vérité en face, 176 : tu ne sais pas te lâcher. T'es trop sérieux. À part la fois où tu es monté sur scène pour chanter Harry Styles. Là, j'avoue, tu m'as bluffée.

— Je rêve ou tu me traites de petit vieux, là ?

— À trois cheveux gris et une canne près, tu reçois une lettre de l'hospice par courrier.

J'emprunte une moue offusquée qui accentue son hilarité.

— Mais c'est OK. J'aime bien ton sérieux. Ça me donne un objectif de vie : te dévergonder.

— Je vais me venger, Ophélie.

— Ouuuh ! J'ai peur.

Dès que j'esquisse un geste, elle contourne la fontaine. Je

m'élance vers elle, elle se met à courir en direction de la tour principale du château. Celle-ci s'élève fièrement sur la toile bleue et pure du ciel, masquant partiellement l'astre jaune qui m'éblouit de ses rayons. Ophélie s'engouffre à l'intérieur. Je ralentis en entrant pour éviter que mes pas ne résonnent sous la voûte, puis la suis dans le couloir qui s'étend face à moi.

Des visiteurs progressent silencieusement, téléphones braqués en avant pour photographier tout ce qui passe à leur portée. Je me moque éperdument des richesses de ce lieu : tout ce que je veux, c'est attraper Ophélie pour mettre en application ma vengeance. Et je crains que quelques chatouilles ne suffisent pas.

Le feu crépite dans mes veines. J'ai envie d'elle. Le désir est tout nouveau pour moi, je l'ai si peu ressenti. Mais avec Ophélie, il revient encore et encore, de manière cyclique, telle une rivière aux mille délices qui s'écoule dans le temps. Elle pense que je manque d'audace et que je ne peux pas la surprendre ? Je vais lui prouver à quel point elle se trompe.

Après avoir grimpé une volée de marches, je pénètre dans une grande salle où sont exposées plusieurs statues. Le plafond incurvé donne une dimension sacrée à l'espace et le silence qui règne m'invite à poursuivre ma proie avec discrétion. Voyant que je l'ai perdue de vue, je continue d'avancer en dégainant mon téléphone pour composer son numéro. La sonnerie retentit à quelques mètres, m'incitant à presser l'allure.

Ophélie revient dans mon champ de vision. Elle peste tout en rangeant son portable puis s'éloigne à vive allure, sans pour autant courir. Face à une impasse, elle refuse de s'avouer vaincue et emprunte la porte de droite dont le symbole suffit à faire comprendre qu'il est interdit d'entrer, que l'on maîtrise l'italien ou non.

Je jette un œil par-dessus mon épaule pour vérifier que personne ne me voit, puis je m'engouffre à sa suite. Derrière la porte se trouve une réserve où des statues couvertes par des draps sont alignées immédiatement sur ma gauche. Des étagères emplies de bazar s'étendent sur les autres pans de mur. Si la pièce mesure quinze mètres carrés à tout casser, elle s'apparente surtout à la fin de cette course-poursuite, faute de présenter un autre accès que celui par lequel nous sommes entrés.

— On dirait que tu es coincée, murmuré-je.

Mon souffle résonne dans l'atmosphère épurée de la pièce. Un frisson se déploie sur la peau soyeuse d'Ophélie. Je le vois d'où je me tiens. Elle se retourne, son air mutin n'a pas bougé.

— Ce petit jeu t'amuse. Pas vrai ?

— Beaucoup, admet-elle.

— C'est marrant de se retrouver seuls tous les deux, dans cette pièce calme. Ça me donnerait presque des idées…

Ophélie hausse les sourcils et demande :

— Vraiment ? Quel genre d'idées ?

— On pourrait par exemple ranger les bibelots qui traînent, faire la poussière et réorganiser les étagères pour gagner de la place, expliqué-je avec le plus grand sérieux.

Sa mâchoire se décroche. Je me retiens aussi longtemps que possible avant d'éclater de rire.

— Attends ! C'était une blague ? s'insurge-t-elle. Avec toi, je m'attends à tout.

— Je crois que je commence à le comprendre et que j'ai pas fini de jouer avec ça.

— Si tu commences à maîtriser l'humour, tu n'auras plus besoin de moi pour te chaperonner.

— T'en fais pas, j'ai encore besoin de ton expertise dans d'autres domaines.

Ophélie retient son souffle. Je m'approche d'elle, pas à pas. D'une petite voix, elle demande :

— Ah oui ? Quels domaines ?

Je souris. Elle le remarque et enchaîne aussitôt :

— Si tu me réponds le rangement, je te fais la gueule, 176. C'est clair ?

Ma main glisse le long de son bras, elle frémit. Je la passe dans son dos et y applique une pression pour la plaquer contre moi. Ophélie se laisse faire, les prunelles luisant de désir.

— Si tu connais un endroit pour ranger mon désir, je ne suis pas contre, murmuré-je.

Je capture son sourire de mes lèvres. Elle me rend mon baiser en nouant ses bras autour de mon cou. Elle se sépare de moi uniquement pour glisser :

— Tu me donnerais presque envie de m'intéresser au rangement. Et pour te répondre, j'ai bien une idée d'où tu pourrais caser ton désir…

Sa bouche s'approche de mon oreille pour y murmurer mille sottises qui m'en font perdre la raison et savourer l'instant présent. On pourrait nous surprendre, mais je m'en fiche. Tout ce que je veux là, c'est être en elle et oublier le reste. Nos problèmes, nos silences.

Nos tourments.

Chapitre 14

Ophélie

— Je vais m'évanouir, articulé-je la gorge serrée.

— Si tu t'évanouis, Claude mettra Shakira près de toi comme un totem pour t'aider à revenir parmi nous, suggère Gavin.

Un frisson d'horreur me secoue la tête. Je me tourne vers mon meilleur ami et lui demande :

— Tu ne ferais pas ça, hein ?

Une moue ennuyée apparaît sur sa bouche.

— Ben… si. Ce serait ma façon de te protéger.

— J'apprécie, Claude. Vraiment. Juste… tout mais pas Shakira. Tu sais qu'on n'a pas trop d'affinités, elle et moi.

À chaque fois que je prononce ce prénom, j'imagine la chanteuse colombienne faire la danse du ventre sur une falaise au bord d'une mer agitée. La prochaine fois que Claude empaillera un animal, je mettrai mon veto à sa dénomination pour proposer quelque chose de plus adapté.

— Vous êtes vraiment pas sympas avec Shakira, bougonne Claude. Elle est trop mignonne, c'est vous qui n'arrivez pas à voir sa beauté.

Il croise les bras sur sa poitrine et tourne la tête en direction de la vitre pour observer les rues milanaises défiler. Il ressemble à s'y méprendre à un enfant qui boude. L'idée de lui faire de la peine me fend le cœur, alors je dis :

— Je l'aime bien, moi. Pas forcément sur ma table de chevet au réveil le matin, mais dans l'appartement ou la villa, elle ne me dérange pas. Tu sais quoi ? Quand j'oublie que c'est un animal mort, je la trouve presque choupette.

Aline, que Claude ne voit pas dans sa position, murmure sans un son « Choupette ?! » avec de grands gestes pour me demander si je suis bien saine d'esprit.

— C'est le mieux que je puisse proposer, conclus-je. Tu me connais, je ne sais pas faire autrement qu'être honnête.

Blesser mon meilleur ami me briserait le cœur, mais lui mentir pour adoucir ses maux n'est pas une option.

— Ça me va, me dit Claude. C'est déjà beaucoup.

Rassurée, je laisse mon dos s'écraser contre la banquette. Un vertige m'accable, mais je me concentre pour n'en rien montrer. Ce doit être le stress, rien de plus.

— On peut se concentrer sur le défilé ? reprend Gavin. Il n'y a que moi qui suis tout excité à l'idée de voir Ophélie sur un podium ?

— Ma mère aussi est extatique, réponds-je. Elle devrait arriver juste à temps depuis l'aéroport. Elle a sauté dans le premier avion pour assister à ça.

Lorsque je l'ai appelée pour lui annoncer la nouvelle, j'ai eu l'impression d'enfoncer le dernier clou de mon cercueil. Plus de possibilité de faire machine arrière, maintenant. J'ai suffisamment déçu ma mère par le passé pour ne pas avoir envie de reproduire l'expérience. Il est temps de lui montrer qu'elle a des raisons d'être fière de moi.

J'ai bien essayé de me libérer de ces considérations, de me dire que le seul avis qui compte doit être le mien. Mais je ne suis pas assez forte pour ça. Il reste trop de moments où je déteste mon corps, où je manque de confiance en moi en dépit de mon talent pour donner le change en public. La vérité, c'est qu'en mon for intérieur sommeille la gamine aux mille bobos qui a besoin de sa maman. De la rendre fière, de s'assurer qu'elle l'aime. Qu'elle mérite d'être aimée, même…

Le seul capable d'amoindrir mes pensées acides, c'est Evan. Dans son regard, je me sens belle et désirable. Il balaie mes doutes sans même prendre la parole, rien qu'en étant lui-même. Ce pansement a fonctionné un temps, mais il est temps de suturer la plaie.

Me confronter de nouveau à ma mère, à l'occasion d'un défilé comme quand j'étais ado, me donne l'impression de procéder à l'opération sans anesthésie ni gants, avec les doigts pleins de sel. J'en souffre d'avance.

Vivement que ce soit terminé.

— J'ai hâte de la rencontrer, me dit Gavin. Tu peux me redire les mots qu'elle glisse toujours en albanais dans ses phrases ?

La conversation vire vers de véritables révisions, comme si le grand blond s'apprêtait à passer un examen. Je me prête volontiers à l'exercice en lui rappelant les leitmotiv favoris de ma mère, que j'ai dévoilés hier soir à l'apéritif. Comme je jure souvent en albanais, Gavin a fini par être curieux et vouloir s'y essayer.

Cette parenthèse a au moins le mérite de me distraire. Le stress me ronge les entrailles et quelques minutes de répit sont les bienvenues. Victoria a fait venir une voiture spécialement pour nous conduire au Palazzo Reale où aura lieu le défilé Iris Di

Angelis. L'espace arrière du véhicule présente deux banquettes face à face qui nous permettent de tous passer en un seul voyage.

Le seul qui ne s'est pas exprimé depuis notre départ, c'est Evan. Silencieux comme une tombe, il se contente de nous observer à tour de rôle. Du coin de l'œil, j'ai remarqué qu'il s'attardait plus longuement sur moi, comme s'il cherchait à percer l'un de mes secrets.

— Tout va bien ? lui demandé-je après moult hésitations.

Il opine du chef. Sa chemise en lin laisse une large ouverture sur son torse musclé. Une veine apparaît après le tissu des manches courtes au niveau de son biceps et trace un chemin idyllique vers son coude et son avant-bras. Sa fossette de menton m'invite à mille et une rêveries, tandis que la fine barbe qui parsème ses joues renforce son air sauvage. Je pourrais passer des heures à me gorger de sa beauté sans me lasser. Evan est taillé pour le mannequinat. Pas moi.

Tout ça est une erreur, mais je ne peux plus reculer. La seule chose que je puisse faire, c'est aller au bout et laisser ça définitivement derrière moi. Je me sens bien mieux du côté couturière et créatrice.

Un nouveau vertige m'assaille. Je ferme les yeux quelques secondes, me concentrant pour récupérer le contrôle de mon corps. Mon estomac proteste bruyamment, mais le ciel semble entendre mes prières puisqu'il se tait avant d'attirer l'attention sur moi.

Le véhicule s'arrête. Notre procession commence par Aline et Gavin, excités comme des puces, qui posent un pied à terre avec des étoiles dans les yeux. Claude les suit, puis Evan. Je sors la dernière, acceptant la main tendue de mon petit ami pour m'aider à garder l'équilibre. Si je me sentais moins anxieuse, sûrement arriverais-je à profiter de la somptuosité du Palazzo Reale. Là, je n'arrive à me concentrer sur rien d'autre que la boule logée au creux de mon ventre.

Le charme de l'Italie ne suffit pas à rivaliser avec la houle corrosive qui se déporte d'un bout à l'autre de mon corps, me rendant plus faible encore que je ne le suis déjà. En attendant d'être prise en charge pour pouvoir arpenter dignement le podium du défilé, je suis habillée simplement. Cela ne m'aide pas à envisager mon plein potentiel, même avec une tenue de créateur et un maquillage hors pair.

Nous sommes accueillis à l'intérieur du bâtiment par une foule de personnes fourmillant dans tous les sens. Evan se tend à mes côtés, sa main me broyant les doigts. Serait-il possible que… *Mygale* soit ici ? Mon cœur s'emballe, mes yeux se mettent à scanner les environs.

Je n'ai pas le temps d'arriver à une conclusion fructueuse qu'une jeune femme aux cheveux si longs qu'ils lui frôlent la taille vient à notre rencontre.

— Ophélie de Montmorency ?

Elle a décliné mon identité avec une prononciation anglaise marquée par un fort accent italien. Dans d'autres circonstances, cela m'aurait fait sourire. Là, je ne trouve rien d'autre à faire que d'opiner du chef.

— *Parli italiano ?*

Cette fois, je secoue la tête. Elle poursuit en anglais :

— Aucun problème. L'anglais vous conviendra ?

— Très bien.

— Je m'appelle Cassidy. Je suis la coordinatrice principale du défilé. Valery va s'occuper de votre maquillage, puis Giorgia de votre coiffure. Pour la tenue, Claudia Gallo en personne se chargera de vous la présenter.

— Je… je n'ai participé à aucun essayage. Et si cela ne m'allait pas ?

— Ne vous en faites pas ! Nous sommes dans les temps. Un créneau a été anticipé afin de pouvoir retoucher les détails posant problème.

La perfectionniste en moi a du mal à être d'accord. Pour avoir été à bonne école avec Alex Ivero, je sais qu'il vaut mieux compter plusieurs semaines d'avance sur les retouches pour ne rien laisser au hasard. Comme quoi, d'un créateur à l'autre, les règles bougent.

Une petite brune à l'air strict et au visage marqué par le soleil se présente aux côtés de Cassidy.

— Giorgia, se présente-t-elle avec concision.

Elle baragouine en italien à la coordinatrice, puis après un ping-pong de répliques auxquelles je ne comprends rien, Cassidy m'explique :

— Finalement, vous commencerez par la coiffure. La maquilleuse qui se charge de vous doit gérer une urgence. Je vous laisse aux mains de Giorgia.

Je n'ai pas le temps de répondre qu'elle clique sur son oreillette pour accepter un appel entrant et tourne les talons pour s'éloigner. Je jette un œil apeuré à Evan qui m'adresse un sourire chaleureux. Je laisse sa lumière m'inonder de courage, puis je suis la petite brune jusqu'à un siège face à un miroir. Elle ne décroche pas un mot alors qu'elle commence à s'occuper de mes cheveux, avec une brutalité que je ne relève pas. Au mieux, la douleur me distrait du stress.

Pour m'occuper l'esprit, je me prends à observer tout autour de moi. Il y a un côté rassurant dans cette effervescence qui caractérise chaque défilé. Cette sensation m'est familière et si cette fois je n'ai pas à m'inquiéter d'un problème relevant d'une pièce, j'ai suffisamment à faire en m'imaginant marcher devant tout le gratin qui me passe au crible. Au souvenir de mes perceptions d'adolescente, je réprime une nausée. Je me sentais à la fois la reine du monde et une bête de foire. Un rat de laboratoire tout juste bon à mettre en valeur une recherche. Dans ce contexte, elle n'a rien de scientifique mais tout d'artistique.

Gavin et Aline observent attentivement la préparation des mannequins. Claude joue sur son téléphone, dans un coin de la pièce. Evan, quant à lui, est porté disparu. L'idée que *Mygale* soit là me retourne le cœur. Je sais qu'il s'agit d'une femme et qu'elle fait partie du monde de la Haute Couture. Sauf que ces deux éléments sont trop vagues. Cela pourrait correspondre à tellement de profils que c'en est étourdissant. Un monstre se cache derrière l'apparence d'une professionnelle respectable et ça me rend malade.

— Ophélie ?

Étonnée d'entendre mon prénom prononcé dans un français impeccable, je sursaute. Le miroir me renvoie le reflet de Thérèse Martin, dans mon dos. Elle se tient de façon à ne pas gêner Giorgia qui s'affaire sur ma coiffure avec une concentration que rien ne semble pouvoir briser.

— Quel plaisir de vous revoir, me dit l'hôtesse de l'émission française *Culture Mode*.

Son sourire apparaît comme un rayon de soleil dans un orage particulièrement vindicatif.

— Le plaisir est partagé, assuré-je. Je ne savais pas que vous couvriez la Fashion Week de Milan.

— L'année dernière nous n'y étions pas pour des questions de budget, me confie Thérèse en ne modulant pas sa voix.

Elle sait que personne ne saisit un mot de français dans les environs.

— Le succès de l'émission va… crescendo, pour rester dans la culture italienne.

Thérèse libère un petit rire qu'elle étouffe rapidement, puis me dit :

— Vous passez de l'autre côté de la barrière.

— Rien qu'une fois, réponds-je. Le mannequinat et moi, c'est une longue histoire. J'ai accepté la proposition comme une faveur pour Victoria Bellucci.

— Je vois.

Au changement de timbre intrigant, je devine que ces deux mots recèlent un mystère. L'expression de Thérèse ne laisse rien entrevoir de ce qu'elle pense. Et comme Giorgia me tire les cheveux comme un enfant de deux ans hyperactif, j'ai du mal à me concentrer sur une image fixe.

— André n'est pas avec vous ?

— Il discute avec Myrna Nightingale.

Elle m'adresse un geste pour désigner les deux. Je profite d'une accalmie dans la brutalité de ma coiffeuse pour jeter un œil à la conversation visiblement triviale qui se déroule à quelques pas de moi. André et Myrna m'aperçoivent. Les deux m'adressent un sourire et un signe de la main que je leur retourne. Je n'aurais pas pensé voir la rédactrice en chef du magazine britannique *Luxe Émoi* ici, après l'article salé qu'elle a fait paraître en une l'année dernière sur la marque de Claudia Gallo.

Juste derrière eux, je reconnais Isadora Beccera en grande discussion avec Nicoletta Khaps et une grande femme dégingandée qui ne me dit rien. Sûrement une personnalité locale. D'autres visages me semblent familiers, mais je n'en identifie qu'une poignée sur la masse : Ginevra Ricci, directrice artistique de la marque MO&NA, fondée par son père il y une soixantaine d'années, et Aurora Lombardi, une ancienne mannequin reconvertie en ambassadrice à l'occasion des événements consacrés à la mode en Italie.

— Je vous laisse à vos préparatifs. On se retrouvera après le défilé. Je suis sûre que vous allez briller de mille feux, Ophélie.

— Merci, Thérèse.

J'ai à peine le temps de la voir s'éloigner qu'une brune familière entre dans mon champ de vision. Victoria Bellucci me salue chaleureusement, renforçant mon impression que son pays la rend plus affable que l'Angleterre.

C'est alors que je reconnais à ses côtés l'icône que j'ai aperçue tant de fois à la télé et pour laquelle je vais défiler aujourd'hui.

Claudia Gallo.

Chapitre 15

Ophélie

— Ophélie ! Comme je suis heureuse de vous accueillir à Milan.

Son anglais est lisse. J'aimerais me vanter d'avoir un accent aussi doux et fluide.

— Ravie de faire votre connaissance. Merci à vous d'avoir pensé à moi pour représenter Iris Di Angelis à l'occasion du défilé.

Même si je préférerais me rouler en boule dans mon lit qu'être ici en ce moment même.

— Je suis admirative de votre travail. Vous êtes une véritable source d'inspiration.

Claudia me sourit. Son naturel agréable fait flamber les taches de rousseur qui constellent son visage. Sa chevelure de feu cascade sur ses épaules.

— Vous me flattez. Victoria m'a montré à quoi ressemble le vôtre et vous n'avez rien à m'envier.

Touchée, je ne trouve rien à répondre, me contentant de rougir. Être approuvée par les plus grandes figures du monde de la Haute Couture me fera toujours le même effet. Je crois qu'il est impossible de s'y habituer.

— Vous avez l'air stressée, Ophélie !

— Terrifiée, même. Il y a longtemps que je n'ai plus arpenté de podium.

— Rassurez-vous, vous ne fermerez pas le défilé. Et je suis certaine que vous n'avez rien perdu de votre talent en la matière. J'ai visionné vos premiers pas, vous avez une élégance naturelle et rare.

Un soupir de soulagement m'échappe. J'ai bien songé que ce rôle puisse m'être attribué et cela me terrorisait davantage. Le dernier mannequin qui passe présente le clou du spectacle. Forcément, il attire une attention et une médiatisation redoublée. Soulagée d'être épargnée d'une telle responsabilité, je respire un peu mieux.

Tandis que Claudia m'explique ce qui l'a inspirée pour la tenue qu'elle va me demander de porter, je me perds dans l'observation d'une scène curieuse plus loin. Le ton semble moins jovial entre André Martin et Myrna Nightingale. Je rêverais d'être une petite souris pour pouvoir espionner leur conversation et savoir de quoi il retourne.

— *Pezzo di merda*[1] !

Mon attention vire de côté pour découvrir Victoria qui incendie une maquilleuse. J'ai beau ne rien comprendre des mots qu'elle profère, j'ai envie de pleurer toutes les larmes de mon corps face à sa véhémence. La pauvre professionnelle essaie de garder contenance, mais ses yeux brillent à la lumière artificielle. Elle est si blanche que je peux presque voir à travers elle, comme si elle interprétait le rôle de Casper sur grand écran.

— Que se passe-t-il ? demandé-je à Claudia.

Celle-ci s'empresse de m'adresser un sourire confus.

1. Putain de merde.

— Rien de grave. Ce genre d'incidents se produit souvent avant les défilés. Tout le monde n'a pas une éthique de travail aussi minutieuse que la nôtre, Ophélie.

Elle adresse un regard en croix à la maquilleuse qui reprend son œuvre, en commençant par effacer ce qu'elle venait de faire. Victoria revient près de nous. Elle semble déjà avoir repris contenance. Les défilés Alex Ivero ne sont pas de tout repos non plus. De là à se hurler dessus les uns les autres…

Je m'imagine trébucher ou mettre à mal le défilé Iris Di Angelis d'une manière ou d'une autre et me manger la soufflante de ma vie, à mon tour. Je ne supporterais pas d'être incendiée de la sorte devant tout le monde.

— Vous allez être sublime, Ophélie, me glisse Victoria. Je dois vous laisser, j'ai quelques coups de fil à passer. On se retrouve après le show.

Elle m'adresse un clin d'œil et s'éloigne d'un pas martial. Aline s'approche de moi dès que Claudia s'en va à son tour, puis me murmure à l'oreille :

— Ils ont le sang chaud, ces Italiens. Tout le monde passe son temps à se disputer. S'il n'y a pas une baston avant la fin du défilé, ce sera un miracle.

Même si la situation ne s'y prête pas, je trouve le moyen de rire. Ma collègue s'exprime toujours sur ce ton emphatique de commère qui m'empêche de rester sérieuse.

— Tu paries sur qui ? demandé-je, histoire de me détendre.

— J'ai vu André et Thérèse s'embrouiller salement, tout à l'heure. Je te parle même pas de Myrna qui parle mal à tous les assistants comme si elle était la star de l'événement. À croire que c'est elle qui va défiler. Mais alors le pompon revient à Victoria :

elle joue sa Mère Teresa devant nous, mais tu verrais comment elle rabaisse les petites mains. J'ai envie de la baffer.

— Ouais, bah tu seras gentille d'attendre la fin de la semaine. J'ai pas très envie de dormir dans la rue cette nuit, même s'il fait chaud.

— T'en fais pas, je saurai me retenir.

Aline m'observe à travers la glace.

— Tu es sublime avec les cheveux relevés comme ça.

Giorgia a fait en sorte de me donner un maximum de volume au-dessus du front, tout en s'assurant de dégager au maximum mon visage. Elle a ainsi noué mes mèches brunes dans des nattes compliquées que je n'oserais même pas redemander le jour de mon mariage. Il n'y a pas à dire, elle n'est peut-être pas agréable ni délicate, mais elle excelle dans son art.

— La maquilleuse arrive, me glisse Aline. Je te laisse.

— Attends ! Tu sais où est Evan ?

La blonde secoue la tête.

— Je ne l'ai pas vu depuis qu'on est arrivés. Il est peut-être parti prendre l'air. Ou il veut avoir la surprise de te découvrir sur le podium sans avoir vu les préparatifs.

J'aimerais que l'explication soit aussi simple. Pourtant, un mauvais pressentiment m'anime, mais je ne peux rien dire à Aline. Elle ne comprendrait pas le berceau de mes inquiétudes, car elle ne sait pas ce que je sais.

— Si tu le croises, dis-lui que j'aimerais lui parler.

— C'est urgent ?

J'hésite mais me ravise.

— Non ! Je voulais juste un bisou avant d'entrer en scène.

Aline me sourit.

— Vous êtes trop mimi, tous les deux. Quand on sait ce par

quoi vous êtes passés pour réussir à former un couple solide, vous n'avez que davantage de mérite.

Si seulement nous étions sortis de la tempête, Evan et moi. Tant que *Mygale* existera et que je ne saurai pas qui elle est, elle restera un danger pour notre relation. À tout moment, le mannequin peut vriller à cause de ce qu'elle lui a fait. J'aimerais tellement lui faire payer…

— Allez ! Bonne chance et à tout à l'heure.

Une fois ma coiffure achevée, une maquilleuse que je n'avais pas encore aperçue depuis mon arrivée se présente et s'occupe de moi. Elle remplace peut-être celle qui s'est fait engueuler tout à l'heure. J'ai beau fouiller au maximum dans le miroir face à moi, je n'aperçois plus aucun visage connu. Aline, Gavin et Claude ont disparu. Evan n'a toujours pas reparu. Victoria et Claudia sont sorties il y a cinq minutes. André, Thérèse et Myrna ont déserté aussi.

Où est ma mère ? J'espérais la voir avant de défiler, rien que pour la serrer dans mes bras et pour qu'elle me rassure, aussi. Je n'ai pas un dixième de sa force de caractère et j'aurais eu besoin de lui en emprunter. Espérons au moins qu'elle arrive à temps de l'autre côté du rideau pour me voir…

Ne reste que moi, mon stress et mes insécurités. Je me force à observer mon reflet avec indulgence, ignorant toutes les critiques que j'aimerais m'adresser au profit de compliments sincères sur ce que j'aime chez moi. J'ai la chance d'avoir une belle peau. Je n'ai jamais trop eu d'acné ni de points noirs. Mon nez est plutôt petit et discret. J'apprécie la forme de mes yeux. Leur couleur, ça dépend de mon humeur.

À court d'idées pour m'encenser, je soupire. Avec ça, je ne vais pas aller loin. Quand l'étape du maquillage est terminée, je m'observe une ultime fois. Mon teint est parfait, mon regard sublimé, ma bouche mise en valeur. Si seulement je ressemblais à ça sans artifice, peut-être que j'arriverais à m'accepter plus facilement. Il est rare que je me dévoile au naturel. J'ai peur de choquer les gens, qu'ils ne me reconnaissent pas. C'est stupide, je ne suis pourtant pas un laideron, mais cette crainte me poursuit depuis toujours.

Si ma mère ne m'avait pas initié au *make-up* dès le CM1, aussi… Je me suis tellement construite en travaillant mon image de toutes pièces que je n'ai jamais appris à m'aimer telle que je suis. C'est une guerre que je mène vaillamment, mais que je continue de perdre pour le moment. Pour chaque bataille que je remporte, j'ai l'impression que deux nouvelles épreuves se présentent.

C'est un cercle vicieux.

— Ophélie ! Prête ?

Claudia est de retour, seule. Je me demande bien où est Victoria.

— Prête !

— Voilà la tenue que tu vas porter.

La créatrice tire sur la fermeture Éclair de la housse noire, dévoilant deux pièces séparées : un body vert clair monogrammé à l'effigie d'Iris Di Angelis qui s'évase en largeur de la taille vers les épaules, laissant les trois quarts du torse à nu. À voir une fois sur moi, mais ça a l'air très… ouvert. Une jupe en cuir grainé à l'épaisse fermeture verticale l'accompagne, ainsi qu'une ceinture en cuir dont la nuance vermillon ne détonne pas avec le body. L'attache centrale ressemble à un énorme cadenas.

— Suis-moi !

Claudia me guide vers un paravent afin que je puisse me changer. Cette étape me demande davantage de temps que nécessaire, car dans le stress, mes mains tremblent. Sans parler des étoiles qui viennent régulièrement danser autour de mes yeux. Ça devient pénible !

— Alors ?

Contre toute attente, je ne porte pas de talons mais des sneakers du même vert que mon haut. Claudia me sourit quand elle me voit drapée de ses créations.

— *Bellissima !*

Je me dandine maladroitement sans savoir où mettre mes mains. Un courant d'air passe entre mes seins. Je me sens plus dénudée que lorsque je suis en maillot à la plage.

— Il y a un miroir long ?

— Juste là !

Claudia m'entraîne à trois pas pour que je visualise ce à quoi je ressemble. Et le moins qu'on puisse dire, c'est que j'avais vu juste concernant le body. Heureusement que le monogramme donne matière à occuper les yeux, parce que ma poitrine est partiellement à l'air. En tant que créatrice, c'est typiquement le genre de pièce que j'adore. En tant que mannequin, en revanche…

— Je ne suis pas sûre d'être taillée pour porter ça. J'ai de trop petits seins, non ?

Claudia acquiesce.

— On va l'ajuster à la poitrine, je t'assure que ce sera canon. Le but est que le tissu colle parfaitement pour te maintenir.

Il ne manquerait plus qu'un de mes nibards se fasse la malle devant tous les grands noms de la mode italienne et internationale…

Pendant que Claudia s'éloigne chercher l'une de ses couturières pour reprendre mon body, mon estomac gargouille farouchement. Un véritable cri de détresse me déchire le ventre, au point que je dois m'appuyer contre le mur le plus proche.

J'ai peut-être fait une connerie…

Perdue dans mes pensées, je subis les retouches sans vraiment être là. Mon corps est présent, mon esprit divague au loin. On me déplace telle une poupée de chiffon pour pouvoir sublimer le vêtement que je m'apprête à défendre dans quelques minutes. Même lorsque Cassidy, la coordinatrice, m'explique l'ordre de passage et me confie les détails essentiels au défilé, je n'écoute que d'une oreille.

L'anxiété a pris le pouvoir. Elle submerge tout le reste. J'ai beau lutter, la petite voix dans ma tête est plus forte.

Tu n'es pas assez belle.

Tu n'es pas assez grande.

Tu n'es pas assez mince.

Tes hanches sont trop larges dans cette jupe.

Tes seins sont trop petits dans ce body.

Dans la queue pour me préparer à entrer sur scène, elle continue, encore et encore. J'essaie de la repousser au loin, mais elle est plus forte que moi. L'envie de manger surpasse la faim. J'ai besoin de me remplir, encore une fois. Exactement comme je l'ai fait il y a deux jours, avant de cesser de manger complètement pour être sûre de ne pas grossir. Avant le défilé, c'est le pire qui aurait pu m'arriver.

Seulement voilà, j'ai le ventre vide depuis plus de quarante-huit heures, mes vertiges sont de moins en moins espacés, je n'ai plus défilé depuis une dizaine d'années et le stress me fait trembler de tous mes membres. À moins que ce soit l'hypoglycémie ?

Je n'ai plus le temps de m'interroger, car c'est à mon tour de passer.

Maman, j'ai peur.

Chapitre 16

Evan

Appuyé contre la façade, j'inspire profondément pour calmer la nausée qui menace de faire imploser mon estomac. *Mygale* est là. Tout près. Elle a posé ses yeux sur moi, m'a souri.

Je vais gerber.

J'ai essayé d'ignorer sa présence et ses manœuvres en me disant que ne lui donner aucun ascendant suffirait à me préserver d'elle. J'avais tort. Quoi que je fasse, elle continue de tisser sa toile pour m'engluer dedans. Et son rapprochement avec Ophélie…

Ça me rend malade.

— Evan ?

La voix de mon meilleur ami me sort de ma torpeur. Gavin pose la main sur mon bras, je me dégage d'un geste brusque.

— Pardon ! Je ne voulais pas…

Il laisse sa phrase en suspens, désarçonné par mon geste.

— Ce n'est rien, le rassuré-je.

— Tu es tout pâle. Ça ne va pas ?

— Si, si. Je… j'avais juste besoin d'air frais.

Gavin observe le ciel, les sourcils froncés.

— Euh… je comprends l'intention, mais il fait trente-quatre degrés, un soleil radieux. Pour l'air frais, on repassera.

Je hausse les épaules puis change aussitôt de sujet.

— Le défilé n'a pas encore commencé, rassure-moi ?

— Justement, ça ne va plus tarder. Je viens te chercher exprès pour.

Gavin se dandine d'un pied sur l'autre. Il semble vouloir me dire quelque chose, vu les mouvements compulsifs de sa bouche. Toutefois, aucun mot ne franchit la barrière de ses lèvres.

— Je t'écoute, Gavin. Parle ! Sinon tu vas éclater.

— Je…

Il se passe frénétiquement la main dans les cheveux. Une lutte interne se déroule en lui, je le lis dans ses yeux. Je sais déjà de quoi il aimerait parler : la lettre. Je ne sais pas s'il l'a lue ou non. Mais je n'ai aucun doute quant à son implication dans la quête d'Ophélie. Elle n'a pas pu entrer à sa guise dans notre appartement et même si ça avait été le cas, elle n'aurait pas su où je la dissimulais. La seule explication plausible, c'est qu'un jour, j'ai relu la missive sans prêter attention à Gavin qui m'a grillé. Et qu'il l'a aidée quand elle le lui a demandé.

Au début, j'ai ressenti de la colère. De la rancœur. Puis l'étau étouffant de *Mygale* est revenu sur le devant de la scène. Les noires émotions qu'elle m'insuffle prennent tellement de place que le reste n'a plus d'importance. Je n'en veux pas à Gavin, pas plus qu'à Ophélie. Si je n'ai posé aucune question sur le sujet, c'est parce que j'ai plus important en tête.

— La mère d'Ophélie est arrivée, prononce-t-il enfin.

Il a préféré le mensonge à la vérité. Une partie de moi aimerait lui tendre une perche pour le sortir de ce mauvais pas, mais je n'y arrive pas. L'idée d'évoquer la lettre et *Mygale* à voix haute, devant une autre personne qu'Ophélie, m'est encore insupportable. Je lutte contre elle tous les jours en m'imaginant briser le tabou. Parfois, je pense avoir le courage, le reste du temps, j'ai l'impression d'être face à l'Everest.

— Claude et Aline sont avec elle. Tu te sens prêt à rencontrer ta belle-mère ?

Je ne me sens prêt à rien.

— Il faudra bien.

— Je l'imaginais moins… enfin, je sais pas. C'est un sacré personnage, tu verras.

— Tu penses que c'est une bonne mère ?

Gavin plisse les yeux. Pour avoir la réponse à cette question, il me faudrait un point de comparaison, ce dont je ne dispose pas. La mère que j'ai eue dans un passé lointain était une ordure égoïste qui s'est débarrassée de moi à la première occasion parce que j'étais différent.

— Aucune idée. En tout cas, on ne peut pas lui enlever son admiration pour sa fille. J'ai passé quinze minutes avec elle, elle nous a chanté les louanges d'Ophélie dans toutes les langues.

Il me faut un long moment pour retrouver dans ma mémoire la signification de « chanter les louanges ». La première image qui s'est imposée à mon esprit est une version cinquantenaire d'Ophélie en train de fredonner un air de jazz dans un cabaret.

— Dans toutes les langues ?

— Déjà, il faut la comprendre en français avec son accent de l'Est. Ensuite, elle a de la famille en Italie donc elle parle la langue. Moi je comprends rien. Parfois elle s'essaie à l'anglais et ce n'est pas une réussite. Cerise sur le gâteau : les apartés en albanais. Ceux-ci ont l'air drôles. Il faudra que je demande à Ophélie de m'apprendre encore deux ou trois trucs, à l'occasion.

Gavin est un excellent ami. Il ne mérite pas la rancœur passagère que j'ai ressentie en déduisant qu'il avait remis ma lettre à Ophélie. Il n'a cherché qu'à m'aider dans ma douleur, moi qui sais uniquement me terrer dans le mutisme lorsque ça ne va pas.

— Bref ! Elle a hâte de voir sa fille défiler. À l'entendre, Ophélie n'aurait jamais dû arrêter le mannequinat. Elle avait une carrière prometteuse devant elle.

Je ne réponds rien. Tandis que nous marchons vers la salle qui s'apprête à abriter le défilé, je ne peux m'empêcher d'avoir un mauvais pressentiment. Je n'arrive pas à savoir d'où il vient. Un mélange de l'omniprésence de *Mygale* qui pourrait préparer un nouveau coup tordu et des déductions que j'ai faites à l'égard d'Ophélie. Les mauvais regards qu'elle laisse trop longtemps traîner sur certaines parties de son corps – ventre, hanches, jambes – ne sont pas anodins.

Une fois les sièges en vue, nous rejoignons la rangée du fond, sur laquelle sont installés Claude, la mère d'Ophélie et Aline.

— Il n'y aura peut-être pas assez de places pour tout le monde, murmuré-je à Gavin.

— Si ! Ophélie a vu ça avec Claudia. Ils gardent toujours des places en rab' pour les invités de dernière minute.

Nous nous faufilons jusqu'aux visages familiers, puis nous installons silencieusement. La mère d'Ophélie se penche par-dessus Claude pour m'observer. Elle ressemble beaucoup à sa fille, si ce n'est que la chirurgie est passée par là à plusieurs reprises. Sa peau flétrie laisse entendre le temps qu'elle a passé en plein soleil au cours de sa vie. Des créoles pendant à ses oreilles, tandis que des bijoux ornent ses doigts, ses poignets et son cou. Question élégance, je retrouve la même patte qu'Ophélie. Il n'y a pas de doute : cette femme est bien sa mère.

— Vous êtes Evan ?

J'opine du chef, elle me tend la main.

— Merita de Montmorency !

— Evan Livingstone. Enchanté de faire votre connaissance.

Alors que je serre sa paume moite, elle me dévisage de la tête aux pieds et me dit :

— Je comprends mieux pourquoi Jérôme n'a pas rivalisé bien longtemps.

Ses « r » roulent sous sa langue, donnant un air chantant à ses paroles. En ce qui me concerne, je comprends mieux ce qu'entendait Gavin concernant l'accent en français. Cela demande de se concentrer pour bien saisir tout ce qu'elle dit.

— Pour être honnête, j'étais sceptique quand j'ai su qu'Ophélie envoyait tout balader. Je me doutais bien qu'il y avait *une* autre homme derrière tout ça. Jérôme avait de *beaux* choses à offrir à ma fille.

Alors que je remarque la confusion entre le masculin et le féminin, Gavin marmonne :

— Trente ans de psychanalyse et une éternité de malheur.

Je retiens de justesse un gloussement. Merita lui demande de répéter et il se rattrape intelligemment.

— Je me demandais qui pourrait lui apporter mieux, reprend la mère d'Ophélie. Un mannequin… j'en suis ravie. Mon mari aura *un* tout autre opinion à ce sujet, mais peu importe. Ma fille a besoin d'*une* homme qui lui redonne le goût des défilés. Ensemble, vous pourriez devenir le prochain couple de superstars que les médias s'arrachent.

Des étoiles brillent dans ses yeux. Je ne décèle pas de mauvaises intentions chez elle. Cette femme plane simplement au-dessus des réalités de la vie. Peut-être est-ce la rançon d'une existence où l'argent coule à flots. Le seul objectif qui lui reste, c'est de vivre à travers son enfant la carrière qu'elle n'a pas pu avoir. Ce type de profil existe par centaines de milliers, inutile d'être psychanalyste pour que cela saute aux yeux.

— Ophélie s'épanouit davantage en créant qu'en exposant, nuancé-je. Si elle veut continuer dans le mannequinat, je serai ravi de la soutenir. Dans le cas contraire, je serai aussi son meilleur allié.

— Elle va adorer, c'est une certitude. Adolescente, elle ne parlait que des podiums. Avec le temps, elle s'est convaincue qu'elle n'aimait plus ça, mais c'est juste par peur *du* pression. Je suis certaine que son adoration pour les paillettes va lui revenir dès qu'elle aura replongé dans le grand bain.

Gavin et moi échangeons un regard chargé de sens. Derrière Merita, Aline semble d'accord avec nous, vu la manière dont elle hausse les sourcils à s'en déchirer le visage. Claude ne dit rien, mais l'inquiétude déforme ses traits. Lui connaît la mère d'Ophélie mieux que personne, pour l'avoir côtoyée à plusieurs reprises. Et vu sa tête, il confirme ce que je pensais : elle vit dans une autre réalité. Elle ne cherche pas à savoir ce que veut et ce qu'aime sa fille. Elle n'a qu'une idée en tête : la modeler à son image.

Ce constat me serre le cœur. Si quelqu'un peut comprendre ça, c'est bien moi. Mes parents ne m'ont jamais aimé comme je suis. Ils ont essayé de me forcer à être comme les autres, sauf que ça ne fonctionne pas. Personne ne peut jouer un rôle indéfiniment. Au moins, loin de leur influence, j'ai été libre de me construire à ma guise. J'ai de la peine pour Ophélie : ses parents ne l'ont jamais dégagée comme une malpropre, mais ils continuent d'exercer une pression permanente sur elle.

Quel est le pire, entre nos deux situations ?

— Le show va commencer, nous glisse Aline.

Nous nous redressons tous sur nos sièges, puis braquons nos regards comme un seul homme en direction du rideau qui dissimule les professionnelles prêtes à dévoiler la nouvelle collection Iris Di Angelis.

Malgré les années que j'ai passées à exercer dans le monde du mannequinat, je n'ai jamais assisté de mes propres yeux à un défilé de Haute Couture femme. Bien que nous fassions tous partie du même univers, il existe de nombreuses cloisons de genre, de marque, de maison. Pour cette raison, il est possible de ne jamais se croiser.

Un silence respectueux se fait dans l'assistance tandis qu'un jeu de lumière annonce le début du spectacle. La salle s'assombrit. Seuls des spots au sol émettent une faible lueur le long du podium. La première mannequin entre en scène, élancée dans une combinaison de cuir qui pose à la perfection sur son corps longiligne.

— Elle doit crever de chaud là-dedans, me murmure Gavin à l'oreille.

— C'est la première chose qui te vient à l'esprit quand tu la vois ?

Nous assistons à un spectacle censé nous en mettre plein la vue pour apprécier la splendeur de vêtements novateurs et de silhouettes triées sur le volet. Gavin exerce ce métier, lui aussi. Il sait pertinemment que la beauté se fait souvent au détriment du confort.

— Ben… oui. Pourquoi ?

— Si tu avais des doutes sur ta sexualité, ils viennent de s'envoler.

Gavin applaudit sans un bruit.

— Bravo, monsieur Livingstone. Un trait d'humour. Et vraiment drôle, avec ça. Je m'incline !

J'esquisse un sourire. Ces quelques secondes de légèreté m'auront permis de m'évader de ma prison mentale. Celle-ci me rattrape bien vite. Pour éviter de laisser l'anxiété me submerger, je me focalise sur le show.

Les mannequins se présentent les unes à la suite des autres, dans des tenues qui me font regretter de ne jamais m'être intéressé à cette marque. Je ne savais pas qu'Iris Di Angelis innovait autant. Le spectacle en lui-même mise sur une sobriété appuyée par l'obscurité. Les spectateurs se tiennent tous au bord de leur siège, prêt à découvrir l'excentricité du spectacle. Aucun show ne reste linéaire de A à Z. L'inattendu va forcément s'imposer.

Quand Ophélie entre en scène, le monde autour disparaît. Ma mâchoire caresse le sol en pierre lorsque je découvre le body sublime qui crée une immense ouverture sur son abdomen et comprime ses seins. Sa peau soyeuse m'appelle. Je me rappelle sa douceur, son odeur. Une nuée de frissons court sur ma peau.

À chaque pas qu'Ophélie fait, sa nature humaine s'estompe. Elle est une véritable divinité réincarnée sur terre. La grâce de ses mouvements m'hypnotise, je me rappelle à peine mon propre prénom. Elle est si belle qu'oser poser les yeux sur elle s'apparente à un crime. Qu'on prépare mon jugement dans un tribunal : je n'ai pas l'intention de regarder ailleurs.

Soudain, alors que l'attention de la salle est entièrement dirigée sur Ophélie, l'inattendu se présente. Je ne l'envisageais juste pas sous cette forme. La grande brune s'arrête avant d'avoir atteint le terme du podium. Elle chancelle d'un pas vers l'arrière, puis d'un second. Elle porte la main à son front.

Et s'effondre.

Avant que qui que ce soit réagisse, deux autres mannequins se précipitent à sa rescousse et l'aident à se remettre sur pied pour regagner les coulisses. Les gens ne sachant pas si ce malaise fait partie du show hésitent entre s'indigner et applaudir pour l'originalité. Le spectacle continue grâce aux mannequins suivantes qui entrent en scène, tandis que la moitié de notre rang s'échappe de la salle.

Inquiet, je presse l'allure en direction des coulisses. Gavin et Aline parlent dans mon dos, mais je ne comprends pas un mot. Toute mon attention est redirigée vers Ophélie.

Qu'a-t-il bien pu se passer ? Est-ce le stress ? La pression ? Autre chose encore ?

Dans une petite pièce à l'écart, nous retrouvons Ophélie entourée des deux mannequins qui l'ont aidée à quitter le podium et Cassidy, la coordinatrice. Merita effectue une pointe de vitesse pour se précipiter vers sa fille, bientôt imitée par Claude et Aline. Tout le monde est agglutiné autour d'elle tandis que je reste à quelques pas.

Mon sang bout dans mes veines. Je reconnais à peine ma propre voix lorsque je m'écrie :

— SORTEZ ! Tous ! Vous l'étouffez.

Les visages s'inclinent vers moi, certains interloqués, d'autres agacés. Les mannequins et Cassidy s'exécutent. Je profite du passage de cette dernière à côté de moi pour lui demander de rapporter un verre d'eau.

Voyant que les autres ont voté pour l'inertie, j'interviens une seconde fois.

— Vous pouvez aussi tester ma patience, mais je ne le

recommande pas, ajouté-je plus doucement pour essayer de me tempérer.

La première à me tenir tête est la mère d'Ophélie, sans grand étonnement.

— Je suis sa mère. Si quelqu'un doit rester, c'est moi.

— Elle a besoin d'air, pas d'être oppressée.

— Épargnez-nous vos phrases toutes faites ! *Faleminderit*[1].

Gavin remarque à mon visage que la situation est sur le point d'empirer.

— O… on ferait peut-être mieux de sortir, indique-t-il à Claude et Aline.

— Faites donc ça ! ordonne Merita.

Elle se tourne vers moi et lance :

— Vous ! Rendez-vous utile et allez me chercher *une* médecin.

Je m'avance dans sa direction et la toise de mon mètre quatre-vingt-dix. Elle a beau se déplier pour essayer de grappiller quelques centimètres, elle reste minuscule devant moi.

Ma langue claque comme la course d'un fouet lorsque je rétorque :

— Je suis médecin ! Sortez tous d'ici et laissez-moi l'examiner.

— Je suis le meilleur ami d'Ophélie, intervient Claude. Je veux rester.

— Et moi sa mère ! renchérit Merita.

Mes traits se crispent quand je rétorque farouchement :

— Je ne le répéterai pas : sortez d'ici ! Ophélie a besoin de calme.

Sa mère s'apprête à me répondre quand Claude désamorce la situation en lui glissant à l'oreille :

1. Merci.

— Il est vraiment médecin. On… on ferait peut-être mieux de l'écouter.

Escortée par nos amis, mon *adorable* belle-mère quitte la pièce. Il ne reste que moi et Ophélie dans l'ambiance pesante et froide de cette antichambre en pierre épaisse. Je m'accroupis devant celle qui fait battre mon cœur. Elle a les yeux semi-ouverts mais semble ailleurs. Je ne suis même pas sûr qu'elle ait capté tout ce qui vient de se passer autour d'elle.

Je prends son pouls à l'aide de mon pouce sur son poignet. Il se régularise. Je vérifie ensuite ses réflexes pupillaires avec la torche de mon portable. Tout est OK. Cassidy revient avec le verre d'eau, la paille et deux morceaux de sucre. Elle s'éclipse dans la seconde, sûrement pour éviter de subir mes foudres. J'ai peut-être été un peu dur avec tout le monde.

J'ai juste peur.

— Essaie de boire un peu, murmuré-je d'une voix douce après avoir effrité l'un des sucres dans le gobelet.

Assise sur la chaise, Ophélie a l'air à bout de forces. Elle colle tant bien que mal ses lèvres contre le cylindre en carton pour aspirer de l'eau. Je lui caresse les cheveux, la laissant reprendre ses esprits. Je brûle de lui poser mille et une questions, mais ça devra attendre. La priorité est de vérifier qu'elle va bien.

Si aucune séquelle ou autre problème majeur ne se manifeste, tout pourrait n'être qu'un malaise vagal. Pourtant, j'ai l'intuition qu'autre chose de plus grave se dessine à l'horizon.

Ophélie finit par reprendre des couleurs. Elle passe elle-même une main dans ses cheveux pour les dégager de son front poisseux.

Transpiration excessive. Malaise. Tremblements qui se calment après l'ingestion de sucre. Je fais appel à ma mémoire pour me rappeler la dernière fois que j'ai vu Ophélie manger, sans succès.

— Q… qu'est-ce qui s'est p-passé ? articule-t-elle d'un fantôme de voix.

— Tu as fait une crise d'hypoglycémie, expliqué-je.

Inquiet, je demande tout bas :

— Ophélie… depuis combien de temps n'as-tu rien avalé ?

Son regard marron se rive à mes prunelles. La détresse s'en échappe.

— Ne mens pas, s'il te plaît. Je veux juste t'aider. Je vois bien que tu vas mal…

Elle déglutit. Une larme ruisselle le long de sa joue. Je la laisse couler jusqu'à son menton avec de la cueillir du bout du doigt.

— Je… je ne sais plus. Un ou deux jours, je crois. Peut-être trois…

Mon sang se fige. Cela voudrait dire qu'elle n'a pratiquement pas mangé depuis notre arrivée en Italie. C'est vrai que nous n'avons pris aucun vrai repas tous ensemble. Chacun a vaqué à ses occupations, grignotant quand l'envie se présentait. Comment ai-je pu ne pas remarquer qu'Ophélie ne s'alimentait pas ?

En additionnant ça aux mauvais regards qu'elle se porte à elle-même et que j'ai perçus à tant de reprises, une conclusion déchirante s'impose à moi. Mais je ne veux pas le dire, elle le sait déjà. Le mieux reste encore que ça sorte de sa bouche.

— Tu as compris, n'est-ce pas ? chuchote-t-elle.

Les larmes redoublent sur son visage, entraînant son mascara dans leur chute. Une rivière noire se trace sur ses pommettes. Je reste accroupi, dans un silence qui me meurtrit les chairs.

— La vraie question, c'est : comment j'ai pu ne pas le voir avant ?

— J'ai tout fait pour le cacher, Evan.

Je fixe le ciel, en colère contre moi-même, et peste :

— *For God's sake ! I'm a doctor ! A fucking doctor, how could I…*

Je me pince les lèvres. Ophélie me caresse la joue.

— Tu n'es pas le seul à avoir un secret, Evan. Il était sûrement temps que tu découvres le mien. Je… je suis boulimique.

Les cuisses tremblantes sous l'effort, je me laisse tomber sur les fesses. Mon cerveau assemble les pièces du puzzle avec une facilité déconcertante, maintenant que je dispose de la solution finale.

— Depuis que tu es adolescente ?

Ophélie opine du chef.

— Ça a commencé avec le mannequinat ?

Elle hausse les épaules.

— Peut-être même avant, je ne sais pas trop. En tout cas, tout a empiré à l'adolescence. La pression de défiler à nouveau m'a écrasée et je…

— Tu n'as pas à t'expliquer. Tu vas pouvoir te reposer maintenant. C'est fini, d'accord ?

Je me lève pour la prendre dans mes bras. Je la serre du plus fort que je peux tandis qu'elle fond en sanglots.

— C'est fini. Je suis là. Tu n'auras plus jamais à porter ce fardeau dans ton coin. Je vais t'aider.

Je desserre mon étreinte pour prendre son visage en coupe. Je coule dans son beau regard aux nuances chocolat, tout en soudant mon front au sien. Du bout des lèvres, je murmure un serment qui me déchire la poitrine avec la force d'une déclaration :

— Tu n'es plus seule.

Chapitre 17

Evan

Un silence de plomb règne dans le véhicule qui nous ramène à la villa. Aline a changé de place avec moi pour aller avec Gavin. Je ne voulais pas lâcher Ophélie. Son premier réflexe a été de tout vouloir m'expliquer et bien que la curiosité d'entendre cette expérience de vie qu'elle m'a cachée se soit faite pressante, je l'ai repoussée au loin. Le plus urgent restait de la rassurer. Elle a besoin de repos dans l'immédiat, pas de plonger les doigts dans ses plaies béantes.

Claude s'est installé à l'avant pour laisser la mère d'Ophélie monter à l'arrière, elle y tenait absolument. Bien que je comprenne l'inquiétude d'un parent, son attitude m'est restée en travers de la gorge. Me saluer en rappelant à mon bon souvenir l'ex d'Ophélie avant de me complimenter pour mieux m'aboyer dessus à la première contrariété… J'applaudis mentalement. Je dresse le portrait d'une femme instable qui n'a aucun contrôle sur ses propres émotions.

Ce qui passe encore moins que le reste, c'est de savoir qu'elle est responsable des maux d'Ophélie. La détestation de son corps, pas assez bien pour le mannequinat, ne peut venir que de

Merita. Et ça a été la porte ouverte à la volonté de changement à tout prix, quitte à s'alimenter n'importe comment au point de tomber dans la boulimie. À force de restrictions, l'appel de la nourriture a dû se faire de plus en plus obsédant.

Je me rappelle sans mal mes cours sur les troubles du comportement alimentaire, à Oxford. Mon doctorat en psychiatrie comprend une formation en médecine générale et si nous n'avons pas creusé le sujet en détail, de façon à balayer un maximum de notions, j'en ai appris suffisamment sur la boulimie pour cerner le problème. D'autant qu'avec ma mémoire, il m'a suffi de lire deux articles supplémentaires pour compléter mes acquis.

— Tu sais, Victoria et Claudia ne t'en voudront pas, Ophélie, lance Claude.

Il s'arcboute pour la regarder, sur le siège du milieu. Il la connaît bien : je suis convaincu aussi qu'Ophélie s'inquiète de cela alors que la seule préoccupation qu'elle devrait avoir à l'heure actuelle est sa santé.

La frange de Claude ne s'arrange pas : elle forme sur son front un rideau aussi épais que celui d'un théâtre, tombant lourdement sur ses longs cils. Il a l'air d'un imbécile heureux. Sa gentillesse contraste avec l'excentricité nocive de Merita. Mon regard passe à la mère d'Ophélie. La vie a au moins eu la décence d'offrir à ma petite amie un meilleur ami digne de ce nom pour contrebalancer sa famille toxique. Sans parler de Jérôme… si elle n'avait pas eu Claude et Aline à ses côtés avant notre rencontre, je n'ose pas imaginer à quoi ressemblerait sa vie aujourd'hui.

— Ta chute n'a eu aucune incidence sur le show, poursuit Claude face au silence d'Ophélie.

Je serre ses doigts glacés entre les miens.

— Le temps qu'Evan s'occupe de toi, on est retournés au défilé avec Gavin et Aline. Claudia a fait croire que ta chute faisait partie du spectacle en la reproduisant deux fois avec d'autres modèles. Pour le grand final, tous les mannequins, et Claudia elle-même qui venait saluer, sont tombés d'un même mouvement. Ils ont coupé les lumières à la seconde près. Je te jure, on aurait dit que ça avait été répété pendant des semaines. Le public a adoré !

Ophélie ne répond toujours pas. Son regard vitreux fixe un point imaginaire, à travers le pare-brise.

Une fois le véhicule à l'arrêt, je laisse Merita servir d'appui à sa fille pour la conduire à l'intérieur de la villa, jusqu'à notre chambre. Je contiens la houle d'émotions qui menace de me faire exploser. Entre *Mygale* et la mère d'Ophélie, j'ai de quoi péter les plombs. La deuxième ne mérite pas le même traitement que la première, mais les dégâts qu'elle a causés sont immenses et je parie qu'elle n'en a pas la moindre idée. Ce qui n'excuse rien.

— Allonge-toi, ma chérie. Je vais te préparer un thé et *un* salade, d'accord ?

— Je n'ai pas très faim.

— Tu dois manger, c'est important.

L'ironie de cette phrase me déchire l'âme. Face à la détresse d'Ophélie et parce que je ne peux plus contenir autant d'émotions, je décide d'abandonner ma colère.

Erreur fatale.

Profitant de cette brèche temporaire, l'anxiété s'engouffre telle la lame d'une vague et me submerge. Je fourre mes doigts tremblants dans mes poches pour dissimuler mon trouble, mais voyant que ma respiration se saccade, je décide de m'éclipser le plus discrètement possible.

Une crise d'angoisse menace. Je dois l'arrêter. Elle a l'air si violente que je ne suis pas sûr d'avoir la force de l'endiguer avant qu'elle prenne possession de moi.

Je me cloître dans la salle de bains, tournant le verrou derrière moi. Je m'approche de la vasque pour me passer de l'eau fraîche sur les joues et le front, me concentrant sur cette vive sensation pour faire contrepoids. Si l'espace d'un instant, cela semble fonctionner, ce n'est qu'un pansement sur une balafre.

Mygale.

C'est elle la source de tous mes tourments. Elle est partout. Cette fois, elle ne s'est pas contentée de me regarder. Elle m'a touché le bras. Son sourire m'a écœuré. J'ai essayé d'enfouir ma noirceur pour ne pas gâcher le moment d'Ophélie sur scène, mais là je ne tiens plus. Tout remonte à la surface. Le passé et le présent entrent en collision.

Cette nouvelle confrontation est la goutte d'eau. J'ai envie de gerber rien qu'à imaginer ses doigts sur ma chair nue. Cette situation ne peut plus durer. Je vais perdre l'esprit si je ne fais rien…

Je dois agir.

Chapitre 18

Ophélie

Un rayon de soleil me tire du sommeil. Je me redresse dans le lit, battant des cils pour éclaircir ma vision. Je ne me rappelle pas avoir connu mes paupières aussi lourdes de toute ma vie. Mon estomac me fait souffrir. La salade de ma mère n'est pas passée en entier.

— Ma chérie, tu te sens mieux ? Tu as dormi *un bon* heure.

Je me frotte les yeux et découvre ma maman, installée sur une chaise près de mon lit. Elle feuillette un magazine de mode.

— Je me suis tellement inquiétée…

— Je vais bien, prononcé-je la gorge sèche.

Mensonge. Je me penche vers la table de chevet pour attraper le verre d'eau qui m'y attend. Le feu dans ma bouche s'apaise.

— Ophélie, je… je suis fière de toi. Quoi qu'il arrive. *Të dua zemra imë*[1].

Ma mère m'observe de son grand regard si similaire au mien. J'y décèle un amour que j'y ai longtemps cherché. J'ai toujours su que je comptais pour elle, mais elle l'a rarement formulé avec des mots. Voire jamais, en fait.

1. « Je t'aime, mon cœur. »

Malgré ma certitude, je n'ai jamais pu m'empêcher de tout faire pour mériter son amour. Je ne pensais pas être assez. Alors je me suis pliée à toutes ses demandes, encore et encore, jusqu'à parfois atteindre le point de non-retour. Heureusement que j'ai eu le courage de lui dire que j'arrêtais le mannequinat, après toute cette torture…

Et pourtant, une dizaine d'années plus tard, j'ai sombré à nouveau dans le même travers. Pour ma mère. La vérité, c'est que je ne voulais pas défiler, même si Gavin et Aline m'y ont encouragée. Je ne leur en veux pas, ils ne connaissent pas mon passé. Ce qui a achevé de me convaincre d'accepter la proposition de Victoria, c'est la voix de ma mère dans ma tête. Mon enfant intérieur voulait juste entendre sa maman lui dire qu'elle était fière d'elle, rien de plus.

Mais pour en arriver à ce résultat, il a fallu que je me fasse du mal. Encore une fois. Je ne veux plus jamais ressentir ça de ma vie.

— Je sais que j'ai parfois été dure avec toi, mais c'est pour ton bien que j'ai fait tout ça.

Non, maman. C'est pour vivre tes rêves brisés à travers moi. Ne trouvant pas la force de le dire à voix haute, je me contente d'accepter son étreinte, tout en me promettant de ne plus jamais mettre l'avis de personne en priorité. Seul le mien doit compter. Mes parents ont toujours eu une influence nocive sur moi, ce n'est pas une nouveauté. M'éloigner d'eux pendant plus d'un an a été bénéfique et je réalise que j'aurais dû continuer sur cette lancée.

Un coup de téléphone de temps en temps reste sûrement le meilleur moyen de concilier l'attachement que j'éprouve encore pour ma mère, tout en me préservant de sa toxicité.

Mon cœur saigne. Ça fait mal de réaliser que sa maman est

une force nocive dont il faut s'éloigner. Elle n'en a probablement pas conscience. Je ne veux plus chercher d'excuses ou de justifications. Il est temps de voir la vérité en face et de faire du tri dans ma vie. Je ne dois m'entourer que de personnes qui me sont bénéfiques.

Pour le bien de ma santé mentale. Et physique.

— Rentre en France, murmuré-je lorsqu'elle me lâche.

— Quoi ? Non ! Je reste près de toi.

— J'ai Evan, Claude, Aline et Gavin. Je suis loin d'être seule. Ils vont tous très bien s'occuper de moi. Et je ne suis pas mourante, j'ai fait un malaise. Je vais m'en remettre. Je me sens déjà beaucoup mieux.

— Tu m'en veux, c'est ça ?

Son air contrit pourrait me faire craquer. Mais j'ai trop de fois eu la faiblesse de renoncer à prendre la décision de m'éloigner, parce que la famille est toujours placée au centre de tout dans notre société. Or tout le monde n'a pas la chance d'avoir des parents sains et protecteurs. Garder des gens dans sa vie au détriment de son propre bonheur n'a pas de sens.

— Oui.

Ma mère se mord la lèvre.

— Tu as raison. J'ai… j'ai été en dessous de *toute*.

— Dommage qu'il ait fallu que je m'humilie devant tout le monde après avoir mis ma carrière et ma vie en danger pour que tu le réalises, lâché-je, amère.

Au temps pour moi. Je pensais pouvoir rester en surface pour éviter une confrontation stérile. J'ai échoué.

— Ophélie, je ne suis pas un monstre. Quand tu me parles comme ça, j'ai vraiment l'impression d'en être un à tes yeux…

— Je n'ai pas envie de m'embrouiller avec toi, maman. Rentre chez toi, s'il te plaît. Je t'appellerai.

— Promis ?

Incapable de mentir, je préfère la regarder droit dans les yeux sans rien dire. Elle se penche pour m'embrasser le front puis s'éloigne en direction de la porte. Son pas est lourd et lent. Avant de disparaître définitivement, elle se retourne et murmure :

— *Më vjen vërtet keq*[1]...

Claude entre aussitôt après. Ses cheveux gras et son sourire de fumeur qui ne fume pas me rassurent. Je lui fais signe de s'asseoir sur le lit, près de moi, en tapotant le matelas. Mon meilleur ami s'installe près de moi. Il est inquiet, comme les autres. C'est drôle, leur nervosité à tous se manifeste de manières différentes.

Claude par exemple, tremble davantage que d'habitude. Il joue avec ses mains pour se donner contenance, perdu dans des vacillations frénétiques. Aline, elle, n'arrête pas de porter ses cheveux à sa bouche, ce qui me rappelle un épisode de *Grey's Anatomy* où une fille en a plein l'estomac à force de reproduire ce geste.

— J'ai eu hyper peur quand je t'ai vue tomber, me confie Claude. Je... je t'ai crue morte. Ça m'a... ça m'a...

Une larme ruisselle le long de sa joue. Je n'ai pas vu mon meilleur ami pleurer beaucoup de fois au cours de ma vie. La seule autre dont je me souviens, c'est quand il s'est fait pirater son compte sur *World of Warcraft* et qu'il n'a jamais réussi à le récupérer.

Je pose la main sur la sienne pour le rassurer.

— Tout va bien. Je suis vivante. Ce n'était qu'un malaise. Je

1. « Je suis vraiment désolée ».

te l'accorde, le cadre a rendu le moment impressionnant : tenue de créateur, regards braqués sur moi, en plein défilé pour une maison de luxe devant les notables de ma profession… j'ai bien choisi mon moment pour me vautrer.

Il sourit brièvement. Si j'arrive encore à le faire rire, tout n'est pas perdu.

— Explique-moi ce qui s'est passé, Ophélie. J'ai besoin de comprendre.

D'un geste instinctif, j'écarte une mèche de cheveux gras de son front.

— J'ai un problème avec la nourriture, Claude. Et avec mon corps. Les deux sont… presque indissociables. Je suis boulimique.

Le choc déforme ses traits. Sa mâchoire se décroche, ses lèvres frémissent.

— Tu… tu te fais vomir ?

Je secoue la tête.

— C'est une idée reçue sur la boulimie, ça, le corrigé-je d'une voix douce. À force de la voir mal dépeinte à la télé, les gens s'en font une idée erronée.

— Tu veux dire que les personnes boulimiques ne se font pas vomir ?

— Pas toutes. Certaines, oui…

Je soupire, épuisée par un combat qui dure depuis bien trop longtemps.

— En gros, la boulimie, ça se résume à des crises compulsives où on ingère de la nourriture en grande quantité sans pouvoir se contrôler. C'est viscéral et indépendant de la faim ou de la satiété. Et ensuite, on a ce qu'on appelle des comportements compensatoires. Vomir en est un. Certains prennent des laxatifs, d'autres font du sport à outrance ou des régimes draconiens à moins de mille calories par jour. Moi, je… j'arrête de manger. Pendant vingt-quatre heures, parfois quarante-huit.

— Pourquoi ? demande Claude d'une toute petite voix.

La douleur brille dans son regard. Il s'en veut de ne pas l'avoir réalisé plus tôt et de ne pas m'être venu en aide. Je resserre la prise de mes doigts autour des siens pour le rassurer.

— Parce que j'ai peur de grossir. Ça me terrifie, même…

— Mais Ophélie, tu es toute mince…

— Je sais. Parce que je me suis longuement torturée pour rester comme ça. Et tu sais quoi ? Ma minceur est sûrement ce qui m'a le plus trahie, dans cette histoire. Parce que je n'attirais l'attention de personne. Qui aurait pu se douter que je cache ça depuis tant d'années ?

— Ça fait longtemps ?

— Depuis que je suis ado.

Claude ferme les yeux.

— Tu te rappelles les nombreux papiers de gâteaux que tu as trouvés dans la poubelle à plusieurs reprises, que ce soit chez toi ou à l'hôtel à Londres ?

Il acquiesce, les paupières toujours closes.

— J'inventais toujours des prétextes bidons. Une mauvaise blague, une date de péremption atteinte…

— Sauf en Angleterre. Là, tu m'as dit que tu étais stressée…

— Je suis fatiguée de mentir, Claude. Ça me bouffe la vie.

Je me passe la main dans les cheveux pour les ramener sur mon épaule gauche.

— Quand je rentrerai en France, je me ferai aider, murmuré-je. Ça me fait un peu peur, mais je crois que c'est nécessaire. Et il faut que j'en parle davantage. Tu n'imagines même pas le nombre de personnes qui sont atteintes de troubles du comportement alimentaire et n'en ont pas la moindre idée, juste parce qu'on a formaté une vision unique de ce à quoi ça correspond…

— En parler est un énorme pas, Ophélie. Je suis fier de toi. Je suis sûr que briser le tabou et ne plus manger en cachette sera un pas de géant pour toi.

— Tu as raison. Peut-être qu'Evan saura m'aider, dans un premier temps. C'est l'avantage d'avoir un mec avec une base de données à la place du cerveau.

Claude me tend les bras. Je me blottis contre lui, les larmes pas loin de monter à nouveau.

— Je ne veux plus jamais que tu aies honte de quoi que ce soit, me chuchote-t-il à l'oreille. Je serai toujours là pour toi.

Mon cœur se serre. Les perles dévalent mes joues. L'émotion s'extirpe par tous les pores de ma peau, me libérant d'un énorme fardeau.

Après une éternité de silence dans lequel je me sens apaisée, je m'éloigne de Claude et reprends mes esprits.

— Quelle heure est-il ?

— 18 h 10.

— Je me sens trop mal vis-à-vis de Claudia et Victoria. Je sais qu'elles ont rattrapé le coup et que ça ne leur a pas porté préjudice, mais j'ai besoin de m'excuser en personne sinon la culpabilité va me ronger.

Après avoir reniflé, je conclus :

— Et je n'ai pas besoin de m'en rajouter.

Chapitre 19

Ophélie

— Meuf ! T'as pas vu Evan ?

Adossée au plan de travail de l'immense cuisine de la villa, Aline se mâchouille une mèche de cheveux. Je la lui retire d'un geste sec et lui dit :

— Tu veux finir comme dans *Grey's Anatomy* ?

— Ma phobie. J'y peux rien, j'ai pris cette mauvaise habitude quand je suis anxieuse.

— Ne le sois pas pour moi. Regarde ! Je suis sur pied. Ce n'était qu'un malaise de rien du tout.

— L'arbre qui cache la forêt, tu veux dire ?

Je soupire tout en desserrant le nœud de ma queue-de-cheval. Il va me faire exploser le crâne si je n'allège pas la pression.

— J'ai des TCA, Aline. Pas un cancer en phase terminale. Je suis vivante et déterminée à aller mieux.

— Je sais que c'est plus facile à dire qu'à faire. Ma mère a longtemps été anorexique. Alors je sais, ce n'est pas la même chose. Mais j'ai côtoyé les milieux de personnes atteintes de TCA et ce n'est pas à prendre à la légère. Oui, ce n'est pas une menace de mort imminente. Pour autant, il ne faut pas les minimiser.

— Je ne me minimise pas, je te le promets. Je sais que j'ai un problème et j'ai bien l'intention de le prendre à bras-le-corps.

— Doucement, quand même. Sois indulgente avec toi, ce n'est pas en deux jours que ça disparaîtra.

Étant donné que ça me suit depuis une dizaine d'années, je n'aurais pas eu la naïveté d'espérer que ça s'éclipse en un claquement de doigts.

— Je sais. Merci d'être là pour moi.

Aline me prend dans ses bras puis finit par me dire :

— Evan est au bord de la piscine.

Je la remercie et traverse l'immense salon pour rejoindre la baie vitrée conduisant à la terrasse. Celle-ci est titanesque, à l'image des autres proportions de cette demeure. J'ai eu beau grandir dans une famille pleine aux as, notre appartement parisien ne dispose pas de volumes aussi étourdissants. C'en est presque fatigant de devoir parcourir deux kilomètres chaque fois que j'ai envie d'aller aux toilettes ou de me servir un verre.

Moi qui m'attendais à trouver Evan les pieds dans l'eau, je le découvre en train de faire les cent pas le long de la surface miroitante. Le soleil cogne toujours fort en dépit de l'heure.

— Alors 176, on se prépare pour le marathon ?

Il se retourne. Le souci creuse des rides que je n'avais encore jamais vues sur son visage parfait. Elles se localisent notamment au coin des yeux, renforçant l'impression d'épuisement qui émane de lui.

— Si tu as retrouvé le sens de la raillerie, j'imagine que tu vas mieux ?

Ses sourcils froncés affirment le contraire de sa bouche.

— Je vais bien, Evan, assuré-je d'une voix douce. Regarde ! Je tiens debout, je marche. J'arrive même à sourire.

— Si c'est pour mieux masquer ta souffrance, inutile de le revendiquer.

Sa franchise légendaire me heurte, mais je ne lui en tiens pas rigueur. J'ai vécu mon malaise de l'intérieur et à recueillir les témoignages uniques de chacun de mes proches présents quand ça s'est produit, je découvre de nouvelles versions de la scène. Je n'ai aucune idée de ce à quoi ça a ressemblé d'y assister sans rien pouvoir y faire. Je connais l'impuissance… elle me ronge dès que je songe à *Mygale*.

J'hésite à poser la question à Evan, profitant de ce que je suis affaiblie pour qu'il n'ose rien me refuser, mais ce serait incorrect de ma part. J'aurais l'impression de le manipuler pour obtenir quelque chose de lui qu'il ne veut pas me donner. En quoi serais-je différente de *Mygale* si je m'y résolvais ?

Je comprends les raisons de son silence. Donner un visage à ce monstre le rendra plus réel et surtout, cela modifiera définitivement ma perception de l'univers dans lequel je travaille. Il cherche à me protéger pour ne pas briser mes plans de carrière. Sauf que là, dans l'immédiat, je me moque éperdument de ma carrière. Ce que je veux, c'est démasquer l'ordure qui a violé Evan.

Et lui faire payer.

— J'aimerais aller à la soirée postdéfilé d'Iris Di Angelis, lui confié-je. Je dois m'excuser auprès de Victoria et Claudia, sinon la culpabilité va me bouffer.

Evan tressaille. Il reprend ses cent pas et rétorque :

— Tu ne dois d'excuses à personne.

— Je suis responsable de ce qui s'est passé. Si je ne m'étais pas privée de manger pour compenser ma dernière crise, je ne me serais pas évanouie sur le podium.

— La boulimie est un sujet sérieux, Ophélie. Tu es prisonnière de son étau, alors non, tu n'es pas responsable.

Il a raison. Je le sais. Pourtant, je ne peux m'empêcher de vouloir m'expliquer auprès des gens qui ont cru en moi. Les laisser dans le noir n'est pas correct et je vais ruminer jusqu'à ce que je l'aie fait. À quoi bon reculer pour mieux sauter ? Autant y aller sur-le-champ.

— Tu veux bien m'accompagner ?

Evan entrouvre la bouche, laissant le silence s'installer un peu trop longtemps.

— Tu m'en voudrais si j'esquivais ? Je… n'ai pas envie de faire la fête.

— Il ne s'agit pas de ça. On y va, je parle à Victoria et Claudia, puis on rentre.

Il se mordille la lèvre, embarrassé.

— Je préfère rester au calme. D-demande à Gavin. Il t'accompagnera avec plaisir.

Sur le point d'insister, je me ravise. Ces prétextes bidons ne peuvent avoir qu'une seule explication : *Mygale* sera à cette soirée tout comme elle était là au défilé. Cela clarifie pourquoi Evan est à fleur de peau. Il est peut-être inquiet pour moi, mais ce n'est que la pointe émergée de l'iceberg. Sous la surface d'une eau noire se cachent des émotions corrosives. J'en suis certaine.

— D'accord, réponds-je simplement.

En tournant les talons, je me sens investie d'une nouvelle mission : ouvrir l'œil à la soirée, le temps que j'y serai, pour deviner qui pourrait être *Mygale* au milieu des convives prestigieux.

Dans le salon, je rejoins Aline affalée sur le canapé en grande conversation avec Claude, pour savoir si elle veut m'accompagner.

— Je peux te dire que cette fois, tu ne partiras pas d'ici sans un *date*, assure Aline.

La blonde m'aperçoit et retourne le téléphone qu'elle tient pour me montrer l'écran.

— Franchement ! Ces photos sont chouettes, non ?

On y voit Claude, plutôt naturel et à son avantage. Pas de sabre laser, pas de Shakira ou autre animal empaillé, pas de vêtements chelous.

— Elles sont canon, approuvé-je.

— J'ai laissé traîner l'affaire trop longtemps, poursuit Aline. Je me suis engagée à te trouver une meuf, je te garantis que je vais y arriver. On ne quittera pas Milan sans que tu aies au moins décroché un dîner. Et si ça ne conclut pas, on recommence à Paris. J'ai des potes célibataires, je t'en présenterai.

— Elles ont quarante ans, tes potes ? demandé-je.

— Y en a du début de trentaine aussi.

Du coin de l'œil, j'aperçois Gavin qui se dirige vers la cuisine. Je me désolidarise de la conversation Tinder pour le rejoindre. Aline et Claude ont l'air bien occupés, autant demander au grand blond de m'accompagner. Il ne refusera pas une soirée.

Parvenue à son niveau, je l'interroge.

— Non.

Sa réponse me laisse sur le cul.

— Comment ça, non ? prononcé-je, interloquée.

Gavin fouille dans le frigo à la recherche d'un encas et me dit :

— Tu viens de faire un malaise. Tu dois te reposer.

— T'es médecin toi maintenant ? Gavin, j'ai dormi, j'ai mangé. Je vais bien ! Et je n'ai pas l'intention de courir le marathon de New York, juste de parler à Victoria et Claudia. Pour des gens qui veulent mon bien, vous avez tous décidé de me porter sur les nerfs en me contrariant.

Gavin soupire, un yaourt à la main.

— Tu me promets que c'est juste pour t'excuser, rien de plus ? Deux, trois phrases, et hop ! On se tire ?

— Exactement.

J'avise sa chemise hawaïenne ouverte sur son torse musclé.

— Par contre, il va falloir changer de tenue. C'est une soirée chic.

— Ophélie ! Je suis mannequin, au cas où tu l'aurais oublié. Je connais ce genre d'événements. Je ne comptais pas me pointer comme ça.

— Justement oui, je te connais ! Tu aurais été capable de garder ta chemise à fleurs juste pour t'assurer que je ne reste pas plus de cinq minutes, de peur que quelqu'un m'associe à toi.

— C'est vrai qu'il n'y a pas mieux pour se griller dans ce monde-là que de se gourer sur le *dress code*.

— Allez ! Arrête de dire des bêtises et change-toi. On se rejoint dans dix minutes devant la villa. Je m'occupe de commander le taxi.

Dans le même temps, Gavin et moi nous retrouvons vêtus de nos meilleurs apparats. Il porte une chemise en mousseline noire transparente ainsi qu'un pantalon de costume de la même couleur. Pour ma part, j'ai opté pour une robe fluide bleu nuit fendue jusqu'à mi-cuisse. J'ai attrapé les premiers bijoux que j'ai trouvés, peu désireuse de m'interroger sur la question. Je me moque des détails de mon apparence, tant qu'elle est soignée. Tout ce qui compte, c'est de présenter mes excuses et d'identifier *Mygale*.

À l'arrière du véhicule, Gavin se désintéresse de l'effervescence des rues milanaises pour me confier :

— Je n'ai toujours pas trouvé le courage de parler à Evan.

L'envie d'évoquer *Mygale* me brûle la langue. Qui serait mieux à même que le meilleur ami de mon mec de m'aider à retrouver le monstre qui l'a réduit en miettes ? La bouche en ébullition, je trouve toutefois la force de sceller mes lèvres. J'en reviens toujours à la même conclusion : je ne peux pas trahir le secret d'Evan.

Faute d'alliés dans cette quête, je ne peux compter que sur moi-même. Mais ça ne me fait pas peur.

Coûte que coûte, je découvrirai l'identité de *Mygale*.

Chapitre 20

Evan

Après le départ du taxi de la villa, je m'enferme dans la chambre. J'ai voulu accompagner Ophélie à la soirée. D'ailleurs, je n'ai pas envie de la lâcher d'une semelle, après son malaise. Je sais qu'elle ne va pas en refaire dans l'immédiat, elle s'est alimentée ces dernières heures et ce n'est pas en la collant comme un garde du corps que je vais gommer sa boulimie.

Toutefois, j'aurais voulu être à ses côtés. Sauf que l'étau de *Mygale* est plus fort. Il me prend à la gorge et m'étrangle au point de me priver d'air. Je ne respire plus. Les souvenirs de nous deux dans son bureau refusent de disparaître de ma tête. Ces derniers jours, ils s'imposent à moi, plus vivaces que jamais.

Je me rappelle chaque odeur, chaque son, chaque contact physique. De l'encens flottait dans l'air quand je suis entré dans la pièce et des feuilles sortaient d'une imprimante. Le mécanisme régulier me hante encore la nuit, quand le sommeil me fuit. Un bruit si banal devenu insupportable à mes oreilles.

Dans mes affaires, je trouve le magazine *Vanity Fair* dans lequel est cachée la lettre. Je la sors de l'enveloppe jaunie. Mes yeux bondissent sur les premiers mots, guidés par un besoin irrépressible de me faire du mal.

Cher Evan,

Ma main tremble à vous écrire ces quelques mots, au souvenir de cette délicieuse entrevue qui nous a réunis…

La suite s'imprime sur ma rétine avec la force d'une météorite. Chaque mot est un coup de marteau dans mon crâne. Mon âme s'envole hors de mon corps. Je n'en peux plus de souffrir à cause de ce monstre. Pourquoi me sens-je aussi faible chaque fois qu'il se retrouve face à moi ? Je ne peux plus supporter cette situation ni rester passif. Je dois me rebeller avant que *Mygale* n'englue davantage Ophélie dans sa toile.

Mais comment ?

Chapitre 21

Ophélie

Dans le taxi qui me conduit à la soirée, je n'écoute Gavin que d'une oreille. Il m'explique en long, en large et en travers pourquoi tous les Italiens avec lesquels il est sorti n'étaient pas dignes de confiance.

— Tu es juste tombé sur les mauvais, rétorqué-je distraitement pour nuancer son propos.

La majeure partie de mon cerveau est occupée à chercher qui pourrait être *Mygale*. C'est une figure emblématique du monde de la Haute Couture et s'il en existe un certain nombre, je suis certaine qu'elle était présente à ce défilé. Si Evan se trouvait dans un pays loin d'elle, son souvenir n'aurait pas autant d'ascendant sur lui. La seule explication est qu'il l'a vue depuis notre arrivée à Milan. Peut-être même qu'elle lui a parlé…

Je l'imagine seul, impuissant face à la réminiscence d'une violence contre laquelle il n'a rien pu faire. Il a beau physiquement être en mesure de se défendre, l'esprit pose parfois d'étranges verrous sur notre capacité d'action dans les moments de grande détresse.

— … terrible. T'en penses quoi ?

Je n'ai entendu qu'une partie de la phrase. De peur de froisser mon ami, je tente quelque chose.

— T'as raison, c'est génial ! renchéris-je avec engouement.

— J'ai dit « pas terrible », Ophélie.

Eh merde ! Il a fallu qu'il utilise un mot qui signifie deux choses opposées et comme par hasard, j'ai opté pour la mauvaise option.

— Désolée ! Je suis stressée de présenter mes excuses.

Ce n'est pas un mensonge en soi mais pour le coup, là c'est véritablement l'arbre qui cache la forêt. Je n'ai pas hâte de le faire, mais c'est nécessaire pour mon avenir dans l'univers de la mode. Même si sous le coup de la colère je me dis prête à tout envoyer balader pour découvrir l'identité de *Mygale*, je n'irais pas jusque-là.

Enfin, si vraiment un génie apparaissait d'une lampe pour me proposer de me révéler qui elle est en échange du sacrifice de mon avenir dans la Haute Couture, je crois que je serais capable de le faire. Je n'arriverai jamais à m'épanouir pleinement dans mon métier si je sais qu'à mes côtés, Evan est malheureux comme les pierres de me savoir entourée du monstre qui l'a détruit.

Si seulement il ne se taisait pas… Je comprends son choix, mais je le maudis aussi. Il a peur. Il est terrifié, même. Et Dieu sait combien cette émotion peut balayer tout le reste.

— Relax ! Ça va bien se passer, assure Gavin. J'ai vu le grand final moi-même. Elles ont vraiment rattrapé le coup. Ce n'était pas une façon de parler pour te rassurer.

J'opine du chef alors que le véhicule ralentit. Gavin m'aide à en sortir et nous nous présentons tous les deux à l'entrée. Mon nom apparaît sur la liste et il me suffit d'invoquer le +1 pour faire entrer le grand blond. Un monde fou se trouve dans la même pièce où a eu lieu le défilé. Pour l'occasion, elle a été entièrement redécorée. Quelques pièces phares de la collection sont exposées çà et là, dans des vitrines.

— C'est rare que les soirées postdéfilé se tiennent au même endroit, me glisse Gavin.

— Plutôt.

Dans mon expérience, en tout cas.

Nous nous faufilons entre les convives. Si je devrais surtout être en quête de Victoria et Claudia, je ne peux m'empêcher de scanner chaque visage féminin que je croise. *Mygale* est là, tout près. J'en suis certaine. Elle se cache sûrement derrière une apparence joviale pour mieux endormir la méfiance de son entourage. Elle a beau porter le nom d'une araignée, c'est un véritable serpent.

— Détends-toi, Ophélie ! Je te jure que ça va bien se passer.

Gavin me fixe d'un air étrange. Je réalise alors que je serre tellement les poings que mes jointures ont blanchi. Pour noyer le poisson, je déclare :

— Ça me frustre, car je n'aurai plus le poste d'hôtesse pour l'exportation de l'émission de Victoria en France. Et je ne peux m'en prendre qu'à moi-même. D'accord, je n'ai pas fait foirer le show, car elles ont rattrapé le coup. Mais tu aurais envie de faire confiance à quelqu'un qui peut partir en live à tout moment, toi ?

Gavin grimace. L'avantage c'est que je n'ai pas eu besoin de mentir pour clamer tout ça. Une partie de moi le pense, même si mon attention est accaparée par la chasse à l'arachnide.

— Pas vraiment, admet-il. Tu auras d'autres opportunités, Ophélie. Ça, j'en suis certain.

Je hausse les épaules et continue mon exploration. Après vingt bonnes minutes à brasser la foule, je tombe enfin sur Victoria en grande conversation avec André Martin. Ce dernier maîtrise l'italien à la perfection, ce qui ne manque pas de me faire écarquiller les yeux. Je ne lui connaissais pas ce talent.

Il me gratifie d'un sourire chaleureux avant de s'éclipser.

— Ophélie ! Je ne pensais pas vous voir ici ce soir, me dit Victoria une fois que nous sommes seules.

Enfin, « seules »... mais entourées d'une centaine de personnes dont les conversations vont bon train par-dessus *Hips Don't Lie* de Shakira. L'image du putois de Claude s'impose à mon esprit.

Pour s'entendre, il faut hausser le ton.

— Je n'étais pas certaine de venir non plus, expliqué-je. J'ai dû reprendre des forces, d'abord.

Victoria opine doucement du chef. J'ai du mal à savoir comment me positionner par rapport à elle. Parfois elle se montre avenante, la plupart du temps froide et distante. Je ne sais plus sur quel pied danser. Par-dessus tout, je déteste me retrouver dans la posture de la gamine qui a fait une bêtise et s'apprête à se faire gronder par l'autorité.

— Je suis navrée pour mon malaise durant le show. Je me sens tellement mal... vous me faisiez confiance et moi je vous ai déçue.

Son regard incisif me transperce.

— Je ne vous cache pas que j'attendais un peu plus de professionnalisme de la part d'une ancienne mannequin. Vous connaissez pourtant tous les rouages du métier sur le bout des doigts. N'est-ce pas ?

J'acquiesce.

— J'ai laissé la pression m'étouffer. Je n'ai pas su gérer et j'en ai perdu connaissance.

Déjà que toutes mes chances d'obtenir un poste de rêve qui m'offrirait une médiatisation à même d'assurer ma place dans le monde de la Haute Couture avoisinent le degré zéro, je vais éviter d'en rajouter en avouant être boulimique. Ça n'aurait pas fini de faire couler de l'encre si ça se savait.

Et puis, c'est déjà suffisamment difficile d'en parler à mes proches. Le révéler à des collègues ou autres partenaires professionnels, très peu pour moi.

— Concernant votre émission, j'imagine que c'est terminé pour moi, conclus-je d'une voix faiblarde que la musique engloutit presque.

— Détrompez-vous, Ophélie ! Vous êtes toujours en lice. Peut-être pas en pole position, je vous l'accorde. Mais je n'ai pas encore décidé de vous rayer de la liste. On verra ce que l'avenir nous réserve.

Une vague de chaleur inonde mon cœur, me faisant oublier l'espace d'un instant mes revendications vindicatives. Tout n'est donc pas fini pour moi ? Je m'apprête à remercier Victoria, mais elle a déjà disparu dans la foule. Sa dernière révélation n'a pas été faite avec le sourire et elle a admis que je n'étais pas au sommet de la liste, mais je m'en fiche. J'ai encore une chance, aussi infinitésimale soit-elle.

En retournant au buffet, je retrouve Gavin sans mal. Celui-ci s'est autoproclamé goûteur de la soirée, piochant chaque mets avant de lui attribuer une note personnelle. Le plus drôle reste surtout les commentaires qui accompagnent la notation.

— Si ça c'est du caviar, j'aime autant une bonne vieille Knacki. C'est trop salé et de mauvaise facture. On ne lésine pas sur la qualité des vêtements, mais le buffet laisse à désirer, raille-t-il. Et je te parle même pas du vin. Moi qui pensais qu'en Italie j'en découvrirais de somptueux, là j'ai juste droit à la piquette du village.

— T'exagères !

Malgré tout, je ne peux m'empêcher de rire. Son naturel déjanté est un allié de taille dans les bons comme dans les mauvais moments.

— Et puis, entre nous, ça étonne qui que tu préfères « une bonne vieille Knacki » ?

Il m'envoie doucement son poing dans l'épaule, hilare.

— T'as pu parler à Victoria ?

Je lui rapporte l'intégralité de notre brève conversation.

— Rassurée ?

— Un peu. Elle n'a pas été aussi agréable que les fois précédentes, mais je m'attendais à pire. Elle m'a vite faussé compagnie mais je ne peux pas lui en vouloir. Elle connaît tellement de monde ici. Il me reste à trouver Claudia pour m'excuser et on pourra partir.

— Ça me va ! En attendant, je profite des ragots.

— Quels ragots ?

Nous sommes là depuis trois quarts d'heure à tout casser. Je n'ai pas consulté ma montre, mais je me rappelle nettement avoir sillonné la foule sans relâche jusqu'à trouver un visage connu. Comment Gavin a-t-il pu déjà surprendre des trucs croustillants ?

— Tu sais Cassidy, la coordinatrice ? Elle s'est mangé une soufflante par Claudia, tout à l'heure. Apparemment elle se serait gourée sur un tas de trucs pour la soirée.

— Peut-être que c'est elle qui a choisi le caviar et le vin…

Nos regards se croisent et nous éclatons de rire.

— N'empêche, elle fait peur, Claudia, quand elle s'énerve.

— J'ai du mal à me le figurer. Elle a été tellement gentille avec moi.

C'est bien ça, le problème. Toutes les personnes que je

connais ici se sont montrées agréables à mon égard. Résultat : je n'arrive pas à imaginer qu'une seule d'elles puisse être *Mygale*. Voir au-delà du masque est un exercice trop difficile pour moi, apparemment.

— Avec moi aussi, renchérit Gavin.

— Tu la connais ?

— Très bien. J'ai déjà défilé deux fois pour sa marque, il y a trois ans et l'année dernière. Evan aussi, d'ailleurs.

Mon cœur rate un battement mais je refuse de tirer des conclusions hâtives. Les garçons ont défilé pour tellement de créateurs qu'en conclure aussitôt que Claudia est *Mygale* est ridicule. À mon sens, elle n'a pas le profil. Mais peut-être suis-je seulement naïve ?

— Tu l'as vue récemment ?

Gavin secoue la tête.

— Je la trouve, je m'excuse et on se tire.

Un nouveau bain de foule m'accueille en son sein. Cette fois, mes yeux furètent dans tous les sens, s'accrochant à chaque visage avec une acuité nouvelle.

Dans un coin un peu plus tranquille où les gens discutent plus qu'ils se trémoussent au rythme de la musique, j'aperçois Thérèse Martin et Myrna Nightingale en grande conversation. Leur air sérieux ne me dit rien qui vaille, mais j'ai beau tendre l'oreille pour glaner des bouts de phrases, je n'y parviens pas. La musique est trop forte. Et si je m'approchais davantage, je passerais pour une curieuse malpolie.

Toutefois, une évidence me saute aux yeux. Ces deux femmes ont été d'une telle bienveillance à mon égard que les soupçons s'invitent à la fête. Et si l'une d'elles était *Mygale* ? Après tout, elles ont toutes les deux eu affaire à Evan à plusieurs reprises au cours des dernières années. D'ailleurs, la seconde vient du même pays que mon petit ami. Cela facilite les choses pour agresser quelqu'un, non ?

Tu débloques complètement, Ophélie. L'événement traumatique subi par Evan a pu se produire n'importe où. Il n'a jamais spécifié combien de temps ça avait duré, mais probablement quelques minutes. Les plus longues et les plus mortifères de son existence. Cela implique surtout que ça a pu se dérouler pendant l'un de ses nombreux déplacements professionnels à travers le monde.

Fait chier ! Ça ne m'aide pas à avancer. À observer Myrna, je ne peux m'empêcher de la juger sur toute la chirurgie esthétique qu'elle a faite. Elle aurait bien le profil de la cougar puissante qui joue avec les hommes comme avec des objets. À moins que je ne sois juste en train de faire un délit de faciès amplifié par des clichés ridicules ?

Quant à Thérèse… elle est si douce et si bienveillante. Je ne l'imagine pas un seul instant commettre un acte aussi terrible. Nos conversations m'ont renvoyé l'image d'une femme équilibrée et respectueuse. Si je suis tout à fait honnête, Myrna m'a fait la même impression. Dans ma quête pour trouver l'identité du bourreau d'Evan, je cherche des signes partout, quitte à les inventer. Ça va finir en véritable chasse aux sorcières si je ne me raisonne pas.

En même temps, l'une comme l'autre ont décidé de me prendre sous leur aile. Moi, la couturière de seconde zone. D'accord, j'ai des dessins prometteurs validés par Alex Ivero. Toutefois, cela pourrait cacher quelque chose de louche. Et si elles essayaient de se rapprocher de moi juste pour mieux garder Evan à portée de main ?

Le flot de mes pensées est interrompu lorsque je tombe sur Claudia. Elle achève une discussion avec un homme dont le visage m'est familier. Il doit faire partie du paysage de la mode italienne, sans que son nom me soit resté mémorable.

— Ophélie ! Victoria m'a dit qu'elle vous avait croisée.

Son visage évoque davantage l'inquiétude que l'agacement. Et pourtant, si je suis contente de ne pas lire la seconde émotion, je commence à faire une overdose de la première. C'est aussi pour ça que j'ai toujours refusé de m'ouvrir sur mes troubles du comportement alimentaire. Je n'ai pas envie d'être une petite chose fragile aux yeux des autres. La compassion finit par être étouffante.

C'est peut-être aussi pour ça qu'Evan garde le silence sur l'identité de *Mygale*. Pour éviter des regards ou des comportements imprévisibles de la part de son entourage lorsque les deux se retrouvent au même endroit. Le poison de son existence se pose en ces termes : son métier l'oblige à continuer de côtoyer celle qu'il hait de toutes ses forces. Se confronter encore et encore à elle doit le tuer à petit feu.

— Claudia, je suis tellement désolée. Je m'en veux d'avoir gâché votre défilé.

— Vous êtes une sacrée veinarde, j'ai plus d'un tour dans mon sac. J'ai rattrapé le coup ! On ne peut pas exactement dire que vous soyez une mannequin hors pair, mais Victoria m'a incitée à être indulgente avec vous. Apparemment, vous débordez de créativité ?

Déboussolée par cette sincérité brutale, je bafouille :

— Euh… je… me débrouille.

— Si vous avez inspiré Victoria, c'est un peu plus que simplement vous débrouiller. Je serai ravie de suivre votre carrière de créatrice, le jour où elle démarrera. En ce qui concerne le mannequinat, vous comprendrez que je ne referai pas appel à vous.

— B-bien sûr. Je comprends tout à fait.

De toute manière, je n'ai pas l'intention d'arpenter un podium de plus jusqu'à la fin de mes jours.

— Je donnerais tout pour réparer mon erreur, ajouté-je pour dissiper le malaise qui me gagne.

Claudia m'avise longuement. Ses taches de rousseur ne diffusent plus la chaleur que j'ai découverte lorsqu'elle s'est tenue face à moi, la première fois. Sa chevelure flamboyante m'évoque davantage l'iceberg que le brasier ardent. Et d'une certaine manière, aucune brûlure n'est aussi incisive que celle de la glace.

— Il y a bien une chose que vous pourriez faire pour vous rattraper.

— Tout ce que vous voudrez, m'empressé-je de répondre, trop heureuse de pouvoir regagner ses bonnes grâces.

— Nous pourrions tourner un rapide TikTok sur le compte d'Iris Di Angelis pour que vous rassuriez les gens. Histoire de dissiper les derniers doutes sur le fait que tout était planifié. Il y a toujours des contestataires. Et il n'est pas trop tard, le défilé a eu lieu il y a quelques heures seulement. Ça devrait convaincre les plus récalcitrants. Qu'en dites-vous ?

Ma bouche s'entrouvre, les mots me manquent. Ce malaise n'était pas juste dû à une chute de tension. Je me suis détruit la santé pour rester mince parce qu'on m'a toujours laissée penser que je n'étais pas suffisante comme j'étais. Que pour entrer dans le moule et être le mannequin que tout le monde s'arrache, il fallait respecter tel tour de taille et tel poids. Que je ne serais jamais belle si je n'atteignais pas ces objectifs.

Et je sais que je ne suis pas la seule à souffrir en silence. D'autres femmes et d'autres hommes de ma profession cachent aussi des troubles du comportement alimentaire. Même si la poussière est mise sous le tapis, c'est monnaie courante dans un milieu aussi toxique que celui-ci. Je devrais porter ma voix pour témoigner, expliquer ce qui s'est passé pour dissuader d'autres personnes de se mettre en danger comme je l'ai fait.

Sauf que je n'ai pas le courage de porter l'étiquette « boulimique » sur mon front. Je suis trop lâche pour ça. À contrecœur, je réponds :

— Oui, bien sûr. Si ça peut réparer mon erreur.

Au milieu de la foule, je plaque mon sourire le plus sincère sur mon visage et fais semblant de m'amuser à la soirée postdéfilé. Claudia me prête son verre de champagne pour crédibiliser la scène et c'est elle qui parle le plus dans la vidéo. Je me contente de jouer la fille heureuse qui s'amuse et je me dégoûte de mentir sur un sujet aussi grave.

— Merci, Ophélie. À défaut d'être une mannequin exemplaire, vous avez au moins quelques talents de comédienne. Je vous souhaite une bonne continuation.

Claudia m'adresse un sourire pincé et s'éloigne dans la foule. Le nœud autour de mon estomac se resserre. J'aurais dû m'attendre à ce manque d'indulgence. Après tout, j'ai commis une énorme faute professionnelle, même si ce qui se cache derrière du point de vue de ma santé s'avère grave. Victoria aura été plus compréhensive que prévu et Claudia bien plus froide. Comme quoi, mes facultés de jugement auraient besoin d'une bonne remise en question. Si je suis aussi nulle pour cerner les gens, ce n'est pas étonnant que je me sois retrouvée en couple pendant des années avec Jérôme et que je n'arrive pas à identifier *Mygale*.

Cela fait au moins une heure que je suis ici et ma pseudo-enquête n'a pas avancé. Tout le monde pourrait être suspect, mais je n'arrive à prêter une attitude aussi abjecte à personne. Dépitée, je sais qu'il ne me reste qu'à partir. Avant de rejoindre Gavin, je fais un saut par les toilettes pour me passer un peu d'eau froide sur le visage. Les mots de Claudia et ce qu'elle m'a demandé de faire me restent en travers de la gorge.

Si seulement j'avais été un peu plus courageuse, j'aurais refusé. Au lieu de quoi, j'ai préféré fermer ma bouche en continuant de perpétuer l'un des secrets les plus destructeurs du monde du mannequinat, tout ça pour préserver ma petite carrière. Plus jeune, j'étais pleine d'idéaux et de volonté. Je pensais changer le monde dès que j'en aurais le pouvoir.

Adulte, je réalise que je ne vaux pas mieux qu'un autre. Émancipée de l'influence de mon nom et de l'argent de ma famille, je ne suis plus qu'un pion sur l'échiquier de la vie. Je me plie aux règles du jeu, contrainte de préserver la seule chose qui maintenait mon équilibre : mon travail. Sans ça, que me resterait-il ?

En poussant la porte des toilettes, je marque un temps d'arrêt quand je découvre Victoria face au miroir. Celle-ci me sourit dans la glace tout en se recoiffant.

— On se refait une petite beauté, Ophélie ?

Elle libère un rire cristallin et ajoute :

— On est toutes les mêmes.

Je m'approche de la vasque pour récupérer un peu d'eau, mais je n'ai pas le temps de m'exécuter que mon cœur chute lourdement dans mon estomac. En arrangeant sa chevelure, Victoria a dégagé sa nuque l'espace d'une seconde, dévoilant un tatouage discret. Et pas n'importe quel motif : une araignée.

Des acouphènes me vrillent les tympans, le sang me monte à la tête. Tremblante de la tête aux pieds, je n'entends même pas les phrases qu'elle me débite d'un ton jovial tout en observant son reflet sous toutes les coutures.

Parce que j'ai compris.

C'est elle.

Mygale.

Chapitre 22

Ophélie

Cette découverte me glace le sang. *Mygale* n'est autre que Victoria. Comment ai-je pu être assez idiote et naïve pour ne pas le remarquer ? D'abord la proposition pour devenir hôtesse de l'exportation de son émission en France, l'invitation à ses frais dans sa villa de luxe pour moi et mes proches afin de mieux mettre le grappin sur Evan, l'opportunité de défiler pour l'une de ses amies couturières. Tout ça était bien trop beau. Dans la vraie vie, personne n'accumule les offres en or sans que cela cache quelque chose de louche. Comme on dit, rien n'est jamais gratuit. Et si ça a l'air de l'être, c'est que le produit, c'est soi-même.

Maintenant je comprends mieux pourquoi elle a été aussi indulgente avec moi après mon malaise en plein défilé, contrairement à Claudia. Elle fait en sorte de me mettre dans sa poche pour tenir Evan sous sa coupe, pas loin. Elle n'a pas l'intention de le lâcher. La lettre qu'elle lui a rédigée en dit long sur le sujet.

La bile remonte le long de mon œsophage. J'ai envie de gerber en me remémorant chaque moment où j'ai parlé à Victoria. Chaque sourire, chaque interaction. J'ai l'impression d'avoir vécu un mensonge. Je ne me suis jamais sentie aussi conne de toute ma vie. À ses yeux, je n'ai été rien d'autre qu'un pion et je me suis laissé aveugler par ses compliments. Elle a flatté mon ego, m'a encouragée sur mon travail et je suis tombée dans le panneau.

Pourquoi je me laisse toujours endormir par les pires ordures ? Comment est-ce possible de si mal juger les gens ? D'abord mon père, à qui j'ai accordé le bénéfice du doute trop longtemps. Puis ma mère avec qui j'ai été indulgente plus que de raison. Jérôme, que j'ai laissé me diminuer un peu plus chaque jour. Maintenant Victoria, celle qui aurait dû m'ouvrir des portes pour l'avenir de ma carrière et qui est en fait le monstre qui a anéanti le garçon que j'aime ?

Mon cœur se presse. La vérité m'accable dans ce moment gorgé d'horreur : je suis tombée amoureuse d'Evan. Follement, même. Je ne le lui ai pas encore dit. J'ai peur qu'il n'en soit pas au même stade que moi ou de le faire fuir si je suis trop pressante, lui qui a peu d'expérience en la matière. Et le peu d'expérience qu'il détient a été terni par un viol.

— Ouhouh ? Ophélie. Tu m'écoutes ?

La gorge nouée, je me tourne vers Gavin et articule tant bien que mal :

— Oui. Enfin, non. Excuse-moi ! Tu disais ?

— Que j'ai envie de parler à Evan en rentrant à la villa. Ou tu crois qu'il vaut mieux attendre d'être rentrés chez nous ? Il se sentira peut-être plus en sécurité dans notre environnement.

La villa. Rien que ces deux mots m'infligent les pires tourments. Je ne perçois plus un lieu de vacances paradisiaque mais un véritable piège à loup. J'ai conduit Evan directement dedans. Je m'en veux tellement, putain ! J'ose à peine imaginer l'état dans lequel ça l'a mis, lorsqu'il a appris que mon mystérieux bienfaiteur n'était autre que *Mygale*.

Comme à chaque fois que les choses deviennent trop difficiles, il s'est muré dans le silence et je n'ai pas su comprendre pourquoi… il faut que je le confronte.

— Je ne s-sais pas, Gavin. S-suis ton instinct.

En arrivant à destination, je fixe mes pieds pour rentrer dans le bâtiment. Je ne veux pas mémoriser un détail de plus concernant ce lieu maudit. Je ne veux plus rien avoir à faire avec Victoria Bellucci. D'abord je discute avec Evan. Ensuite, nous rassemblerons nos affaires pour nous tirer d'ici.

En apercevant seulement Claude et Aline dans le salon, je grimpe les marches par réflexe. Evan doit être dans notre chambre. Sans surprise, je le trouve assis au bord du lit. Quand il pose son doux regard vairon sur moi, mes jambes se liquéfient. J'ai l'impression de l'avoir trahi en me rapprochant de Victoria.

— Tout s'est bien passé ?

Son timbre grave résonne jusque dans mes os. Je m'approche de lui d'une démarche chancelante et cette fois, cela n'a rien avoir avec le manque de contenu dans mon estomac. L'émotion me submerge, incisive et étouffante. De peur de ne pas réussir à parler si je m'enfonce trop dans mes pensées, je débite à toute allure ce qui s'est passé à la soirée. Je confie mes hypothèses saugrenues à Evan parce que j'ai soupçonné tout le monde gratuitement. Puis le moment clé dans les toilettes.

— J'ai vu son tatouage, Evan. Je… j'ai compris. C'est elle, *Mygale*. C'est pour ça qu'elle a signé sa lettre comme ça ?

Mon petit ami pâlit à vue d'œil. Je peux presque voir à travers lui, dans le silence pesant de la pièce. Il déglutit, faisant vibrer sa pomme d'Adam dont le mouvement m'hypnotise.

— Parle-moi, Evan ! S'il te plaît. Tu n'as plus besoin de te taire maintenant, je sais tout…

Ses lèvres tremblent.

— Je sais que tu as peur que la vérité se sache, mais je t'assure que je ne laisserai rien t'arriver. Je serai là pour toi, elle ne te fera plus de mal. Déjà, o-on va quitter cet endroit. J-je vais lui dire que je sais tout. La menacer de…

Evan secoue la tête.

— Non, Ophélie. Reste en dehors de tout ça, je t'en prie.

— Ça me tue de te voir souffrir parce que tu gardes le silence, Evan. Les gens doivent savoir quel monstre est cette femme. Elle ne peut pas continuer à faire des victimes. Il y en a peut-être eu d'autres après toi…

Sa prunelle bleu clair ne luit plus d'aucun éclat. La marron paraît terne comme le bois esquinté d'un vieux parquet. Mes mots devraient le faire réagir. Je comprends ce que c'est que d'avoir peur, mais il ne peut pas rester passif toute sa vie. Rien qu'à me rappeler le rire de Victoria, j'ai envie de tout casser.

— Je vais lui faire payer, sifflé-je. Je te jure que je vais te venger.

— Reste en dehors de ça, Ophélie ! ordonne-t-il d'un ton autoritaire que je ne lui reconnais pas.

Si la surprise me laisse coite un instant, la colère finit par s'embraser. Je tire furieusement sur mes cheveux et m'écrie :

— Mais putain, Evan ! Tu ne comprends pas que je t'aime comme une folle et que ça me tue de la voir continuer à te torturer sans jamais être inquiétée de son crime ?

Sa bouche s'entrouvre.

— Q-quoi ? prononce-t-il d'un fantôme de voix.

— Et je pèse mes mots ! Oui ça me TUE d'être impuissante. D'accord ?

Evan secoue la tête et pointe un index vacillant dans ma direction.

— N-non… l'autre partie.

Hébétée, je fixe un point imaginaire en me repassant mes mots en tête.

— Oh ! ça…

Le regard d'Evan bascule. La peur a disparu au profit de la détermination. Son air est grave lorsqu'il me dit :

— Je n'en peux plus de ce cauchemar.

Sans plus de procès, il se lève, passe près de moi et s'enferme dans la salle de bains attenante. Du bout des lèvres, je murmure :

— Moi non plus.

Une larme scelle ma réponse qu'il n'a sûrement pas entendue. À bout de forces et ne sachant plus quoi faire pour venir en aide à Evan, je quitte la chambre d'un pas agité.

J'ai besoin d'air.

Chapitre 23

Evan

Dos à la porte, je me laisser glisser jusqu'à entrer en collision avec le carrelage. Tout tourne dans ma tête.

Mygale.

L'agression.

La douleur.

Mon silence.

Mon impuissance.

Et Ophélie qui vient d'avouer qu'elle m'aimait… j'ai longtemps rêvé le jour où j'entendrais cette déclaration. Si seulement elle n'était pas intervenue au milieu de la tempête. *Mygale* gâche tout. D'abord mon passé, maintenant mon présent et même mon avenir. Tout est noir. Terni. Sali.

Je cherche en moi la force de prendre le contrôle de ma vie depuis si longtemps, sans jamais y arriver. Ces derniers jours, j'ai puisé, encore et encore, sans succès. C'est comme chercher à atteindre du bout des doigts le bouton d'arrêt d'urgence d'un ascenseur en chute libre. Il me manque quelques foutus millimètres.

« Tu ne comprends pas que je t'aime comme une folle ? »

Ces mots passent et repassent dans ma tête. Ils gagnent en clarté, en envergure, chassant au loin l'étau glaçant de *Mygale*. La main d'Ophélie est plaquée contre ma colonne vertébrale. Elle me pousse en avant, je ne suis plus seul. Alors, les millimètres manquants s'effacent et mon doigt presse enfin le bouton d'arrêt d'urgence.

Je dois agir. Pour Ophélie. Pour nous. Et surtout pour moi.

Je prends une grande inspiration et sors mon téléphone de ma poche. J'ouvre Instagram, mes yeux se rivent au nombre affiché sur mon profil. 1M3. Un million trois cent mille personnes qui me suivent et s'apprêtent à entendre le récit sordide de mon histoire. Je ne peux plus reculer : il est temps. Le doigt tremblant, je fais coulisser l'écran vers la gauche, puis vers la droite pour obtenir le mode live.

La mort dans l'âme, je clique.

Chapitre 24

Ophélie

Dehors, je me mets à faire les cent pas autour de la piscine pour calmer mes nerfs. Si je fumais, j'enchaînerais les clopes à ne plus respirer autre chose que de la nicotine. La surface lisse de l'eau fait chatoyer les derniers rayons du soleil. La météo ne reflète en rien ma tempête intérieure et je suis presque en colère contre la vie de ne pas s'aligner sur mon humeur.

Bon sang ! Je n'ai jamais eu à affronter une situation pareille. Je n'ai aucune idée d'à quoi ressemble le traumatisme d'avoir été abusée, mais je sais ce que c'est de savoir qu'un proche l'a été. Une rage sanglante bourdonne en moi. Elle vibre jusque dans ma colonne vertébrale. Je vois rouge.

Si je tenais Victoria Bellucci devant moi, j'en laisserais de côté tous mes grands principes sur la non-violence. Je lui écraserais mon poing dans la gueule. Ça ne changerait peut-être rien, mais ça me soulagerait. Tous les moments passés avec elle où elle a prétendu me prendre sous son aile s'enchaînent dans ma tête et me donnent le tournis. Maintenant, je vois l'ombre du diable derrière elle dans chacune de ces scènes. La vérité offre une nuance inédite à toutes ces interactions fallacieuses.

Ce qui me rend folle, c'est de savoir qu'elle s'en sort impunément. Si seulement j'avais le pouvoir de la réduire à néant.

Une vibration dans le décolleté de ma robe attire mon attention. J'en sors mon téléphone, faute d'avoir des poches, et fronce les sourcils.

Evan Livingstone est en direct

Un frisson se déploie aux quatre coins de mon corps. Qu'est-ce que cela signifie ? Je clique sur la notification. Instagram s'ouvre aussitôt, m'affichant l'image effondrée d'Evan. Il a beau retenir ses larmes, ses prunelles singulières dévoilent toute la douleur du monde. Derrière lui, je reconnais la porte de la salle de bains attenante à notre chambre.

Avec son si bel accent britannique, il déclare en anglais :

— Bonjour à tous, je… je m'appelle Evan Livingstone. Enfin, ça, vous le savez, si vous me suivez sur ce compte.

Il renifle. Mon sang se fige. J'ai peur…

— Ce que vous ne savez pas en revanche, c'est que je me bats jour après jour contre un traumatisme qui m'a anéanti. Je lutte, encore et encore, pour ne pas baisser les bras et avancer. Mais c'est dur… sourire pour rassurer les gens est plus simple que de se dévoiler. Là, je ne vous apprends rien.

Il se frotte l'œil, puis poursuit :

— Pendant des années, je me suis imaginé le jour où j'en parlerais enfin, le jour où je briserais le tabou et que je laisserais ce secret s'envoler. J'ai naïvement attendu qu'il se présente à moi comme une évidence. Ce n'est jamais arrivé. Aujourd'hui je suis à bout, je n'ai plus d'autre choix. Je dois… non ! J'ai *besoin* de dire la vérité. De la crier, même !

Le nombre de personnes présentes sur le live ne cesse de

croître. S'il y avait trente mille personnes lorsque je me suis connectée, nous avons à présent passé la barre des soixante-dix mille. Connaissant le pouvoir des réseaux sociaux pour faire effet boule de neige lorsque quelque chose ébranle la Toile, je ne doute pas que ça continuera d'augmenter.

J'essaie de m'imaginer physiquement ce à quoi ressemblent toutes ces personnes symbolisées par un nombre abstrait. Je sais que ça fait du monde, mais j'ai du mal à en saisir la pleine mesure. Jusqu'à ce que je réalise que ça remplirait pratiquement le Stade de France. Un vertige m'accable au souvenir vertigineux du dernier concert de Lady Gaga auquel j'ai assisté à l'occasion du Chromatica Ball.

Alors autant de gens sont connectés, en même temps, pour écouter Evan s'exprimer ?

— J'ai peur de ne jamais réussir à le dire si je continue de tergiverser, alors voilà. Je…

Sa pomme d'Adam vibre. Mes doigts sont tellement serrés autour de mon téléphone que j'en ai mal. L'idée de monter le rejoindre dans la salle de bains pour ne pas le laisser seul me traverse l'esprit, mais je la repousse. Cette épreuve, il a besoin de la surmonter accompagné de son meilleur allié : lui-même. Quand ce sera fini, je serai à ses côtés s'il a besoin de parler… ou même de ne pas parler.

— J'ai aujourd'hui vingt-sept ans. À l'âge de vingt-trois ans, on m'a violé.

Les mots me déracinent. En perte d'équilibre, je chancelle sur mes propres jambes et finis par m'asseoir avant de tomber à la renverse. Je porte la main à ma tête pour reprendre contenance, peinant à croire que tout ça est bien réel.

Les spectateurs ont franchi la barre des quatre-vingt-dix mille.

— Une femme m'a violé, reprend-il d'une voix éteinte. Je sais combien les victimes sont peu crues lorsque ça se produit dans l'autre sens, alors dans celui-ci…

Il rit. Aucune joie n'émane de lui. Rien qu'une souffrance viscérale qui m'écorche l'âme.

— J'ai longtemps hésité avant de prendre la parole, j'avais trop peur qu'on ne me croie pas. Maintenant, je n'ai plus l'intention de reculer. J'ai toujours désigné mon bourreau par l'appellation *Mygale*. Au début, j'ai cru l'avoir fait par pure logique. Avec le temps, j'ai compris qu'éviter son véritable nom était surtout ma manière de déshumaniser le monstre qui m'a détruit.

Le tatouage sur son épaule me déchire la rétine. Celui dans la nuque de Victoria m'inflige le coup de grâce. Evan ne peut pas révéler son identité au grand public et ça me bouffe, mais je suis fière de le voir prendre la parole. Je pense à tous les autres mecs qui souffrent en silence et qui comprendront qu'ils ne sont plus seuls…

Une larme ruisselle le long de ma joue.

— Le 3 juin 2020, j'ai été reçu par *Mygale* pour parler de mon parcours. L'empire médiatique de la mode qu'elle s'est bâtie fait d'elle une figure incontournable du monde de la Haute Couture. Forcément, je me suis senti flatté qu'elle s'intéresse à ma carrière. La conversation a vite dérivé sur ce que j'apporte en tant que mannequin et ce que je lui inspirais dans certaines tenues. Elle avait même imprimé ses clichés favoris de moi pour me les montrer.

Evan marque une pause, puis reprend :

— Avant que je comprenne ce qui se passe, elle a contourné le bureau pour se placer derrière ma chaise. Elle m'a caressé les cheveux, la nuque. Elle a commencé à glisser sa main sous ma chemise. Je lui ai demandé ce qu'elle faisait, elle m'a répondu qu'elle comptait me rendre le bonheur que je lui ai procuré quand elle m'a vu défiler la première fois.

L'acidité de ses mots me brûle le visage. Je perds l'esprit. Plus de cent vingt mille personnes sont maintenant connectées.

— Je lui ai dit que j'étais gêné, que je ne voulais pas faire ça. Elle a insisté, en me disant qu'elle souhaitait juste m'aider à me détendre. Que je méritais bien un peu de réconfort pour mon travail acharné. Mal à l'aise, je me suis levé pour m'écarter d'elle. Elle m'a souri et a chuchoté : « J'ai le pouvoir de faire de toi le plus grand mannequin de la décennie. Il suffit juste que tu me laisses faire. »

Le regard d'Evan quitte la caméra alors qu'il restitue les mots qui n'ont jamais dû quitter sa mémoire.

— « Une carrière peut vite s'envoler avec les bons appuis, tout comme elle peut exploser en plein vol. » Je… j'ai été abandonné par mes parents, enfant. Personne ne me comprenait, personne ne voulait de moi. Partout où j'allais, j'étais le garçon différent qui ne mérite que moqueries et humiliations. J'ai appris à encaisser les coups plutôt que de répliquer, parce que ça dure moins longtemps.

Il déglutit. Les larmes dévalent mes joues.

— Elle m'a servi un verre de whisky, puis un deuxième. Elle m'a obligé à les boire en me murmurant à l'oreille qu'elle avait le pouvoir de me détruire si elle le voulait. Qu'un seul mot de sa part pouvait briser ma vie. Et elle avait raison. Son empire médiatique et son influence sont tels que j'ai gardé le silence tout ce temps.

Ses mots me bousculent, me bouleversent. Revivre cette

histoire une deuxième fois me tue et je me contente d'écouter. Je n'ose même pas imaginer ce que ressent Evan. Le fait de l'entendre dans une autre langue me donne l'impression de découvrir de nouveaux éléments, d'ajouter une dimension supplémentaire à l'horreur.

— Une fois que j'ai été anesthésié par l'alcool, elle a continué de me caresser. Puis elle m'a obligé à me mettre à genoux devant elle. Elle a remonté sa jupe, elle ne portait pas de sous-vêtement. Ensuite elle m'a… elle m'a…

Sa voix se fane. Je sanglote à présent, déchirée par l'intensité de ce témoignage. Les perles salines brouillent ma vision, mais j'ai le temps d'apercevoir que plus de deux cent mille personnes sont connectées sur le live. Les révélations d'Evan vont ébranler le monde de la Haute Couture et même si Victoria n'est pas dénoncée publiquement, les gens finiront par remonter à elle. Les victimes se contacteront entre elles et j'ai bon espoir que le karma viendra chercher son dû.

— Putain, pourquoi c'est si dur…, se murmure-t-il à lui-même.

Il cale son front dans ses mains, prend une grande inspiration, puis son visage réapparaît pleinement dans le cadre.

— Elle m'a plaqué la tête entre ses cuisses pour m'obliger à lui donner du plaisir.

Ma poitrine prend feu. Je me rappelle encore la maladresse de ses mots quand il m'a confié qu'il ne voulait pas se résoudre à cette pratique, lorsque nous avons fait l'amour pour la toute première fois. Si j'avais su à ce moment-là quelle vérité sordide se cachait derrière…

— Depuis ce jour, je n'ai plus été le même. J'ai eu beau me laver encore et encore, je n'ai jamais réussi à enlever cette crasse qu'elle a imprimée sur ma bouche. J'aurais beau me poncer les chairs avec du papier de verre, rien ne serait en mesure d'effacer ce souvenir.

Anéantie, je peine à tenir mon téléphone droit. Chaque larme que je sèche en invite deux derrière elle. J'aimerais trouver une machine à remonter dans le temps pour intervenir et empêcher le pire jour de son existence de se produire. Mais je ne peux pas. Ça n'existe que dans les contes de fées, ce genre de dénouement qui apaise le cœur.

La vie est une garce qui fait mal et qui continuera de faire mal.

— Si je vous dis tout ça aujourd'hui, c'est parce que j'ai longtemps proclamé la phrase « la honte doit changer de camp », jusqu'à ce que ce soit mon tour. À partir de là, j'ai perdu la force de mes convictions. Je me suis terré dans le silence, faute de trouver le courage de porter ma voix. Jusqu'à aujourd'hui. Ce n'est pas qu'un slogan et je le sais plus que jamais : cette honte que la société nous oblige à ressentir n'est pas à nous. Elle est aux agresseurs et aux agresseuses. Aux ordures qui arrachent innocence et amour-propre impunément.

Son regard se fait farouche, tout à coup.

— La femme qui m'a violé s'appelle Myrna Nightingale et je me battrai jusqu'à mon dernier souffle pour qu'elle réponde de son crime.

L'air s'expulse de mes poumons. Mon téléphone m'échappe des mains et s'écrase à côté de moi. Des acouphènes me vrillent les tympans au point que je n'entends plus les mots d'Evan. Ses lèvres bougent mais je suis sourde. Les pièces du puzzle s'alignent soudain dans ma tête avec tant de clarté que je me sens plus stupide que jamais. Comment ai-je pu passer à côté de l'évidence ?

Myrna Nightingale.

Myrna Nightin**gale**.

Mygale.

Chapitre 25

Evan

Le jet d'eau glacée me brûle la peau. Je n'ai pas trouvé d'autre moyen pour atténuer la houle d'émotions qui me submerge. Au bord de la crise d'angoisse, j'ai foncé dans la douche pour détourner ma propre attention. Toutes les sensations de mon corps se démultiplient, je me concentre sur chaque muscle endolori par la température glaciale plutôt que sur ce que je ressens.

Une fois redevenu maître de moi-même – ou suffisamment pour ne pas céder à la panique – je me sèche et enfile un ensemble de jogging noir. Déverrouiller la porte de la salle de bains a quelque chose de solennel. De l'autre côté des gonds, je m'attends à trouver Ophélie, mais c'est Gavin qui patiente, assis sur le lit.

— O-Ophélie voulait venir mais elle… elle a besoin de quelques minutes.

J'opine du chef en m'approchant de mon meilleur ami. Je m'installe à ses côtés et nous ne parlons pas pendant un long moment. Sa présence confère au silence une couleur rassurante, loin de la solitude qui m'aurait crucifié.

— Je suis désolé pour ce que tu as subi, Evan, finit-il par dire.

Ses mots ont la maladresse d'un poème qu'on récite devant toute la classe à l'école. J'imagine qu'il les a répétés, encore et encore, dans sa tête, avant de réussir à les prononcer.

— Tu sais, la lettre qu'Ophélie a lue ? C'est moi qui la lui ai donnée.

— Je sais. J'ai toujours su, Gavin. Il n'y avait pas d'autre explication. Et je ne t'en veux pas.

— Je ne l'ai pas lue, assure-t-il. Je l'ai juste remise à Ophélie parce que je voyais que tu allais mal…

— Tu n'as pas besoin de te justifier. Je sais pourquoi tu l'as fait. Tu es un ami précieux.

Gavin fuit mon regard. À m'imaginer les instants après ce live, j'aurais pensé être celui qui esquive le contact des autres, pas l'inverse.

Une idée me traverse l'esprit. Je me lève, fouille dans mes affaires et récupère le magazine *Vanity Fair*. Je sors la lettre de Mygale, toujours enveloppée de son écrin jauni par le temps. À sa manière, il est aussi sale que je l'ai été dans ce bureau londonien.

— Tiens !

Je la tends à Gavin. Mon meilleur ami m'observe de son regard bleuté, interloqué.

— P… pourquoi tu me la donnes ?

— Je veux que tu la lises. J'ai tenu tout ça dans le secret bien trop longtemps, j'ai besoin de me libérer de ce fardeau. Le live a fait la moitié du chemin, la lettre représente l'autre moitié. Je veux que les gens sachent. Je n'ai pas à avoir honte et tant que je refuserai d'exposer les faits tels qu'ils sont, *Mygale* aura une emprise sur moi. Je dois m'en affranchir !

— Je n-ne suis p-pas sûr d'y arriver, balbutie Gavin.

— Je ne t'y oblige pas. C'est seulement si tu es d'accord. Ce serait… important pour moi.

Il se lève à son tour et se met à faire les cent pas dans la chambre. Je respecte son besoin de réfléchir en ne me manifestant pas davantage. Je reste debout, les bras le long du corps, la lettre pendant au bout de mes doigts.

— Putain ! Ce que je peux être lâche parfois, grogne-t-il.

Il serre les poings et franchit la distance qui nous sépare.

— Si c'est ce dont tu as besoin, j'accepte.

Je lui remets la missive, il se rassoit et entame sa lecture. Bien que je me tienne face à lui, je me rappelle chacun des mots écrits par *Mygale*. Alors je me les récite dans la tête en même temps que mon ami en prend connaissance, pour vivre ce moment avec lui.

Cher Evan,

Ma main tremble à vous écrire ces quelques mots, au souvenir de cette délicieuse entrevue qui nous a réunis. Votre odeur si masculine et virile est gravée dans mes narines. Elle est mon premier souvenir le matin au réveil et mon dernier le soir, lorsque je m'abandonne aux bras de Morphée.

Des mannequins, j'en ai vu défiler dans mon bureau et sur les podiums. Jamais un seul n'a su égaler votre splendeur. Là où les plus téméraires fournissent tous les efforts du monde pour frôler la perfection, vous l'incarnez avec la simplicité d'un battement de cil.

Les promesses susurrées à votre oreille n'ont rien de fallacieux, je vous l'assure. Je suis une femme de parole. Votre carrière est déjà en pleine expansion, mais comptez sur moi pour lui donner un coup d'accélérateur supplémentaire. J'ai déjà commencé à faire jouer mon réseau pour vous offrir les quelques opportunités qui restaient hors de votre portée.

Je me languis à l'idée de vous retrouver une fois de plus, dans l'intimité de la flamme vacillante d'une bougie. La douceur de votre baiser est tatouée sur mes lèvres. Vous seul aviez le pouvoir de m'ouvrir les portes d'un éden auquel j'osais à peine rêver.

Votre abandon à mon plaisir est d'une douceur exquise et je puis vous assurer que je ne pense qu'à vous. J'ose espérer que l'intensité de mes sentiments est partagée et que vous aussi, vous brûlez de me revoir.

Tendrement,

Mygale.

— Mygale, murmure Gavin à court de souffle. Pourquoi elle a signé ça ?

Je hausse les épaules.

— Je me suis toujours posé la question sans jamais avoir de certitudes. Il s'agit de la contraction de son prénom et de son nom. Peut-être aussi qu'elle voulait éviter de laisser sa vraie identité, comme si elle était consciente que ça pourrait constituer une preuve de son crime. Même si ses phrases ne dépeignent pas ma réalité…

— C'est abject, Evan. Elle est complètement cinglée ! On dirait une lettre d'amour. Comment peut-on s'en prendre à quelqu'un et s'inventer le fantasme d'une réciprocité alors qu'elle t'a… alors qu'elle t'a violé, putain !

— Tu me crois ?

Il écarquille les yeux.

— Comment ça ?

— Quand je dis qu'elle m'a violé. Tu me crois ?

— Évidemment ! Tu pensais que j'aurais pu remettre ta parole en doute ?

Je me laisse choir sur le lit, épuisé.

— Je ne sais pas. Je ne sais plus. Tu as bossé plusieurs fois avec elle, toi aussi. Elle tisse sa toile avec tellement de gentillesse que personne ne se méfie. Sans parler du fait que je mesure vingt centimètres de plus qu'elle et que ma carrure me donne l'avantage, physiquement. Je sais bien ce que les gens doivent se dire. Ils se demandent comment c'est possible. Ils remettront ma parole en doute. C'est pour ça que j'ai fermé ma gueule si longtemps. Mais c'est terminé ! Je connais ma vérité, je ne laisserai personne invalider ce que j'ai vécu.

Gavin se pose à mes côtés et me tend les bras. Je me laisse attirer dans son étreinte, accusant une vague de chaleur dans la poitrine. Sa présence me réconforte.

— Je suis fier de toi, Evan. Et j'admire ton courage. À ta place, je ne sais pas si j'en aurais été capable.

Je le serre de toutes mes forces, soulagé d'enfin avoir du soutien, moi qui ai toujours dû me débrouiller seul toute ma vie.

Lorsqu'il me libère, il demande :

— Que comptes-tu faire, maintenant ? Tu vas porter plainte ?

— Je crois… j'hésite… ça fait beaucoup à encaisser. J'ai du mal à réfléchir, ma tête va exploser.

— Tu dois aller jusqu'au bout, Evan. La dénoncer publiquement était un geste fort. Maintenant, il faut qu'elle soit jugée pour son crime.

Gavin a raison et je le sais. Tout ce dont j'ai besoin, c'est de dormir quelques heures pour récupérer. Après ça, j'accomplirai mon devoir.

Mygale va payer.

Chapitre 26

Ophélie

Je ne sais même pas comment je me suis retrouvée dans cette chambre inutilisée. La villa est tellement immense que nous ne couvrons pas même la moitié de l'espace. J'ai dû errer comme un zombie, parce que mon dernier souvenir me renvoie près de la piscine. Là, je suis assise au pied d'un lit impersonnel, le dos contre le cadre en bois de noyer.

Mon téléphone fonctionne toujours, malgré sa petite chute. L'écran a un impact en bas à droite et une fissure qui se prolonge sur la moitié de la longueur, mais le tactile répond sans aucun bug. Les yeux rivés aux commentaires du live d'Evan, je m'abreuve de la bêtise humaine.

« Moi ça m'aurait pas dérangé. »

« Lécher une belle femme, c'est un plaisir, pas un viol. »

« Comment on peut se faire maîtriser par une gonzesse ? »

Il y en a aussi beaucoup de positifs et d'encourageants, mais je n'y peux rien, je me focalise sur les pires. Un incendie irradie dans mes veines. Les gens me donnent envie de gerber. Une victime d'un acte abominable prend la parole publiquement pour s'ouvrir sur ce sujet délicat et des merdes congénitales, sous couvert d'anonymat, se permettent les pires remarques. L'idée qu'Evan puisse lire ça me brise un peu plus, si tant est que ce soit possible.

Son live n'a laissé de moi que des miettes. J'ai explosé en mille morceaux et je ne sais pas comment je vais m'y prendre pour les recoller.

Sous mes yeux, formant une imposante colline, se trouvent des tas de gâteaux et biscuits. Sans m'être rendu compte de ce que j'ai fait, j'ai dû les prendre dans les placards de la cuisine avant de monter. Et comme à chaque fois que je n'arrive pas à gérer mes émotions, mon obsession pour la nourriture me hante. Si je ne lui cède pas, elle me rend folle.

Alors je déchire le premier papier et engouffre la barre de KitKat dans ma bouche. Une deuxième suit, puis une troisième. Mon esprit déconnecte. Tout ce qui compte, c'est le soulagement procuré par le sucre qui crépite sous ma langue. Il me distrait, me rassure. Tant que je me remplis, je ne pense pas à autre chose. Et même si ce n'est qu'une solution temporaire, c'est tout ce que je connais pour gérer mes émotions.

Quand il ne reste plus rien à engloutir, je fonds en larmes. J'ai mal au ventre, mes tourments n'ont pas disparu et la boulimie ricane dans son coin. Elle se tient perpétuellement au-dessus de moi comme une épée de Damoclès, prête à me tomber dessus quand l'envie lui en prendra.

— Ophélie ?

Je sursaute et par réflexe, donne un grand coup dans la montagne de papiers de gâteaux pour les dissimuler sous le lit. Evan s'approche de moi, grand et majestueux, malgré la teneur de ses déclarations. Comment peut-il encore être debout alors que je suis au plus bas sans même être la victime de l'agression ?

Maudite empathie.

Il s'accroupit devant moi et murmure :

— Tu n'as pas à te cacher.

Sa main caresse ma joue. Son pouce s'acharne longuement au coin de ma bouche, et quand il le porte à la sienne pour le sucer, je comprends que du chocolat s'y était glissé. Je dois avoir l'air ridicule. Pourtant, dans son regard, ce n'est pas ce que je décèle. Au-delà de la souffrance, je perçois un nuage de chaleur qui m'enveloppe et me coupe les larmes.

— J'ai pas pu m'empêcher, expliqué-je, la gorge nouée. Je ne sais faire que ça : me jeter sur la bouffe, dès que je ressens une émotion trop forte. J'ai l'impression que je ne m'en sortirai jamais.

Evan trouve le moyen de m'adresser un demi-sourire.

— Je te promets qu'un jour ce sera derrière toi. Je serai à tes côtés tout au long de la route.

Je sèche les larmes et les traces de mascara sur mes joues, décidée à me ressaisir. Bon sang ! Ce n'est quand même pas à lui de me venir en aide, mais l'inverse.

— Moi aussi, je serai à tes côtés tout au long de la route, assuré-je après avoir reniflé. Je suis tellement fière de toi, Evan. Et admirative de ton courage.

Il s'assoit à côté de moi, dos contre le cadre de lit, lui aussi. Quelques papiers rescapés de ma « mission dissimulation » volettent dans le mouvement.

— D'abord on parle de toi, et ensuite de moi, me propose-t-il. Ça te va ?

— *Deal.* Mais il n'y a pas grand-chose à ajouter me concernant, tu sais.

Je soupire, me plongeant dans des souvenirs anodins de mon enfance qui avec du recul, en disent long sur les problèmes que j'affronte aujourd'hui.

— Quand j'étais gamine, la joie se fêtait avec de la nourriture. Si j'étais triste, on me proposait de la nourriture. J'ai associé le fait de manger à une récréation plus qu'un besoin. Alors à l'adolescence, lorsque ma mère m'a forcée à suivre des régimes draconiens pour poursuivre une carrière dans le mannequinat, je te laisse imaginer la descente aux enfers. Ma relation avec la nourriture a empiré dans des proportions énormes et je n'ai jamais réussi à m'en libérer. Grossir me terrifie parce qu'on m'a laissée entendre qu'on m'aimerait moins si je n'étais pas mince.

Evan déploie son bras autour de mon cou pour m'attirer à lui. Je laisse ma tête reposer sur son épaule, profitant du réconfort offert par son étreinte puissante.

— Tu sais, c'est ton amour qui m'a donné la force de lancer ce live, murmure-t-il. Sans ta déclaration, je n'aurais pas réussi à briser les chaînes de la peur et de la honte. Être aimé de toi est la plus belle chose qui me soit arrivée.

Mon cœur palpite. Des bulles explosent dans mon ventre et j'ai l'impression qu'on me chatouille l'estomac.

— Je t'aime moi aussi, Ophélie.

Une onde brûlante irradie dans toutes mes cellules. Sans le voir, je sais qu'Evan sourit. Ça s'entend à sa voix.

— Waouh… c'est la première fois que je le dis à quelqu'un. Si on m'avait dit l'année dernière que ce serait à toi, je ne l'aurais pas cru.

Un gloussement m'échappe et éloigne un peu les ténèbres qui me rongent.

— Tu m'étonnes ! T'as vu comment ça a mal commencé entre nous ?

— Cette remarque à propos de ton poids… à la lumière de ce que je sais aujourd'hui, j'imagine combien tu as pu mal la vivre.

— C'est vrai. Sur le coup, ça m'a fait mal. Surtout venant d'un type sorti tout droit du coup de crayon d'un mangaka. Tu n'as aucun défaut physique, Evan.

— J'en ai plein. Sur les photos, j'ai parfois un œil plus petit que l'autre. Il y a ma cicatrice sur le menton. J'ai l'impression d'avoir les oreilles décollées, surtout quand je me coupe les cheveux très courts. J'ai beaucoup de dents dans ma bouche.

La dernière phrase m'arrache un éclat de rire.

— Le contraire m'inquiéterait. Remarque, on vivrait notre plus belle *love story* en Ehpad, toi et moi.

— Ehpad ? C'est quoi ?

N'ayant pas besoin d'expliciter dans le détail, vu le contexte purement humoristique, je réponds :

— Pour simplifier, une sorte de maison de retraite.

— J'ai hâte de te voir manger de la soupe, tout édentée, m'avoue Evan.

Si cette révélation m'amuse, elle signifie surtout qu'il se voit vieillir à mes côtés. Et ça me réchauffe l'âme.

— Je ne t'en ai pas voulu longtemps pour la remarque sur mon poids, conclus-je. L'essentiel, c'est que tu ne pensais pas à mal. Et puis, tu as compris le problème et tu t'es excusé. Tu as vu les progrès que tu as faits humainement, depuis ?

— Tout ça c'est grâce à toi, Ophélie. Tu as changé ma vie et tu n'as même pas idée à quel point.

— Toi aussi, Evan. Tu n'imagines pas combien tu as bouleversé la mienne. Si je ne t'avais pas rencontré, je serais peut-être toujours sous l'étau malsain de Jérôme le pervers narcissique. Sans parler de l'influence de mes parents. Tu m'as donné envie de rêver mieux pour moi. De me libérer de mes propres chaînes.

Côte à côte, je nous perçois comme deux prisonniers qui, malgré leur nature foncièrement opposée, ont réussi à trouver dans l'autre l'inspiration de se défaire de toute entrave.

Après quelques minutes de silence, j'articule :

— Ça m'a choquée quand tu as révélé l'identité de *Mygale*. Déjà parce que je ne m'attendais pas à ce que tu le fasses. Et ensuite parce que j'étais convaincue qu'il s'agissait de Victoria. Comme tu ne m'as pas contredite…

À y repenser, je me sens tellement mal d'avoir soupçonné la mauvaise personne. J'ai sauté aux conclusions en voyant le tatouage d'araignée dans la nuque de Victoria alors que c'est un motif très courant. Obsédée par ma quête de réponse, je n'ai pas cherché plus loin que le bout de mon nez.

Et surtout, je n'arrive toujours pas à croire qu'il s'agisse de Myrna. Elle a été tellement adorable avec moi, pleine de bons sentiments et d'encouragements. Ça me dégoûte de réaliser que tout était faux.

— Je me suis senti submergé, il fallait que j'agisse avant de perdre la flamme que tu as allumée en moi. J'aurais dû te dire depuis le départ que c'était Myrna. Mais je ne sais pas… je… j'ai eu tellement peur que ça change tout entre nous. Ce que je t'ai caché, c'est qu'elle m'a envoyé un texto, juste après notre arrivée à Milan. À ce moment-là, j'ai perdu pied. Et maintenant, mon live va ébranler le monde de la Haute Couture. Plus rien ne sera pareil pour toi comme pour moi, Ophélie. On va se retrouver dans l'œil du cyclone et on a déjà eu tellement de mal à trouver un équilibre que j'ai peur.

— De quoi ?

— Que les remous provoqués par cette histoire nous éloignent.

— Impossible ! Les épreuves qu'on a traversées ensemble nous ont rapprochés, Evan. Nos différences font notre force, pas notre faiblesse. Ne l'oublie jamais !

Sa tête se presse contre la mienne.

— Je vais porter plainte dès demain, me confie-t-il.

— Je t'accompagnerai.

Ses doigts serpentent jusqu'à trouver les miens pour s'y mêler. Il porte ma main à sa bouche pour y déposer un baiser et murmure :

— Merci. Pour tout…

Je trace des cercles sur le revers de sa main, pensive. L'inquiétude me ronge et je ne peux pas le garder pour moi. Les secrets n'ont fait que nous éloigner jusqu'ici. Il est temps d'inverser la tendance.

— J'ai peur que Myrna t'attaque en justice pour diffamation, avoué-je à mi-voix.

— Elle va sûrement le faire. J'irai au bout de ma plainte. Ce sera parole contre parole, j'en suis conscient. Mais je ne reculerai pas. La meilleure chance qu'il me reste, c'est que d'autres victimes se manifestent.

— S'il y en a eu d'autres, Evan… Je ne veux pas être pessimiste, tu sais que je suis derrière toi. C'est très probable que tu ne sois pas le seul et à la fois, la tournure de sa lettre laisse entendre qu'elle te voyait comme une divinité. Tu crois qu'elle a pu faire la même chose à d'autres avant ou après toi ?

— Cette femme est dérangée, Ophélie. Intelligente dans sa folie, mais je suis sûr qu'il n'y a pas eu que moi. Je dois m'accrocher à cet espoir.

— Tu as raison.

Evan inspire profondément puis enchaîne :

— Les bouleversements ne sont pas terminés. On doit quitter la villa dès demain, non ?

— J'avais oublié ce détail.

J'ai la tête tellement pleine qu'elle menace d'exploser. Dans ma préparation de vendetta contre Victoria, je m'imaginais partir de ce lieu maudit le plus vite possible et en apprenant que je me gourais de coupable, j'en ai oublié la durée de notre séjour.

— Je vais regarder les vols pour Londres. Il me reste deux semaines de vacances, je veux en profiter avec toi.

— J'espère surtout être de bonne compagnie. Les prochains jours vont être rudes. J'ai éteint mon téléphone pour n'avoir aucune notification.

— Tu as bien fait.

Le mien est en silencieux mais je vois les rectangles qui s'accumulent dans le centre de contrôle. Les répercussions viennent déjà jusqu'à moi alors que le live s'est terminé il n'y a même pas deux heures.

Et comme une mauvaise nouvelle n'arrive jamais seule, je ne trouve aucun vol pour rentrer avant cinq jours. Tout est blindé et les seules places qui restent ne peuvent nous accueillir tous les cinq. Et même si Claude décidait de rentrer directement en France, il n'y a pas non plus quatre places pour Londres. On s'y prend trop tard.

Quand je partage ma découverte avec Evan, il me dit :

— On va trouver un hôtel dans le centre de Milan. On rentrera dans cinq jours, ce n'est pas grave. Ici ou ailleurs, les conséquences seront les mêmes. Autant affronter ça sous le soleil italien.

— Tu as raison. Allons le dire aux autres !

Je puise en moi l'énergie de me lever puis je tends la main à Evan pour qu'il me suive. Son ombre dans la mienne, nous quittons cette chambre impersonnelle qui abritera pour l'éternité le secret d'une discussion qui a changé ma vie.

Chapitre 27

Evan

— C'est à toi de jouer, Claude !

Le meilleur ami d'Ophélie sort de sa torpeur pour lancer le dé puis fait avancer son pion sans engouement.

— Cette détox' d'Internet était la pire idée, grommelle-t-il.

— On fait ça par solidarité, lui rappelle Aline.

Cela fait quarante-huit heures que nous sommes installés dans cet hôtel du centre-ville de Milan, faute d'avoir trouvé des billets pour regagner Londres plus tôt. Il nous reste encore trois jours à attendre pour attraper le premier vol sur lequel nous avons obtenu des places.

J'ai réservé deux chambres communicantes desquelles nous ne sommes pas sortis depuis notre arrivée. Nous faisons des jeux de société tous ensemble pour faire passer le temps en essayant d'oublier au mieux le monde extérieur. Nos téléphones sont éteints et rangés au fond d'un placard. Je brûle d'envie de lire les commentaires qui font suite à mon live, mais je sais que ce serait une mauvaise idée.

Nous ne pourrons pas ignorer éternellement les remous causés par mon témoignage public, mais les premiers jours sont toujours les plus durs à encaisser. Laisser un peu de temps passer devrait permettre à des gens de s'intéresser à une autre histoire d'ici là, et d'être moins sous le feu des projecteurs.

Porter plainte ? Ne pas porter plainte ? Mon esprit ne cesse d'osciller. Je sais que la première option est la bonne, mais à chaque fois que je pense être sûr de moi, le doute revient chasser la certitude.

— Oui, enfin, c'est déjà notre troisième partie de Monopoly, geint Claude. Et ma guilde va se demander pourquoi je donne plus de nouvelles sur le Discord.

— Il n'a pas tort pour le Monopoly, renchérit Gavin.

— J'aimerais vous y voir, les sermonne Aline. Dans le *speed*, j'ai acheté le mieux que j'ai pu trouver avant de venir me cloîtrer ici. Et je vous signale qu'à cause d'Evan, on ne peut jouer à aucun jeu de cartes, puisque monsieur les compte.

Peu désireux de me défendre, je laisse le silence s'en charger, mais Ophélie vole à mon secours.

— Il triche pas, son cerveau compte tout seul. Vous aussi, si vous aviez 176 de QI, vous comprendriez.

— Moi, pour ce qui est du Q, j'ai pas de problème, raille Gavin. C'est plutôt le I qui complique tout.

Ils s'échangent un regard amusé avec Aline alors que ma petite amie lève les yeux au ciel. Mon envie de prendre l'air ne cesse de grandir. Ne serait-ce que pour marcher dans le couloir. J'en ai marre de ne rien voir d'autre que ces quatre murs peints d'une nuance de beige tellement neutre qu'elle finit par m'agacer au lieu de m'apaiser.

— Six ! s'écrie Ophélie. T'es chez moi. Pour info, j'ai mis trois maisons donc tu vas raquer.

— Depuis quand t'es devenue une capitaliste hors pair, toi ? s'étonne Aline.

— « Ophélie de Montmorency », ça ne te met pas la puce à l'oreille ?

Aline grimace.

— D'ailleurs, c'est dommage que tes parents soient si pénibles. J'aurais bien profité de produits cosmétiques gratuits. Ça coûte un bras et je n'ai pas l'impression d'aller en rajeunissant.

— Moi, si je suis frais comme toi à quarante piges, je ne me plaindrai pas, réplique Gavin.

Aline lui sourit. La partie de Monopoly se poursuit. Je suis davantage dans mes pensées qu'avec les autres, même si j'apprécie leur solidarité et leur soutien. Ils ne devraient pas se forcer à rester enfermés ici, eux aussi. Un peu d'air leur ferait du bien.

Moi par contre, c'est une autre paire de manches. Il me suffit de jeter un œil par la fenêtre pour apercevoir la horde de journalistes campés devant l'hôtel dans l'espoir de m'arracher quelques mots. Je ne doute pas que ma messagerie vocale soit blindée par ces vautours. Heureusement qu'Ophélie a mis en place ce plan d'urgence pour limiter les dégâts. Sinon, je passerais mon temps à scroller sur les réseaux et ça me déchirerait.

Inutile de le vérifier par moi-même pour savoir que tout le monde ne me soutiendra pas dans ma démarche. Internet est une décharge publique où le pire de l'humanité vient déverser sa haine sous couvert d'anonymat. Et vu comment Ophélie a tenu à ce que personne du groupe n'ait plus accès à son téléphone, je devine les horreurs qu'elle a pu voir entre-temps.

La monotonie se brise lorsque le téléphone de la chambre sonne. Tout le monde relève la tête d'un même mouvement.

— On aurait peut-être dû le couper lui aussi, suggère Gavin.

— Ah oui ? Et on mangerait quoi ? Nos ongles ? persifle Ophélie. Sans le téléphone, impossible de contacter le *room service*.

Elle se lève, soupire et s'excuse.

— Désolée.

— T'en fais pas. On est tous à cran.

Ophélie s'empare du combiné blanc et le colle à son oreille. Là où je m'attends à voir de la colère sur ses traits apparaît finalement la surprise. Ses sourcils se haussent progressivement, puis elle pose son regard chocolat sur moi.

— E-Evan… c'est pour toi.

— Ce n'est pas un journaliste ?

Elle secoue la tête.

— Non, c'est… c'est ton père.

Mon estomac effectue un saut périlleux. En plein mouvement pour me relever, j'accuse un vertige et me rassois. Mon père ? Je ne lui ai plus parlé depuis plus d'une quinzaine d'années. Ça n'a aucun sens.

Ophélie raccroche, interdite.

— Il est dans le lobby, en bas. Il aimerait te parler.

— Q-quoi ? Comment… comment m'a-t-il retrouvé ?

Mes pensées s'entrechoquent dans un chaos sans nom. Le temps d'y mettre un peu d'ordre, je m'interroge. Est-ce bien essentiel de s'intéresser aux détails ? Une seule chose compte.

— J'ai pas envie de lui parler.

Mensonge.

Ophélie s'accroupit près de moi. Ses cheveux sont noués dans une natte qui repose sagement sur son épaule. Le maquillage à ses yeux est moins appuyé que d'habitude.

— Tu n'es pas obligé d'être avenant avec lui, ni même de lui pardonner, murmure-t-elle. Mais tu devrais au moins écouter ce qu'il a à dire. Sinon, ça te torturera toute ta vie de te demander pourquoi il est venu.

Elle a raison et je le sais. Je continue de faire ma mauvaise tête quelques minutes, le crâne enserré dans l'étau des souvenirs. Les miens sont plus douloureux les uns que les autres. Mon enfance a été tellement horrible que je n'ai connu le bonheur qu'à l'âge adulte. Et pour rien au monde je ne voudrais revenir en arrière. Je me suis construit sans mes parents, loin de tout, seul et isolé, avec pour seules rencontres marquantes, trois personnes qui valent plus que tout à mes yeux. D'abord Linda, puis Gavin et enfin Ophélie. Le reste n'a que peu d'importance.

Pourtant, la curiosité me ronge déjà. J'ai besoin de réponses.

Dans l'ascenseur, mon cœur bat la chamade. Je ne sais même pas si je saurai reconnaître l'homme qui m'a élevé les premières années de ma vie. Difficile de parler de père quand on connaît la manière dont il s'est dédouané de ses responsabilités au premier obstacle.

Dans le lobby, mon pas est lent et saccadé. Mon corps se meut dans une cadence étrange, poussé en avant par la curiosité et retenu en arrière par la peur. Ce cocktail me donne l'impression de marcher de travers comme si j'étais ivre mort, ce qui ne m'arrive pas souvent. L'espace lounge présente une succession de tables de toutes les formes – rondes, carrées, ovales, rectangulaires –, et de toutes les sortes – petites, grandes, mange-debout. Seule une poignée de clients s'y trouve et il ne me faut pas longtemps pour identifier le seul visage familier du lot.

Un peu à l'écart, un homme d'une cinquantaine d'années semble pensif. Il fixe la verrière faisant office de plafond et sillonnée de végétation. Son visage n'a pas tant changé, ces dernières années. Quelques rides ont creusé son front mais moins que je me l'étais imaginé. C'est surtout la couleur de ses cheveux qui trahit le passage du temps. Ses tempes grisonnantes gagnent du terrain.

Lorsque ses deux yeux marron foncé presque noirs, si similaires à ma prunelle gauche, se posent sur moi, je me pétrifie. Mon corps ne me répond plus. Tout ce que j'entends, c'est le battement brutal de mon cœur dans mes oreilles. Sous le faisceau de sa contemplation, je redeviens l'enfant abandonné que j'ai été.

Et ça fait mal.

La douleur éclipse le reste une simple seconde, suffisante pour me permettre de reprendre le contrôle. D'un pas martial, je franchis la distance qui nous sépare et m'installe face à lui. C'est fou comme j'évolue au contact d'Ophélie. Avant, mes émotions n'étaient qu'un pêle-mêle indistinct que je percevais sans pouvoir faire le tri. Maintenant, selon les situations, il m'arrive d'être capable de donner des couleurs aux nuances. Un peu comme Ophélie me l'a appris avec le code de son invention, pour me permettre de mieux gérer mes interactions sociales.

Là, au milieu du bouillon nébuleux qui gronde en moi, je perçois nettement la colère. Alors je m'accroche à elle pour garder la face. Je suis même capable d'identifier la fierté juste derrière, de voir le chemin que j'ai parcouru en dépit de toutes les embûches semées sur ma route.

Ma sensation de contrôle est toutefois de courte durée, car la première réaction de mon père me fauche violemment. Je me suis figuré toutes les phrases possibles et imaginables : les insultes, les mots doux, les excuses, les faits triviaux. Ce que je n'avais pas anticipé, c'est qu'il ne parle pas.

Il pleure.

Pas à chaudes larmes, mais deux grosses gouttes sinuent le long de ses joues, s'arrêtant une fois au sommet de ses pommettes, puis à gauche dans un pli qui n'a visiblement pas de symétrie. Ma poitrine se serre. Je n'aime pas les effusions, elles sont difficiles à gérer pour moi. Traiter ce que j'éprouve est déjà une épreuve en soi, alors m'occuper des autres…

— Mon fils, prononce-t-il d'une voix éraillée.

Elle aussi a changé. Elle ressemble à mon souvenir et à la fois pas vraiment, comme si je l'entendais via un micro disposant d'un modificateur vocal.

— Evan, rectifié-je calmement. Tu as perdu le droit de me désigner ainsi il y a longtemps.

Je pourrais m'énerver, crier, laisser sortir le fauve en cage. À quoi bon ? Je n'ai pas envie de lui montrer combien son absence m'a déchiré. Je n'ai pas non plus envie de taper un esclandre dans le lobby de l'hôtel qui doit nous héberger encore quelques jours. La cohue causée par les journalistes à l'extérieur suffit. Il ne manquerait plus que la directrice de l'établissement nous demande de partir.

— Evan, reprend mon père en se pliant docilement à ma règle. Il y a tant de choses que j'aimerais te…

— Comment tu m'as retrouvé ? le coupé-je.

Il joue nerveusement avec ses mains épaisses. Celles-ci présentent plus de cicatrices qu'à l'époque, signe qu'il n'est pas devenu plus précautionneux quand il bricole. À se demander si sa passion est de s'épanouir manuellement ou de se plaindre sans arrêt de s'être éborgné.

— J'ai vu ton live, sur Internet. Pas… pas en direct. La vidéo a été enregistrée, elle est partout. Et je… j'ai pris le premier avion pour rejoindre Milan. Il m'a suffi de suivre les journalistes pour savoir dans quel hôtel tu séjournais.

Il joint ses doigts et serre si fort que le sang s'en échappe.

— Apprendre ce que tu as subi… ça m'a… ça m'a…

Une nouvelle larme lui échappe et ça me tord les boyaux. Je n'ai pas souvent vu mon père pleurer. Non pas qu'il retenait ses émotions, en dépit des flagellations constantes de ma mère sur son manque de pseudo-virilité, mais il n'est pas du genre sensible. Le voir s'effondrer devant moi rend encore plus réelle l'agression de *Mygale*.

— Je sais que je n'ai aucun droit, que j'ai été en dessous de tout. Je ne te demande ni de me pardonner, ni de te mettre à ma place. C'est juste qu'apprendre que son enfant s'est fait…

Il se mord la lèvre jusqu'au sang. Le mot n'arrive pas à sortir. Je le comprends. Moi-même je l'ai longtemps éludé dans ma tête, jusqu'à passer par la case agression sexuelle puis accepter enfin que c'était un viol. C'est fou la capacité du cerveau à se voiler la face pour mieux nous protéger.

— Je n'ai jamais été soupe au lait, mais tu n'imagines pas combien j'ai eu envie de tout casser en écoutant ton témoignage.

L'image d'une soupe bouillonnant dans une marmite sur le feu me hante. Un bras apparaît de nulle part pour y verser un demi-litre de lait. Face à mes sourcils froncés et mon air probablement circonspect, mon père s'octroie le droit de sourire.

— J'oubliais… tu as toujours du mal avec le sens figuré. J'aurais dû m'en souvenir. Ce que je veux dire, c'est que je n'ai jamais eu un tempérament à me mettre en colère facilement. Et pourtant, ce qui t'est arrivé m'a fait ressentir de la rage.

Ne trouvant rien à répondre, je me contente de garder le silence. Qui a inventé cette expression insensée ?!

Après un long moment à me fuir du regard, mon père me demande :

— Comment tu te sens, Evan ?

— À ton avis ?

— Mal, j'imagine. Je me doute. C'est simplement ma manière de tendre la main vers toi.

— Garde-la le long de ton corps. Je ne veux pas de ta compassion.

— Alors pourquoi tu as accepté de descendre ?

— Par curiosité.

Ma franchise le heurte. J'ai au moins la décence de me montrer honnête, ce qu'on ne peut pas dire de lui et de ma mère, le jour où ils m'ont déposé au pensionnat.

— Vous n'avez jamais eu l'intention de venir me chercher, pas vrai ?

Mon père se crispe.

— J'en ai eu envie tous les jours, crois-moi !

— À quoi bon ? Tu ne l'as pas fait, c'est tout ce qui compte. Tes actes parlent plus que tes mots.

— Je ne suis plus avec ta mère, m'apprend-il. On s'est séparés il y a des années, maintenant. Je ne lui ai jamais pardonné de m'avoir convaincu de te laisser dans cet établissement.

— Et toi ? Tu t'es pardonné ta lâcheté ?

— Je n'ai aucune excuse. Comme nous avons continué de payer le pensionnat jusqu'à tes dix-huit ans, ça m'a donné bonne conscience. Je me suis persuadé que je faisais ce qu'il y avait de mieux pour toi en te laissant dans un endroit pour les surdoués.

— Plus personne n'utilise le mot « surdoué ». Et pour ton information, j'étais tellement un fardeau que même dans une école pour les gens comme moi, personne ne m'aimait. J'ai continué d'être le reclus. Le pestiféré.

Le visage de Linda s'impose à mon esprit. Si je n'étais pas tombé sur elle, je ne sais pas ce que je serais devenu.

— Je me suis laissé écraser par l'autorité de ta mère...

Sa voix ne cesse de se moduler. Il ne feint pas l'émotion, ça me paraît clair. Pourtant, ça me laisse totalement indifférent. Comment pourrais-je éprouver de l'empathie pour l'homme qui m'a abandonné ? Les émotions ne sont peut-être pas mes amies, mais j'ai suffisamment appris à les dompter pour savoir que je ne suis pas aussi bête.

Cette personne ne mérite pas d'être dans ma vie. La laisser entrer reviendrait à rouvrir les blessures du passé que j'ai mis tant de temps à panser.

— J'aimerais juste qu'on passe un peu de temps ensemble, m'avoue mon père. Qu'on rattrape le temps perdu. Qu'on laisse ce qui s'est passé derrière nous.

— J'ai bien l'intention de laisser le passé derrière moi, affirmé-je. Et tu en fais partie.

Je me lève, lui jette un dernier regard et conclus :

— Je te souhaite d'être heureux, même si je sais que tu ne le seras jamais. Personne ne peut se pardonner d'avoir abandonné son fils.

En tournant les talons, je n'éprouve pas le moindre doute sur ma décision. Cette conversation était nécessaire pour que j'en aie la certitude : mon père appartient à mon passé.

Maintenant, place à l'avenir.

Chapitre 28

Ophélie

Affalé sur son lit, Claude caresse Shakira. Cette image est tellement saugrenue qu'elle paraît à peine réelle. Pourtant, elle m'évoque l'apaisement. Le pire, c'est que je me suis habituée à la passion de Claude pour la taxidermie et que ça ne me choque même plus. À tout moment, il va m'offrir un renard ou une chouette empaillée à Noël et je serai contente.

Ma vie est-elle donc nulle à ce point ?

— Dis-moi un truc drôle, lui demandé-je.

— L'humour, c'est pas tellement mon point fort. Je suis surtout drôle malgré moi.

— C'est mieux que rien. J'ai besoin qu'on me distraie ! Je pense à Myrna Nightingale en permanence. J'ai envie de faire quelque chose. Prendre la parole publiquement ou aller l'affronter pour lui dire ses quatre vérités. Entendre ce qu'elle a à dire.

— Ça m'étonnerait qu'Evan soit d'accord avec ça, me suggère Claude à mi-voix.

Je soupire.

— Tu as raison. Il me déconseille d'agir. Il a peur que j'empire les choses et je suis d'accord avec lui. Mais ça me rend dingue de rester passive.

— Je comprends, Ophélie. Mais même si tu lui parlais, elle ne te dirait sûrement pas ce que tu as envie d'entendre. Si tant est que tu aies envie d'entendre quoi que ce soit.

Je me passe une main dans les cheveux.

— Parle-moi de *World of Warcraft* !

— Vraiment ? me demande Claude, interloqué.

— N'importe quoi qui puisse me distraire.

Il se lance dans l'explication détaillée d'un raid qu'il a planifié avec sa guilde le mois dernier pour la semaine prochaine. Voyant que ça me soûle plus que ça me change les idées, je le coupe gentiment et demande :

— Tu veux pas me parler de tes rancards Tinder, plutôt ? Ça m'intéresse un peu plus.

Il hausse les épaules.

— Il n'y a rien à dire.

— Aline t'a aidé, non ?

— Un peu, mais ça n'a rien donné. Les applis, c'est de la merde. La femme de ma vie n'est pas sur Tinder.

La porte claque dans la chambre communicante, nous faisant sursauter. Claude et moi nous levons d'un même mouvement pour rejoindre Evan. Ça ne peut être que lui. Gavin et Aline sont partis s'aérer pour une session shopping. Il était temps qu'ils sortent où ils allaient perdre l'esprit. Quant à Claude, ce n'est pas tant le fait d'être enfermé qui l'agace que celui de ne pas pouvoir jouer à ses jeux vidéo. Il s'y refuse pour passer du temps avec nous et je lui en suis reconnaissante, mais je sens que ça lui manque de ne pas s'enfermer quelques heures dans sa bulle.

— Alors ? demandé-je en découvrant Evan le visage fermé.

Je marche jusqu'à lui pour l'embrasser au coin des lèvres, tandis que Claude s'assoit sur la chaise de bureau. Quelle que soit l'issue de la conversation d'Evan avec son père, je suis certaine qu'il a besoin de soutien.

— Alors quoi ?

— Ça s'est passé comment ?

— Mal. Je n'ai pas l'intention de le revoir. C'est trop facile de revenir des années après. Il y a des fautes qui ne méritent pas le pardon.

J'opine du chef, blessée pour lui. Mais qui mieux que moi pourrait comprendre ce que c'est qu'avoir des parents en carton ? Encore que les miens croulent sous l'argent, ce qui m'a empêchée de comprendre que je vivais des trucs pas normaux. La violence psychologique revêt bien des formes et s'avère parfois si difficile à détecter. Évidemment, ça ne se compare pas à ce qu'a vécu Evan. Il n'existe pas d'échelle de mesure des malheurs. Chacun traverse ses propres tempêtes et fait avec.

— En parlant de fautes qui ne méritent pas le pardon… je ne tiens plus, Evan. J'ai envie d'aller voir Myrna et lui dire ma façon de penser. De garder pour elle sa proposition de merde de faire la une de son magazine. J'ai besoin de crier ma rage.

— On en a déjà parlé, Ophélie. Je ne vais pas décider à ta place, tu es libre de tes choix. Mais ce serait une connerie. En plus tu ne sais même pas où elle est, en ce moment.

— Alors figure-toi que si, raillé-je. Elle s'est vantée par monts et par vaux de séjourner dans l'hôtel le plus luxueux de Milan, le jour du défilé Iris Di Angelis.

— Même. Ça va t'avancer à quoi de lui parler ? Te mettre encore plus en colère ? Au pire elle joue l'innocente, au mieux elle présente ses excuses. Et après ? Rien de ce qui sort de la bouche de cette ordure n'est sincère. Et surtout, rien n'effacera ce qu'elle m'a fait.

Les nerfs en pelote, je me mets à faire les cent pas dans la chambre. Attendre sans rien faire m'étouffe. Si encore j'étais convaincue de laisser derrière moi mon ressentiment en prenant l'avion pour Londres, je m'accrocherais à cet espoir. Là, je sais pertinemment que changer de pays ne réglera rien. Ce sont des mois de lutte acharnée, parole contre parole, qui s'annoncent.

Je sursaute quand on frappe à la porte. Evan, plus près, se déplace pour ouvrir. Un vent de panique souffle en moi quand je découvre trois policiers en uniforme dans le couloir. Dans un anglais approximatif mais pas dénué d'efforts, celui du milieu demande :

— Evan Livingstone ?

— Oui ?

— Vous êtes en état d'arrestation pour le meurtre de Myrna Nightingale.

Chapitre 29

Evan

C'est un cauchemar. Je pensais que ma vie avait atteint l'apogée des problèmes, je me trompais. J'ai beau toucher le fond, je continue de creuser. Quand tout cela s'arrêtera-t-il ?

Face à moi, l'agitation est à son comble. Des agents fourmillent dans tous les sens au milieu de cet *open space* ne laissant aucune place à la pudeur. Je ne peux m'empêcher de me revoir il y a quelques années, après le viol de *Mygale*. Jamais je n'ai eu le courage de venir porter plainte, j'avais trop peur qu'on ne me croie pas. Et je n'arrive pas du tout à m'imaginer faire le récit d'un tel événement dans un endroit pareil, où tout le monde te passe devant, derrière, sur les côtés.

Je pense alors à toutes les autres victimes et particulièrement à celles qui ont trouvé le courage de se présenter dans un commissariat. Si certaines ont décidé de changer d'avis une fois arrivées, je les comprends. Tout semble être fait pour nous décourager de parler.

Mygale.

Elle est la source de tous mes maux et même dans la mort, elle arrive à m'entraîner dans sa chute. Elle doit avoir accumulé tellement d'ennemis sur sa route que le nombre de suspects ne manque pas. Alors pourquoi moi ? Parce que j'ai enfin trouvé la force d'ouvrir ma bouche et de parler sur Instagram ? C'est dégueulasse.

Un nouveau policier s'installe au bureau, face à moi. Le premier ne parlait pas du tout anglais, il est donc parti chercher un de ses collègues capables de me comprendre et d'interagir avec moi. Les menottes m'enserrent les poignets dans un étau qui m'arrache la peau. La chaise sur laquelle je suis installé est bancale, me donnant l'impression de me bercer à chaque mouvement un peu trop vif que j'effectue.

— Monsieur Livingstone, vous connaissiez bien la victime, n'est-ce pas ?

Après avoir dégluti tant bien que mal, je réponds :

— Bien n'est pas le mot que j'emploierais. Je ne savais rien d'elle, de sa vie et de ses goûts. Nous avons collaboré à plusieurs reprises et elle m'a…

Sous le faisceau brûlant du regard noir du flic, je conclus à voix basse :

— … agressé.

— J'ai cru comprendre ça, commente-t-il de manière neutre. Vous êtes-vous rendu dans sa chambre à Milan ?

— Jamais.

— Vous en êtes bien sûr ?

— Je ne prononce aucun mot dont je ne sois sûr.

Le petit bonhomme aux cheveux gominés arque un sourcil. Il se gratte nerveusement la barbe du bout des ongles, ne cessant de produire un bruit de râpement agaçant.

— Vous savez, vous gagneriez du temps à nous avouer que le ton est monté et que vous avez vu rouge.

Cette fois, c'est à mon tour de froncer les sourcils. Dans le code couleur que m'a créé Ophélie, le rouge signifie « passage de pommade/flatterie (on oublie les faits) ». Pourtant, je n'ai pas l'impression que ce soit ce que le flic recherche. Alors je creuse dans mon esprit, cherchant dans ma mémoire sans faille, mais dépourvu d'automatisme en la matière pour comprendre ce qu'il cherchait à dire.

— Je n'ai jamais mis un pied dans sa chambre. D'ailleurs, nous ne nous sommes pas parlé une seule fois depuis que je suis arrivé en Italie.

Elle m'a envoyé un texto. Elle m'a épié. Fixé. Touché. Ça oui. Et j'en ai encore la gerbe. Rien d'autre.

— Monsieur Livingstone, laissez-moi être clair avec vous. Nous avons retrouvé un de vos cheveux sur la scène de crime. Sur l'épaule de la victime, pour être exact. Comment l'expliquez-vous, si vous n'avez pas eu d'interaction depuis votre arrivée ?

Ma bouche s'entrouvre. Abasourdi par cette révélation, j'en perds les mots. Je pensais qu'ils m'avaient en ligne de mire simplement à la suite de mon live. D'une certaine manière, cela faisait de moi le coupable idéal, bien que ça ne justifie rien.

Là, ils détiennent une preuve accablante. Comment est-ce possible ? Les pensées s'entrechoquent dans ma tête. Il n'y a qu'une seule explication : le véritable assassin essaie de me piéger pour que je sois reconnu coupable de son crime.

— Écoutez ! prononcé-je après avoir recouvré mes esprits. J'ai défilé pour les plus grandes marques et j'ai porté de nombreux vêtements à ces occasions. Comme tout le monde, je perds mes cheveux. N'importe qui a pu en récupérer un pour m'accabler.

Le flic m'avise d'un regard torve.

— Où étiez-vous la nuit dernière, entre 2 et 3 heures ?

— Dans mon lit. Je dormais.

— Quelqu'un peut le prouver ?

— Ma petite amie, Ophélie.

Le flic ne me regarde plus. Son attention est davantage captivée par l'effervescence autour de lui. Il saisit plusieurs feuilles volantes jusqu'à former une pile qu'il range dans une pochette cartonnée, puis il tape à l'ordinateur une dizaine de minutes. Je me terre dans le silence, laissant toutes les informations que j'ai emmagasinées durant cet interrogatoire décanter.

— J'imagine qu'elle dormait ?

— Évidemment, c'était la nuit.

— Donc vous avez très bien pu vous faufiler hors de la chambre et revenir sans qu'elle s'en aperçoive.

Le désespoir m'envahit. Face à ces éléments, je me sens coincé. Rien de ce que je pourrais dire ne serait susceptible de me disculper. Que faire, alors ?

— Merci pour vos réponses. Vous allez pouvoir regagner votre cellule.

Tandis qu'on me ramène entre les trois murs grisâtres et la grille qui accueillent les prévenus placés en garde à vue, je serre les dents. L'odeur de vinasse et d'urine m'agresse les narines. Je me recroqueville dans un coin, pour autant que ce soit possible quand on mesure un mètre quatre-vingt-dix, puis fixe une tache sur le mur.

Je ne veux pas avoir d'ennui avec les personnes autour de moi. Je ne prends même pas le temps de les regarder. Le peu de mots que je les ai entendu prononcer ainsi que leur timbre de voix m'ont suffi.

J'essaie de m'accrocher tant bien que mal à l'espoir de sortir d'ici, mais il est maigre, pour ne pas dire inexistant. Au fond,

Ophélie dormait cette nuit-là, tout comme moi. Comment pourrait-elle justifier quoi que ce soit ? Et puis, la preuve que les flics détiennent sur moi ne laisse place à aucun doute. La personne qui m'a piégé est diablement intelligente.

Et elle a gagné.

Chapitre 30

Ophélie

Les nerfs en pelote, je continue de faire les cent pas, ignorant la douleur dans le bas de mon dos et dans mes mollets.

— Tu ne veux pas t'asseoir ? me propose Aline d'une voix douce. Tu me donnes le tournis…

— Si je m'arrête de bouger, j'ai l'impression que je vais m'effondrer, réponds-je la voix tremblante.

Aline, Gavin et Claude sont assis en tailleur sur la moquette de ma chambre. Evan a été arrêté il y a plusieurs heures déjà et nous n'avons aucune autre info que le motif pour lequel la police l'a emmené.

— Cette garce a trouvé le moyen de crever au plus mauvais moment, persiflé-je. Quand je pense que je n'aurai jamais l'occasion de lui dire ce que je pense d'elle, les yeux dans les yeux. Vous vous rendez compte ? Elle ne sera jamais jugée pour son crime, ça m'écœure… la mort est bien trop douce pour elle.

— On partage ton avis, m'assure Aline. Viens t'asseoir avec nous. Débriefer nous aidera à clarifier nos idées.

Quand je rejoins le cercle, Gavin est pâle comme la mort. On dirait qu'il a été enterré par erreur et qu'il vient juste de trouver le moyen de regagner la lumière. Il n'a pas prononcé un mot depuis qu'Evan a été escorté par les flics. Quant à Claude, il serre Shakira contre lui et m'observe avec peine. J'imagine la tête de furie que je dois avoir, pour que sa compassion m'éclabousse à ce point.

— On est tous d'accord pour dire qu'Evan est innocent, déclare Aline qui me prend la main.

Elle se tourne vers chacun de nous pour obtenir un hochement de tête.

— Très bien. Maintenant ce qu'on sait, c'est que Myrna a été assassinée. On sait aussi que c'était une ordure. Evan n'est peut-être pas la seule personne qu'elle a agressée. Une de ses victimes aurait pu vouloir se venger.

— Et profiter du live d'Evan pour que les soupçons se dirigent directement vers lui, complète Claude.

J'opine du chef.

— C'était le timing idéal, renchéris-je. Comme l'a si justement dit Aline, la liste des suspects doit être longue comme mon bras. Et là, on ne parle que des gens auxquels elle a pu s'en prendre physiquement. N'oublions pas les conflits qu'elle a pu avoir dans son travail. Je l'ai vue s'embrouiller avec André Martin, le jour du défilé Iris Di Angelis. Et d'ailleurs, lui s'est pris la tête avec sa femme un peu après.

— Si ça se trouve, ce ne sont que des broutilles, suggère Aline. Il faut reconnaître que les engueulades d'ego sont monnaie courante, dans ce milieu.

À contrecœur, j'acquiesce.

— Ça vaut quand même le coup de creuser, assure ma collègue.

— Je m'en charge, proposé-je. Je vais appeler André et

Thérèse pour savoir de quoi il retourne. Je songe aussi à la fois où Myrna a dézingué Claudia Gallo dans son magazine. Soi-disant, elles auraient enterré la hache de guerre. Si ça se trouve, il n'en est rien.

— J'ai vu Myrna incendier plusieurs employés, en coulisse avant le défilé, suggère Claude. Je ne sais pas trop de quoi ça parlait, mais elle n'a pas l'air d'avoir que des amis.

— Ah, ça…, marmonné-je.

À croire que je suis la seule idiote à ne pas avoir vu clair dans son jeu. Elle m'est toujours apparue sous son meilleur jour, enchaînant les grands sourires et les élans de bienveillance. J'aurais dû me douter que ça cachait quelque chose. Comment ai-je pu être aussi aveugle ?

— Le père d'Evan, murmure Gavin.

Sa sortie du silence attire tous les regards.

— Quoi, le père d'Evan ? demandé-je.

— Je sais pas. Ils ne se sont pas vus depuis plus de quinze ans et dès qu'il revient, Evan se retrouve derrière les barreaux. Ça n'a peut-être aucun rapport mais je n'aime pas les coïncidences. Surtout dans des moments pareils…

— Mais pourquoi son père voudrait qu'il aille en prison ? questionne Claude.

— Je vois pas non plus, renchéris-je. On le laisse sur la liste des suspects, mais faute d'avoir un mobile, je ne pencherai pas en sa faveur.

Aline, qui se balade sur son téléphone depuis cinq minutes, relève le nez et nous dit :

— De mieux en mieux. Apparemment, le divorce de Myrna s'est très mal passé et elle était en guerre avec son ex-mari.

— Oui, enfin, comme beaucoup de divorces, nuance Claude.

— C'est clair, approuve Gavin.

— Sauf que l'ex-mari en question possède toujours des parts dans *Luxe Émoi*, le magazine de Myrna. Ou devrais-je dire, le véritable empire médiatique, insiste Aline.

— Et quand il y a du fric en jeu, on sait que les gens sont prêts à tout, murmuré-je. Tu as raison, cette piste n'est pas à écarter.

Nous continuons de rassembler nos idées. Il y a tellement de gens qui pourraient en vouloir à Myrna que plus nous parlons, moins nous y voyons clair. Si seulement Evan n'avait pas fait son live il y a quelques jours, il n'aurait pas été le coupable idéal. Le timing fait de lui un pion sur un échiquier que nous ne maîtrisons pas. Il est le dommage collatéral de rêve, le bouc émissaire parfait.

La rage écume dans mes veines. Le mannequin s'est muré dans le silence pendant des années et le jour où il a le courage de porter sa voix, celle qui l'a brisé meurt et on lui fait porter le chapeau pour ce crime. Pourquoi la vie s'acharne-t-elle à ce point sur lui ? Cette injustice me noue les tripes. J'ai envie de tout casser.

— On parle, on parle, mais on n'avance pas, lâche Aline. Quelqu'un a une idée brillante pour qu'on en sache plus ?

— Dans un jeu vidéo, je vous aurais bien proposé d'espionner les flics, suggère Claude. Mais dans la vraie vie…

Gavin, pensif, fixe le plafond mais ne dit rien. Les mots de Claude me tournent dans la tête.

— Ce n'est peut-être pas une mauvaise idée, murmuré-je.

— De quoi ? s'étonne Aline. Espionner les flics ? Tu nous imagines vraiment débarquer incognito au commissariat pour fouiller dans les bureaux ?

Je secoue la tête.

— Non ! Ça, on n'a aucune chance. En plus on ne parle pas italien…

— J'ai quand même des bases, me rappelle Aline. Assez pour comprendre des conversations, mais pas suffisamment pour savoir lire des documents papier.

— Justement ! Ce n'est pas au commissariat qu'on trouvera de quoi disculper Evan.

— Où alors ? demande Gavin. On ne sait même pas ce qu'ils ont contre lui…

La détermination brûle dans ma poitrine.

— Sur la scène de crime.

Chapitre 31

Ophélie

Pendant que Gavin et Claude se chargent de trouver le meilleur avocat possible à Evan, je tape du pied en attendant Aline. Elle s'est occupée de nous acheter des tenues un peu moins colorées et légères que les fringues que nous avons dans nos valises, pour nous approcher discrètement de la scène de crime. Comme il s'agit d'un hôtel, nous pourrons entrer sans problème dans le bâtiment.

Miser sur des tenues près du corps et de préférence noires me paraît essentiel pour ne pas altérer quoi que ce soit dans la chambre. Il ne manquerait plus que l'amplitude d'un tissu renverse un objet ou s'accroche dans une irrégularité. De plus, notre ADN ne doit surtout pas nous échapper, pas plus qu'il ne faudrait compromettre quoi que ce soit, bien que les relevés de la police technique et scientifique aient déjà dû être effectués. Je préfère ne prendre aucun risque, je ne m'y connais pas assez dans le domaine pour être sereine.

La porte claque dans mon dos, me faisant sursauter.

— Ah ! te voilà enfin ? J'ai eu le temps de me ronger les ongles jusqu'au sang. J'allais entamer une phalange…

— Comme si tu n'avais pas commencé dès l'arrestation d'Evan, raille Aline.

Je sais que ça ne l'amuse pas vraiment. Elle s'est donné pour mission de me faire rire un minimum pour contrer la peur, mais le cœur n'y est pas du tout.

— Eh ! On va tout faire pour le sortir de là, Ophélie, assure Aline. Il est innocent de toute façon. Si ce n'est pas nous qui le prouvons, ce sera la police.

— Je sais. Je suis terrifiée… je n'ai pas envie de le perdre.

Mon amie s'approche de moi pour me serrer contre elle. Son étreinte me rassure. Elle me tient à bout de bras puis fixe son regard au mien :

— Ophélie, tu es consciente que je fais ça juste pour t'aider à ne pas perdre les pédales. On ne trouvera rien sur la scène de crime. Ce n'est pas notre métier, les flics sont là pour ça.

— Ils pourraient très bien avoir oublié quelque chose.

— J'en doute, mais je sais que ça te rassure de vérifier. Et que si tu restes inactive, tu penses devenir folle. C'est pour ça que je t'aide. Mais il n'est pas question de se mettre en danger inutilement, d'accord ? On y va et on avise sur notre champ d'action.

Les pensées s'entremêlent dans ma tête, formant un brouhaha assourdissant. Je sais qu'elle a raison : s'il y avait quoi que ce soit sur la scène de crime qui puisse disculper Evan, la police l'aurait trouvé. Les chances qu'ils aient loupé un truc sont ridiculement faibles. Celles que deux civils mettent le doigt dessus, infinitésimales.

Pourtant, j'ai besoin de tenter le coup. Je ne peux pas rester à tourner en rond ici. La culpabilité va me tuer si je ne tente rien de concret pour venir en aide à Evan.

— Tu penses qu'ils ont quoi contre lui ? demandé-je pour la cinquantième fois.

Je n'y peux rien, ça me rassure de ressasser encore et encore. Aline se prête volontiers au jeu, pour calmer mon anxiété.

— Le premier lien logique, c'est le live. Après ce qu'il a admis en public, c'est logique que les forces de l'ordre pensent à lui. Après, s'ils l'ont arrêté et menotté, c'est qu'ils détiennent plus que ça et on est tous d'accord pour le dire. Ça pourrait être une personne qui déclare l'avoir vu, genre un faux témoignage…

— Qui ferait une chose pareille ?

— Le coupable. Ce serait un bon moyen de dévier les soupçons, non ? D'autant qu'Evan ne doit pas avoir d'alibi solide, sinon il serait déjà sorti. Tout doit reposer sur quelque chose, soit un témoin, soit une preuve. Et comme il n'a rien fait, il ne peut pas y avoir de preuve.

— Si on suit ton raisonnement du faux témoignage, le coupable pourrait aussi avoir inventé une fausse preuve.

— Possible… mais on n'en sait rien. Ne te monte pas la tête trop vite, Ophélie.

Aline sort du sac les fringues qu'elle nous a achetées. Nous les enfilons à la va-vite et lorsque je me contemple devant le miroir, je hausse les sourcils si haut qu'ils s'en confondent avec ma chevelure.

— J'ai dit près du corps, pas moulant comme du latex. Le but c'est d'agir incognito, pas de coller au thème « club sadomasochiste »…

— T'abuses ! C'est même pas du cuir, contre-t-elle en pivotant sur elle-même pour s'observer sous toutes les coutures.

— Encore heureux ! Là, on nous aurait vraiment prises pour

des dominatrices. Quand t'auras fini de te mater, on pourra peut-être y aller ?

J'aimerais tellement me laisser aller à un rire, même court. Juste une petite seconde de lumière qui chasserait les ténèbres pour me laisser reprendre mon souffle. En vain. Je n'y parviens pas.

Une fois prêtes, nous quittons notre hôtel pour rejoindre à pied celui où Myrna séjournait. Il est à environ une demi-heure, mais nous avons jugé préférable de ne pas prendre de taxi pour ne pas laisser de témoins. Je n'ai encore jamais fait ce que je m'apprête à faire, ce qui explique pourquoi ça me rend parano.

La chaleur étouffante de Milan aide le coton de mon pull à col roulé noir à me faire suer à grosses gouttes. Là, aucun tissu flottant ne risque de nous trahir sur la scène de crime et avec les gants, nous ne laisserons aucune trace. Si tant est que le soleil et la chaleur ne nous aient pas achevées avant d'arriver à destination.

— La sécurité avant le confort, grommelle Aline. Tu parles ! Je vais faire un malaise vagal à ce rythme. Viens ! On marche à l'ombre.

Mon amie me raconte des tas de conneries pour me distraire. Quelques fois, ça fonctionne, mais la plupart du temps, je ne songe qu'à Evan. Il doit se sentir tellement seul et abandonné en cellule. Même si ma tentative n'a que peu de chances d'aboutir, j'essaie de me convaincre du contraire. J'ai besoin d'un peu d'espoir pour avancer, sinon je me roulerais en boule dans mon lit jusqu'à ce que mes problèmes se démêlent d'eux-mêmes.

Dans le hall de l'immeuble, Aline et moi marchons le dos droit en essayant de paraître le plus naturelles possible. Je suis certaine que c'est un échec total, toutefois, les gens se pressent en tout sens et ne nous prêtent pas la moindre attention. Alors que mon amie se dirige vers l'ascenseur, je lui tire le bras et indique de la tête la porte menant à la cage d'escalier.

— Sérieusement ? geint-elle. On n'a pas encore transpiré par tous les pores de la peau ?

— Profite : il y a la clim' ici !

Sans attendre sa réponse, je prends la tête de notre expédition pour nous conduire à l'étage où séjournait Myrna.

— Comment tu sais à quel étage aller ? me demande Aline.

— Certains détails ont fuité dans la presse.

— Ah ouais ? On sait comment elle a été tuée ?

— Non. La police n'a rien laissé filtrer à ce sujet.

Aline grimace.

— Tu crois qu'on va retrouver du sang partout ?

— Il faut s'y préparer.

J'ai beau jouer la dure à cuire, je ressens une trouille pas possible. Je n'ai jamais vu de scène de crime de mes propres yeux, surtout pas en contournant la loi pour y parvenir. L'accès est forcément interdit à toute personne ne faisant pas partie des forces de l'ordre.

Une fois au septième étage, je jette un coup d'œil dans le couloir.

— Alors ? me demande Aline. Tu vois quelque chose ?

— C'est quasi désert, hormis deux flics tout au bout. Ils doivent surveiller la chambre…

— C'était sûr ! Laisse tomber, on ne passera jamais.

— Attends ! J'ai pas dit mon dernier mot.

Je cesse ma contemplation et ferme la porte coupe-feu pour me concerter avec Aline. Mon cerveau turbine à cent à l'heure.

— On n'est pas venues jusqu'ici pour renoncer maintenant, affirmé-je.

— Ça aura au moins eu le mérite de te distraire quelques heures, me dit Aline. De toute façon, il n'y a pas grand-chose qu'on puisse faire pour aider Evan, à part attendre.

La patience n'a jamais été ni mon point fort, ni mon point faible. Pourtant, face à l'urgence de la situation, je n'en dispose plus d'une once.

— On pourrait entrer dans la chambre voisine et sauter d'un balcon à l'autre ? proposé-je.

Aline me dévisage, incrédule.

— T'es sérieuse ?

— Pourquoi pas ?

— Déjà parce qu'on n'est pas acrobates. Et ensuite, parce qu'il y a une distance énorme entre les balcons. J'ai eu le temps de voir la façade, j'ai pas tellement envie de me rompre le cou.

Je grimace.

— En plus, les flics ont dû poser des scellés sur la porte de la chambre, suggère Aline. En vrai, on n'arrivera pas à entrer, même si on éloigne les deux types devant. Pas sans laisser une trace de notre passage, en tout cas…

— Inutile de te proposer de passer par les bouches d'aération, je suppose.

Bien que je le dise dans un rire dépourvu de légèreté, j'y songe réellement avant d'abandonner. Nous sommes des amatrices. Il y a tellement d'éléments à prendre en compte que je me sens découragée. J'ai voulu croire que nous arriverions à entrer dans cette maudite chambre, mais nous ne sommes pas dans un film d'espionnage.

— Tu as raison, admets-je à contrecœur. On n'arrivera à rien. J'espère au moins que les garçons ont eu plus de chance que nous pour trouver un avocat.

Il faut voir le bon côté des choses : j'ai essayé d'aider Evan du mieux que je pouvais, au lieu de rester étendue sur mon lit à ronger mon frein. Le résultat final ne produit aucune différence, mais j'ai au moins le sentiment d'avoir tout donné. Ça m'aide à juguler partiellement mon impuissance.

Je tourne les talons pour descendre les marches quand Aline m'interpelle :

— Attends !

Je pivote et l'interroge du regard. Elle tâtonne dans ses poches et sourit en sortant ses écouteurs sans fil.

— Si tu penses que me proposer d'écouter Lady Gaga va m'apaiser, je passe mon tour.

— Mais non ! Tu sais que si tu connectes tes écouteurs à ton téléphone et que tu laisses ledit téléphone dans une pièce, tu peux espionner ce qui se passe autour ?

Ma curiosité s'emballe.

— Et ?

— Si on arrive à glisser mon téléphone dans la poche d'un des agents, on pourrait épier leur conversation. Avec un peu de chance, ils aborderont le meurtre.

— Tu te sens de comprendre ce qu'ils vont se raconter ? demandé-je.

— Des subtilités m'échapperont, mais imagine si je glane des infos intéressantes. Au moins, on ne sera pas venues pour rien. Et placer discrètement un téléphone, c'est quand même plus réalisable que sauter d'un balcon à l'autre ou se faufiler dans une bouche d'aération. Faut vraiment que tu arrêtes *James Bond*, toi !

— J'ai jamais regardé *James Bond*, me défends-je. Mais j'avoue avoir saigné *Totally Spies*.

Aline ricane.

— Désolée de te dire qu'avec ton plan bidon, t'aurais incarné Alex.

— Eh !

— Je plaisante. Tu es une Clover en puissance, mais laisse-moi être la Sam de l'opération. Toi tu gères le sarcasme et moi je vais jouer l'ingénue. Tiens, mets ça dans tes oreilles !

— Mais je ne comprends rien à l'italien, moi…

— Peu importe, c'est juste pour que les écouteurs restent connectés le temps que je place le portable. Tu me les passeras quand je reviendrai.

Aline s'engage dans le couloir d'une démarche calme. Elle discute avec les deux policiers au loin. Les mots me parviennent distinctement dans l'oreillette, puis s'étouffent progressivement. Je me demande bien ce qu'elle peut leur raconter pour détourner leur attention. En tout cas, ils ont l'air réceptif. Quand elle revient, elle m'adresse un grand sourire.

— Un grand benêt et un vieux pas loin de la retraite, ricane-t-elle. Autant te dire que je ne suis pas tombée sur le plus beau fleuron de la police italienne et tant mieux pour nous. J'ai caché notre talkie de fortune dans la poche du blouson du premier. Elle avait l'air profonde.

Cela explique sûrement pourquoi le son paraît étouffé. Je lui tends les écouteurs et nous nous installons sur les marches. Elle fronce beaucoup les sourcils et grimace de mille façons différentes durant la demi-heure qui suit.

— Leur conversation est chiante à mourir, grommelle Aline.

— Ils ne parlent pas de l'enquête ?

Elle secoue la tête.

— Mes écouteurs n'ont presque plus de batterie, en plus…

Le désespoir m'envahit de nouveau. Nos efforts sont vains. Je ne manquais pourtant pas d'idées, mais aucune d'elles n'était réalisable. Le plan d'Aline était vraiment malin. Dommage que ça n'ait rien donné.

— Tu veux y aller ? proposé-je.

Elle secoue la tête.

— Autant aller au bout de ma batterie.

Les dix minutes suivantes sont les plus longues de toute ma vie. J'ai beau être avec Aline, je me sens terriblement seule. Il n'y a rien de pire que d'être physiquement entourée et mentalement isolée. Mon malheur veut en découdre avec moi. Il m'étrangle, me saigne, m'écorche. Dès que je stabilise les problèmes de mon côté, ils resurgissent du côté d'Evan. L'impression qu'on ne s'en sortira jamais m'accable. Et si nous étions voués à l'échec ? Et si nous côtoyer démultipliait nos problèmes individuels pour mieux nous submerger ?

Je secoue la tête. Non ! Il ne faut pas que je laisse l'anxiété gagner du terrain.

Soudain, Aline m'agrippe l'avant-bras. Je me redresse, attentive. À ses yeux grands ouverts, je devine que la conversation devient intéressante. Les policiers parlent-ils de l'affaire en cours ? Je n'ose pas questionner mon amie, de peur de briser sa concentration. Comprendre l'italien lui en demande suffisamment et je ne tiens pas à louper des infos à cause de mon impatience.

— Non ! Pas maintenant… Fait chier !

Aline retire ses écouteurs, je baisse les bras.

— Comme par hasard, au moment le plus intéressant, peste-t-elle. Bon ! Tout n'est pas perdu, j'ai réussi à glaner deux trois trucs.

— Je t'écoute !

— Je n'ai pas mémorisé leurs voix, elles se ressemblent un

peu. C'est super dur d'identifier les tonalités dans une autre langue parce que…

— Abrège, Aline ! J'ai l'impression de parler avec Evan.

— Oui, bref ! Juste, ne me demande pas qui est qui. L'un des deux est convaincu qu'Evan est le coupable, qu'ils ont arrêté la bonne personne. Mais apparemment, le commandant ou commissaire – je ne suis pas experte des grades, même en français – chargé de l'enquête veut creuser deux autres pistes.

— Quelles autres pistes ?

— Ils n'ont pas cité de nom, mais ils ont parlé d'une embrouille de jalousie, je crois. Avec une autre femme qui travaille dans ce milieu. J'ai quand même compris qu'elle est française…

— Thérèse Martin ?! m'exclamé-je.

— Aucune certitude, mais je me suis dit la même chose…

— C'est quoi l'histoire de la jalousie ?

— Apparemment, Myrna aurait fait des avances à un homme marié, donc j'imagine André.

Je quitte ma position assise pour faire les cent pas sur les marches. Mes cuisses et mes fesses ne tardent pas à me brûler, me convainquant d'abandonner ce mouvement nerveux. Je m'appuie dos au mur, le cerveau en ébullition.

— Je vois pas du tout Thérèse commettre un meurtre, lâché-je à voix haute.

Je n'ai plus de place dans ma tête.

— Moi non plus, avoue Aline. Je l'imagine même pas en venir aux mains. Elle est peut-être brute de décoffrage, mais elle est surtout trop bienveillante pour ça.

— On oublie. Il y a autre chose ?

— Les deux nouilles en faction devant la porte ont aussi mentionné une créatrice du milieu en guerre avec Myrna.

— Alors ça, c'est forcément Claudia.

— Je pense la même chose. D'autant qu'ils ricanaient en mentionnant un article de magazine.

— Et si…

Des hypothèses se forment et se déforment dans mon esprit.

— Et si l'invitation de Claudia à Myrna n'était qu'une manière de la faire venir pour s'en prendre à elle ? Publiquement, elle veut enterrer la hache de guerre, secrètement, elle veut lui planter la hache dans le crâne. Et elle l'a fait.

— On ne sait pas. Si ça se trouve, c'était un objet contondant, l'arme du crime.

— C'était une expression, Aline. Tu ressembles de plus en plus à Evan. Je ne sais pas si je dois m'inquiéter ou arracher tes fringues.

Nos regards se croisent et nous partons dans un fou rire. Aucune joie ne me traverse le corps alors que je ris à gorge déployée. Toute la nervosité qui agite mes cellules irradie pour enfin s'évacuer. Les larmes ne tardent pas à couler sur mes joues tandis que je m'arcboute dans tous les sens, prise d'une frénésie incontrôlable.

Après qu'Aline a récupéré son téléphone en jouant de ses charmes pour agir dans l'ombre, nous quittons l'hôtel incognito. Toute envie de rire m'est passée. Notre infiltration n'est pas vraiment couronnée de succès, mais je refuse de laisser le désespoir m'envahir plus que de raison.

Je trouverai qui a assassiné Myrna.

Chapitre 32

Evan

L'odeur d'urine ne s'arrange pas. Pour ça, encore faudrait-il que l'ivrogne au visage couturé cesse d'évacuer les litres de bière qu'il a consommés avant son arrivée, directement dans son pantalon. Et à même le sol. La flaque grossit à vue d'œil, proportionnellement à mon angoisse. Plus le temps passe, moins je m'imagine sortir de cette cellule.

Je ne resterai pas indéfiniment en garde à vue, mais si je suis déféré, je découvrirai une geôle aux allures plus… définitives.

Myrna devait avoir tellement d'ennemis que j'ai beau me creuser la tête, je ne trouve pas qui aurait pu la tuer et me faire accuser du crime. Les suspects sont nombreux et c'est ce qui complique l'affaire. Et avec mon live, je me suis livré comme bouc émissaire idéal. Tout le monde a eu connaissance de mes révélations. Autrement dit, n'importe qui a pu en profiter pour se servir de moi comme d'un bouclier humain.

Ma seule consolation est d'avoir éteint mon téléphone juste après pour ne jamais lire aucun commentaire sur le sujet. Cette cellule me prive peut-être de liberté, mais elle présente aussi un avantage.

Elle me protège du monde extérieur.

Chapitre 33

Ophélie

La vision floue, les joues brûlées, je m'acharne à m'essuyer les doigts avec la serviette. Le papier est tellement fin qu'il se déchire. La graisse semble avoir imprégné mon épiderme et refuse d'en sortir. Les larmes redoublent. J'ai tellement mal au ventre…

La mort dans l'âme, je contemple la boîte de huit donuts que je viens d'enfiler en cinq minutes. Je ne me rappelle ni avoir mâché, ni avoir conscientisé ce que j'ai mangé. J'ai simplement enchaîné les bouchées en me déconnectant pour faire taire les émotions trop dures à supporter. Je savais que me jeter sur la nourriture ne m'aiderait pas. Enfin, pas longtemps. Ce n'était qu'un tampon éphémère et maintenant, le regret m'envahit. La culpabilité aussi.

Je ne sortirai jamais de l'enfer de la boulimie. Dès que je réussis à prendre mes distances avec elle, elle revient sans prévenir, me heurtant de plein fouet.

J'appuie mon dos à la banquette épaisse de ce café peu fréquenté. Claude, Aline et Gavin doivent se demander où je suis. J'ai filé en douce, ne prévenant personne de l'endroit où je me rendais. Me remplir m'obsédait depuis des jours et j'ai cru qu'en continuant de lutter, la sensation disparaîtrait. Je me suis leurrée. Elle n'a fait que croître jusqu'à ce que je cède.

Cela fait deux jours qu'Aline et moi avons espionné la conversation des flics devant la chambre de Myrna. Entre-temps, l'avocate d'Evan nous a contactés pour nous révéler les tenants et aboutissants de l'affaire. La police a une preuve irréfutable : un cheveu du mannequin sur le corps de la victime. Après la prolongation de sa garde à vue, il va bientôt être déféré. Pas une seule seconde je n'ai douté de l'innocence d'Evan. C'est évident que quelqu'un essaie de lui faire porter le chapeau.

Mais qui ? J'ai beau me ronger les ongles – enfin, ce qu'il en reste – cela ne m'aide pas à faire le tri dans mes pensées. Je ne vois plus comment sortir mon petit ami de cet enfer.

Pourquoi la vie s'acharne-t-elle à ce point sur nous ?

Enfin, j'ai bien une idée de la coupable : Claudia Gallo. Parmi toutes les personnes qui détestent Myrna Nightingale, elle est celle qui avait le plus de raisons de lui en vouloir. Avec son article assassin en première page de *Luxe Émoi*, la rédactrice en chef du magazine britannique a bien failli anéantir la carrière de Claudia. Peut-être qu'elle a menacé cette dernière de publier le pire avis possible sur sa nouvelle collection et que Claudia a perdu les pédales.

C'est le plus logique. Je refuse de croire qu'André et Thérèse Martin ont quelque chose à voir avec ça. Victoria était amie avec Myrna, sa culpabilité me semble donc peu probable. Comme je ne connais pas son ex-mari, j'ai du mal à savoir s'il aurait pu aller jusque-là. Quant aux petites mains que Myrna traitait comme des sous-fifres, elles restent des suspectes plausibles, mais je ne détiens pas assez d'informations sur le sujet pour aider à faire avancer l'enquête.

Tout ce que je peux faire, c'est attendre et subir...

Dans les toilettes, je me lave les mains pour faire disparaître la graisse des huit donuts que j'ai engloutis, tout en essayant de ne pas flageller mon reflet. J'ai envie de me crier que je ne suis qu'une grosse vache tout juste bonne à bouffer, bouffer et encore bouffer. Je lutte contre ces pensées parasites, mais c'est dur.

Après avoir séché mes larmes et attaché mes cheveux, je sors des toilettes pour régler ma commande. J'ai à peine le temps de récupérer mon ticket de carte bleue que mon téléphone vibre dans ma poche. Ce doit être mes amis, ils n'arrêtent pas d'essayer de me joindre. Ils doivent être morts de trouille. Il est temps que je les rassure.

Un numéro inconnu s'affiche sur mon écran. Intriguée, j'hésite à répondre de peur que ce ne soit qu'un énième journaliste vautour qui veut des détails sur le live d'Evan et son arrestation. La curiosité me pousse tout de même à vérifier en décrochant.

— Ophélie ? Maître Imbruglia.

L'avocate d'Evan. Ma poitrine se serre.

— J'ai une excellente nouvelle à vous annoncer. La police a trouvé de nouveaux éléments qui disculpent Evan. Je suis en train de gérer les papiers pour sa libération, il devrait sortir dans quelques instants.

Mon cœur s'emballe. Ces mots, je rêve de les entendre depuis des jours et pourtant, je peine à croire qu'ils soient réels.

— V-vraiment ?

— Réjouissez-vous, Ophélie. Le cauchemar est bientôt terminé.

Aline avait raison : il suffisait d'attendre et de laisser les autorités compétentes faire leur travail, au lieu de s'improviser espionnes du dimanche.

— Mais… mais le cheveu trouvé sur le corps ?

— Il a été placé là exprès pour faire tomber Evan, m'explique l'avocate. La police a récupéré un enregistrement vidéo dans la chambre de la victime.

Mes sourcils se froncent. Tant de questions se bousculent dans ma tête que je ne sais plus laquelle poser en premier.

— Pourquoi la police n'a-t-elle pas libéré Evan plus tôt si elle détenait toutes les preuves ?

— La caméra n'avait plus de batterie et s'était verrouillée en s'éteignant. Il a fallu plusieurs jours pour que la police technique et scientifique parvienne à récupérer les fichiers.

Les informations s'enchaînent dans ma tête. Il y a encore mille questions que je brûle de poser, mais la seule chose qui compte s'impose à moi : Evan va être libéré.

— Je… je peux venir le chercher ?

— Bien sûr. Il me dit qu'il vous attendra devant le commissariat.

— Merci, Maître. Merci pour tout !

Je raccroche précipitamment, quitte le coffee shop et m'engage dans la rue pour héler le premier taxi qui passe. À l'arrière du véhicule, je me contiens pour ne pas crier au chauffeur d'accélérer. Déjà parce que je ne maîtrise pas sa langue et ensuite parce qu'il roule normalement. C'est juste ma perception du temps qui est altérée et me donne l'impression qu'il avance comme une tortue. Et c'est une torture.

L'angoisse s'estompe au profit de l'espoir. J'ai encore besoin de voir Evan et de le toucher pour m'assurer que tout ça est bien réel. Si tel est le cas, nous allons enfin pouvoir être heureux. Du moins… il faut encore qu'Evan gère les conséquences de sa déclaration publique et moi mes troubles du comportement alimentaire. Tant qu'il sera à mes côtés, j'aurai la force de tout affronter. Je ne veux juste plus que nous soyons séparés.

Le taxi ralentit à quelques mètres du commissariat. Je règle la course puis sors du véhicule. Au loin, j'aperçois une silhouette d'un mètre quatre-vingt-dix. Mon sang se fige quand je réalise qu'Evan est bel et bien là. Dehors. C'est réel : la police a pu prouver son innocence. Je reconnais sans mal les fringues qu'il portait lorsque les flics sont venus le chercher : son T-shirt noir et son jean bleu clair.

N'écoutant que mon cœur, je me mets à courir comme une dératée et m'élance dans ses bras. Il m'accueille sans broncher, malgré la malnutrition et la fatigue des derniers jours. Il me serre contre lui tandis que je niche mon nez dans son cou. Des vestiges de son parfum sont mêlés à sa sueur. Je grave cette essence dans ma mémoire olfactive.

— Ne me quitte plus, Evan, murmuré-je. Plus jamais.

— C'est promis.

Après une longue étreinte, il me libère. Je m'arrime à ses joues, coule mon regard dans le sien et capture ses lèvres. Je rêve de faire ça depuis si longtemps que je me surprends presque à redécouvrir la saveur de ses baisers.

— Je n'ai pas douté de toi une seule seconde, assuré-je contre ses lèvres déshydratées.

— Je t'aime, Ophélie. Comme un fou !

— *Të dua*[1].

Il me sourit. Je n'ai pas besoin d'expliciter pour qu'il comprenne. Je glisse ma main le long de son bras afin d'attraper la sienne.

1. « Je t'aime » en albanais.

Si je pouvais m'enchaîner à son corps pour éviter que nous soyons séparés, je le ferais.

— Tu sais qui a tué Myrna et t'a piégé ?

Il secoue la tête.

— Les flics ne m'ont rien dit. Ils sont en route pour l'arrêter. J'ai eu le temps de réfléchir mais je n'ai pas réussi à trouver.

— Je suis certaine que c'est Claudia Gallo.

Je lui raconte brièvement l'histoire du magazine, dont il se souvient sans mal avec sa mémoire absolue.

— On ne va pas tarder à le savoir.

Evan désigne d'un geste du menton une voiture bleue qui arrive derrière moi. Celle-ci se gare à quelques mètres. Le flic au volant est le même qui est venu à l'hôtel procéder à l'arrestation du mannequin. Celui du siège passager m'est inconnu. Les deux officiers se dirigent vers la portière arrière. Mon cœur bat à tout rompre. Lorsque le coupable se dévoile à nos yeux, encadré par les agents, l'enfer s'ouvre sous mes pieds.

Non, c'est impossible… je cligne des yeux une dizaine de fois pour effacer ce mirage, sans y parvenir. La vérité me heurte comme un train lancé à pleine vitesse. Toutes mes suspicions tombent à l'eau. L'assassin n'est aucune des personnes que j'ai soupçonnées.

L'assassin…

C'est Claude.

Chapitre 34

Evan

Recroquevillée sur son siège côté hublot, Ophélie s'est endormie. Les larmes ont déformé son beau visage. Elle n'est plus que l'ombre d'elle-même, à la lumière des dernières révélations. Je refrène l'envie de déplacer une mèche de cheveux et de caresser sa joue. Elle a fini par trouver le sommeil, vaincue par ses propres sanglots. Je ne veux pas prendre le risque de la réveiller.

Je me détache pour m'installer avec Aline et Gavin, sur la place libre juste derrière. Les deux m'accueillent l'air pincé. Personne ne sait comment réagir depuis que nous avons appris pour la culpabilité de Claude.

— J'ai tellement de questions qui se bousculent dans ma tête, murmure Gavin.

— Et moi donc, renchérit Aline. Et je ne vous parle même pas d'Ophélie. Elle va devenir cinglée si elle ne lui parle pas.

J'opine du chef.

— Elle connaît un avocat, expliqué-je. Un ami de son père, si j'ai bien compris. On va le contacter en arrivant à Paris pour demander un parloir.

Claude a déjà été rapatrié en France et Me Imbruglia, qui s'est chargée de mon dossier en Italie, nous a confié qu'il allait être placé en détention provisoire, en attendant le jugement.

— Pour qu'Ophélie utilise les contacts de sa famille, c'est qu'elle doit vraiment être à bout, souligne Aline.

— Elle s'en serait bien passée, affirmé-je. Je crois qu'on a surmonté suffisamment d'obstacles, ces derniers temps. Elle ne veut plus perdre un instant.

— Elle a besoin de comprendre, renchérit Gavin en opinant du chef comme pour se valider lui-même.

— À ce stade, on a tous besoin de comprendre, insiste Aline. Putain ! On a passé des jours avec Claude. Sans parler des restos et des soirées à Paris. J'aimerais lui trouver des excuses, croire en son innocence, mais avec une preuve pareille…

Elle soupire et achève :

— J'ai l'impression d'avoir vécu un mensonge. Alors Ophélie… c'était son meilleur ami. Comment on a pu tous se tromper sur son compte ?

Aucun de nous ne répond. Je peine encore à croire que *Mygale* m'ait disculpé par la force des choses. Cette caméra installée par ses soins dans sa chambre n'avait qu'un objectif : filmer ses ébats. Il aurait suffi qu'elle la coupe après le départ de son amant pour que je finisse ma vie en taule. Le destin en a voulu autrement.

La preuve de la police est irréfutable : un extrait de la vidéo montre Claude en train de commettre le crime, puis placer un de mes cheveux sur le cadavre encore chaud. Ce qu'on ne sait pas, c'est pourquoi il a fait tout ça. Il a refusé de parler aux autorités. Ophélie est convaincue d'être la seule à pouvoir lui tirer les vers du nez. J'espère qu'elle a raison et qu'elle y parviendra. Je crains que faute de réponses, elle n'arrive pas à aller de l'avant…

D'abord ses parents, puis Jérôme, maintenant Claude. Ophélie a été entourée par tellement de personnes malintentionnées, que je ne comprends pas comment elle arrive encore à faire confiance. J'ai la chance d'avoir sa foi et je lui prouverai qu'elle la mérite. Avec moi à ses côtés, elle ne craint plus rien. Je ne laisserai jamais plus personne en passe de lui faire du mal s'approcher d'elle.

Je m'en fais le serment.

Chapitre 35

Ophélie

Dans ce couloir gris et aseptisé de la prison de la Santé, mon corps marche mais mon esprit est paralysé. Je n'ai pas l'impression d'être là, derrière ce maton qui guide mes pas. Mon estomac s'est logé dans ma gorge. Mes jambes fébriles peinent à soutenir le poids de mon corps.

Les images défilent dans ma tête. Le premier sourire de Claude, le jour de notre rencontre dans le cybercafé. Sa première étreinte pour me réconforter, au parc Montsouris. La première fois qu'il m'a accueillie chez lui parce que ça n'allait pas avec Jérôme. Notre première soirée film, notre premier restaurant, mon premier raid *World of Warcraft*.

Comment tout a-t-il pu basculer ?

Une lourde porte grisâtre s'ouvre devant moi, dévoilant une salle exiguë dans laquelle m'attend celui que j'ai pris pour mon meilleur ami toutes ces années. Installé sur une chaise, derrière une table de fortune, il m'adresse un regard énigmatique. Je n'arrive plus à déceler en lui la gentillesse qui irradiait il y a encore quelques jours.

— Allez-y ! m'ordonne le maton un peu sèchement.

Sa voix me fait l'effet d'un coup de fouet. Je me meus tant bien que mal pour rejoindre la chaise libre et me laisser choir dessus. Le poids du monde, de la naïveté et de la colère écrase mes épaules. Une odeur de sueur, de renfermé et de produit chimique m'agresse les narines.

— Bonjour, Ophélie…

Sa voix me pousse à lever le menton. Face à moi, je reconnais les traits de Claude. Sa frange grasse, sa dentition jaune et mal alignée, ses joues creusées, ses oreilles décollées qui dépassent de ses cheveux. Il n'a pas changé, si ce n'est que les vêtements qu'il porte sont encore plus ternes que ce qu'il revêt à l'accoutumée. J'imagine qu'il n'a pas le choix.

En revanche, je ne reconnais pas son aura. Sa bienveillance, sa douceur, son naturel apaisant. Tout cela a disparu en un claquement de doigts lorsque j'ai découvert que c'est lui qui a essayé de faire tomber Evan pour le meurtre de Myrna Nightingale.

J'essaie de dire « bonjour » à mon tour, par formalité, par respect. Pourtant, je n'en ai plus beaucoup pour celui qui est subitement devenu un inconnu à mes yeux. La gorge serrée, je me résous au silence.

— Comment tu te sens ? me demande-t-il.

Incapable d'articuler, je ne réponds rien. Je me contente de le fixer, le regard vitreux.

— J'ai un peu de mal à dormir, depuis que je suis ici, m'apprend-il. Mon codétenu est plutôt calme, comparé aux autres types enfermés ici. Mais il grince des dents la nuit. Ça m'empêche de fermer l'œil.

— Je m'en fous ! asséné-je.

La colère a pris le pas sur le reste, me redonnant le contrôle de moi-même.

— Je ne suis pas venue pour que tu me racontes ton quotidien en prison, Claude. Je veux savoir pourquoi tu as fait ça. Pourquoi tu as tué Myrna Nightingale ? Tu ne la connaissais même pas. Et surtout, pour quelle raison tu as fait porter le chapeau à Evan ?

Rien n'a de sens. J'ai retourné le problème sous toutes les coutures pour comprendre, sans succès. Claude a refusé de parler aux autorités, même en France. Alors j'ai pris mon mal en patience le temps que David réussisse à m'obtenir un parloir. Ça m'a écorchée de me résoudre à le contacter, vu sa proximité avec mon père, mais je lui ai fait jurer de ne rien dévoiler à ma famille. Je ne veux pas qu'elle sache quoi que ce soit à mon sujet. Ils m'ont fait assez de mal comme ça, eux aussi. À croire que c'est la passion de tous les gens qui rentrent dans ma vie, de m'écorcher vive.

— Tu me demandes vraiment pourquoi, Ophélie ?

Son air soudain sérieux et retors m'étonne.

— Parle ! Je t'écoute.

— Comment n'as-tu pas encore compris ? J'ai fait ça pour toi.

Abasourdie, je reste la bouche entrouverte dans un silence de plomb. Les mots sont parfaitement français et mon cerveau les enregistre individuellement sans mal. En revanche, ensemble, ils forment un tout incohérent.

— Il… il va falloir être un peu plus précis, déclaré-je après m'être raclé la gorge.

— Je suis raide dingue de toi, Ophélie. Depuis des années, maintenant. Je pensais que tu finirais par le réaliser, mais apparemment je suis toujours aussi invisible pour toi, en dépit de tout ce qu'on a partagé.

Cette déclaration me cloue le cœur au billot. Non seulement je ne m'y attendais pas, mais à la lumière des récents événements, cela me file la nausée.

— On a partagé le même lit tellement de fois…

— J'ai longtemps cru que tu étais homosexuel, Claude ! Et puis même, ça n'a aucune importance. Tu étais mon ami. Enfin, je le pensais. On ne faisait que dormir.

— Toi, peut-être ! Moi, je ne fermais pas l'œil de la nuit. Je te regardais, paisible dans les bras de Morphée, espérant qu'un jour enfin, tu m'avoues ton amour. Je revois encore tes longs cheveux bruns frôler mon oreiller avec indolence, dans un appel charnel…

Un frisson d'horreur me secoue.

— Est-ce que tu m'as déjà…

— Quoi ? Jamais de la vie.

Il se penche sur la table et poursuit :

— Je ne t'aurais jamais fait de mal, Ophélie. Tu ne comprends pas ? Je suis amoureux de toi. Fou amoureux, même !

Non, je ne comprends pas. Je ne comprends rien, même. Ma vie entière n'a plus aucun sens depuis des semaines. Tout part en vrille, s'émiette ou s'effrite. Il me reste si peu de certitudes que je me sens comme un alpiniste en chute libre dans un ravin. L'impact semble proche et j'ai beau me débattre, je ne trouve aucun point pour enfoncer mon piolet et ralentir la descente mortelle.

— Toutes ces fois où Aline m'a cherché une copine sur Tinder, ricane Claude. Je t'ai pourtant tendu des perches, à ne jamais trouver chaussure à mon pied et à affirmer que la femme de ma vie n'était pas sur un site de rencontre.

Un frisson me traverse. Entendre ces phrases maintenant leur confère un tout autre sens. Elles m'ont paru tellement anodines lorsqu'elles ont été prononcées pour la première fois…

L'image d'Evan s'impose à mon esprit, ses beaux yeux vairons brillant d'une lueur incandescente dans laquelle je puise le courage de poursuivre cette conversation douloureuse.

— Quel est le rapport entre tes pseudo-sentiments et le meurtre de Myrna ?

Claude renifle, puis avoue :

— Quand j'ai suivi le live d'Evan, j'y ai vu un créneau. Je me suis dit que si Myrna Nightingale était assassinée, tout le monde penserait à lui. Alors je me suis arrangé pour récupérer un de ses cheveux puis je me suis faufilé hors de l'hôtel dans la nuit pour rejoindre celui de Myrna. J'ai ens…

— Comment tu as su où elle séjournait ? le coupé-je brutalement.

— Rappelle-toi ! J'étais là en *backstage* quand elle criait à qui voulait l'entendre qu'elle dormait à l'œil dans l'hôtel le plus luxueux de Milan.

Claude déglutit, puis reprend :

— Je pensais la surprendre pendant son sommeil, mais j'ai entendu du bruit derrière la porte. J'ai attendu, un homme en est sorti. Comme je n'ai pas entendu de verrou, j'en ai profité pour entrer et je lui ai donné un violent coup avec une barre en fer que j'avais récupérée sur la route. Rien n'était vraiment préparé, à part la preuve pour inculper Evan. Pour le reste, j'ai… suivi mon instinct.

— Tu as tué cette femme de sang-froid ?

Claude opine du chef. Il n'a pas l'air fier, ni rongé par la culpabilité. Juste… pensif.

— C'était une ordure de toute façon. Elle méritait de mourir.

Même si une partie de moi aimerait lui donner raison, surtout après tous les scénarios vengeurs que je me suis imaginés, je ne peux m'y résoudre.

— Personne ne mérite de mourir assassiné.

— Elle, si ! insiste Claude.

— Pourquoi tu voulais qu'Evan aille en prison ?

En posant la question, je comprends la réponse. Claude me répond tout de même :

— Pour l'éloigner de toi. Il ne te rendra pas heureuse, Ophélie.

— Parce qu'on est trop différents ? rétorqué-je du tac au tac, trop habituée à ce son de cloche.

— Non. Toi et moi aussi, on est différents. Mais on serait heureux ensemble. Evan est mannequin et toi, le mannequinat te rend malheureuse. C'est la source de tes problèmes, de ta boulimie. Je me suis dit qu'en l'éloignant de toi, j'éloignais tout ce qui pourrait te causer du tort.

Mes lèvres s'entrouvrent. Ce raisonnement a beau être complètement détraqué, j'arrive à comprendre pourquoi Claude a fait ça. Son esprit tordu l'a poussé à commettre le pire tout en étant plein de bonnes intentions. À la fois, je n'arrive pas à me dire qu'il a pu tuer quelqu'un et en même temps, je me raccroche à l'idée qu'il a fait tout ça pour me protéger. Ça a du sens dans ma tête. Au moins je ne me suis pas totalement plantée sur lui : il ne voulait pas me faire de mal comme d'autres avant lui. Même si c'est ce qu'il a fini par faire, en me dévoilant son vrai visage.

L'essence de la trahison s'infiltre comme un poison dans mes veines.

— Je ne pensais pas que Myrna filmait sa propre chambre… sans ça, tout se serait déroulé sans accroc. On aurait pu être tous les deux dehors. Et j'aurais pris soin de toi.

— Claude ! Je suis amoureuse d'Evan. J'aurais été malheureuse comme les pierres de le voir accusé à tort. Rien n'aurait détourné mon attention de ça. Rien !

Il serre les dents.

— J'ai eu tellement peur pour toi, Ophélie.

Une larme roule sur sa joue. L'empathie cherche à se manifester en moi, mais je l'anéantis en plein vol.

— Quand tu t'es évanouie devant tout le monde, au cours du défilé, j'ai... j'ai perdu la tête. J'ai cru perdre l'amour de ma vie. Ça m'a obsédé jusqu'à ce que j'agisse. Je ne pouvais pas rester sans rien faire. Tout le monde essayait de te faire du mal, en se cachant derrière des sourires. Toi, tu te torturais pour remplir les critères du mannequinat et moi ça me déchirait.

Dans un sanglot, il répète :

— Je ne pouvais pas rester sans rien faire. Je ne pouvais pas...

— Alors c'est là que tu as eu l'idée de tuer Myrna ?

Il secoue la tête.

— Après ton évanouissement et notre conversation sur la boulimie et ton adolescence, j'ai voulu faire quelque chose mais je ne savais pas quoi. Ce n'est qu'en voyant le live d'Evan que toutes les pièces se sont assemblées dans ma tête. Je pouvais faire d'une pierre trois coups : punir une violeuse, écarter Evan et te protéger.

Claude semble convaincu d'avoir bien agi. Une partie de moi est soulagée d'obtenir une explication, même si rien n'effacera ma naïveté. Je ne reconnais toujours pas mon meilleur ami, même si son récit ne s'oppose pas complètement aux qualités que je lui prêtais. À sa loyauté, surtout.

Son regard a changé. Sa passion glaçante pour la taxidermie et ses problèmes relationnels me heurtent de plein fouet. Comment ai-je pu passer à côté de tous les signes qui montraient que Claude n'était pas équilibré ? Il n'a l'air d'avoir aucun remords. La seule chose qu'il regrette, c'est de s'être fait griller.

Tout était sous mes yeux durant des années et j'ai refusé de voir l'évidence. Mes relations m'explosent à la gueule, les unes après les autres.

Et si c'était moi, le problème ?

Chapitre 36

Ophélie
Deux semaines plus tard

À l'angle de la rue, un vieil homme barbu fait danser son accordéon sans pouvoir s'empêcher de sourire. Malgré la précarité dans laquelle il semble vivre, à en juger par ses vêtements, il parvient à profiter des moments simples de la vie. Il les saisit, les chérit, les vit. Plusieurs passants déposent des pièces dans sa casquette en velours violet.

La boule au creux de mon ventre refuse de partir. J'espère qu'au fil du temps elle s'en ira pour me laisser profiter de mon existence, mais je crois qu'il faut prendre le problème dans l'autre sens. Je ne dois pas attendre le moment où je serai digne du bonheur mais tout faire pour imposer ce bonheur à mon quotidien. Ce n'est que comme ça qu'il se présentera. Il faut lui faire de la place, lui dire qu'en dépit de l'anxiété, du stress ou de la peur, il peut venir. Sa lumière fera fuir les autres, même si ça prend du temps.

— Tu penses à Claude ? me demande Evan.

Alors que septembre ne sera bientôt plus qu'un souvenir, les degrés s'envolent les uns après les autres. Heureusement, le soleil continue de chauffer de ses rayons, même s'ils ont perdu en intensité.

Le mannequin passe la main dans ses cheveux en bataille. Il paraît plus irréel que jamais dans ce T-shirt blanc et cette veste rouge *oversize*. La fine barbe qui parsème ses joues m'irrite les lèvres chaque fois que je l'embrasse et j'aime cette sensation. C'est la plus jolie douleur qu'on m'ait laissée ressentir.

— Je pense tout le temps à Claude, réponds-je distraitement.

Je n'arrive pas à me le sortir de la tête. Je me repasse en boucle tous les moments passés ensemble puis le parloir où il m'a expliqué son geste.

— Avec le temps, ça glissera en arrière-plan, tu verras, m'assure Evan.

— J'espère. Je me torture pour essayer de donner un sens à tout ça alors qu'il n'y en a pas. Ce n'est qu'une erreur de jugement de plus sur les gens qui entrent dans ma vie.

La main d'Evan glisse sous la table du troquet pour saisir la mienne. Il porte sa bouteille de Coca Zéro à sa bouche, puis me dit :

— Tu as pu dormir ces dernières nuits, non ?

— Un peu.

L'amélioration n'est pas nette, mais disons que je parviens à fermer l'œil d'un sommeil saccadé. Il était temps, parce que je sombrais de plus en plus vers l'épuisement, physique et psychologique.

Ce qui m'aide à surmonter tout ça, c'est de me libérer de mon fardeau. Je suis une thérapie depuis mon retour en France, à raison de trois séances par semaine à court terme. La fréquence est censée diminuer par la suite, mais là, j'ai trop de trucs à gérer. J'ai besoin d'aide. Mon thérapeute m'aide beaucoup, je me sens lâcher prise peu à peu. C'est lent, mais ça fonctionne. Je m'accroche à cet espoir.

— Vous avez abordé la boulimie avec ton psy ?

— Un peu tout à l'heure, avoué-je. Il m'a dit qu'on creuserait le sujet plus en détail par la suite et qu'il valait mieux se concentrer pour l'instant sur mes relations, si ça me convenait.

— Il a dit quoi d'autre ?

— Qu'il fallait que je renonce à la culpabilité. Que les mauvaises personnes qui ont pu faire partie de ma vie ne signifient pas que c'est moi le problème.

Ces mots sont difficiles à prononcer. Je ne suis pas du genre à dire des trucs que je ne pense pas et je sais que ça, en l'occurrence, je dois y croire dur comme fer. Ça ne sera simplement pas immédiat.

Je n'ai peut-être pas eu de chance avec mes parents, avec Jérôme puis avec Claude. Mais il me reste Evan, Aline, Gavin. Et puis sur le plan professionnel, certaines rencontres restent immaculées. Nathalie et Alex Ivero, en tête de liste. Même cette pauvre Victoria Bellucci que j'ai soupçonnée à tort. Elle souffle le chaud et le froid, mais elle ne m'a jamais manqué de respect. Bien que sa petite stratégie d'invitation anonyme pour m'obliger à accepter de défiler une fois devant le fait accompli me soit un peu restée en travers de la gorge… C'était une belle opportunité, pour quelqu'un qui ne se trimballe pas mes casseroles. Après tout, elle ne pouvait pas le savoir. André et Thérèse Martin sont dans mon cœur également.

Cet exercice de positivité, mon psy me l'a recommandé. À chaque fois que je focalise sur le négatif, je dois « effectuer un zoom arrière » comme avec une caméra, pour me rendre compte que le positif n'est pas loin. Il suffit de choisir où on fixe son regard.

— Tu es sûre que tu es prête à retourner à l'atelier demain ?

— Oh que oui ! assuré-je. Ce sont de loin les pires vacances de toute ma vie. Et les moins reposantes. Je n'ai qu'une hâte, retrouver mon travail de couturière et mes collègues.

L'air d'Evan s'assombrit. Je serre ses doigts dans les miens.

— Je ne disais pas ça pour toi, insisté-je. Heureusement que tu étais là, tu as été ma lumière dans les ténèbres. Même si c'est moi qui aurais dû être forte pour toi. Pas l'inverse. C'est toi qui as subi une agression, les commentaires du grand public et qui a été accusé à tort avant de faire un séjour en cellule. Je ne sais même pas comment tu tiens encore debout…

— J'ai retiré tous les réseaux sociaux de mon téléphone pour quelque temps. Et même si l'expérience de la garde à vue a été éprouvante, je savais que j'étais innocent.

— Oui, mais si les flics n'avaient pas trouvé de preuves pour incriminer Claude, tu aurais pu finir en prison quand même…

— Mais non. Je suis sûr que les Totally Spies 2.0 m'auraient sorti de là. Avoue ! T'aurais proposé à Aline de creuser un tunnel pour me libérer, non ?

Je secoue la tête.

— Ha ha ha ! Très drôle. Je n'aurais jamais dû te raconter ce qui s'est passé en ton absence.

Evan se marre. C'est fou comme il a changé. Il passe toujours à côté de l'évidence quatre fois sur cinq, mais il reste cette petite fois qui ne cesse de prendre de la valeur. Le voir développer son sens de l'humour me réchauffe le cœur.

Et surtout, j'éprouve une profonde admiration pour sa résilience. Même s'il n'existe pas d'échelle des malheurs, ce qu'il a vécu est traumatisant. Pourtant, il garde la tête haute. Il est fort. Il lui est arrivé durant ces deux semaines passées rien que tous les deux chez moi d'avoir des moments où il s'isole. Je crois qu'il gère le stress post-traumatique et l'anxiété générée par les souvenirs à sa manière. Cela ne dure pas, il finit toujours par revenir vers moi.

— Tu regrettes ? lui demandé-je.

— De ?

— D'avoir brûlé la lettre de *Mygale*.

Evan m'observe longuement, puis me dit :

— Non. C'était la bonne chose à faire. Je ne pouvais pas continuer à me faire du mal avec. Et puis, c'est inutile maintenant qu'elle n'est plus là. Je sais que je ne crains rien. Mon état d'hypervigilance a diminué.

Le silence se glisse entre nous à l'instant même où un nuage couvre le soleil. Il coulisse lentement sur la toile lointaine du firmament et lorsque la lumière revient, Evan me demande :

— Tu as retrouvé l'envie de dessiner ?

— Pas encore. Mais j'y pense, parfois. Quand mon esprit me laisse un peu de place pour ça. Je verrai dans quelque temps. D'abord, j'ai besoin de me reconstruire, de mener mes batailles et de trouver un nouvel équilibre.

Evan est tellement attendrissant quand ses traits se peignent d'inquiétude. Il ne dit rien, mais je sais ce qu'il pense.

— Tu fais partie de cet équilibre, Evan, assuré-je. Tu en es même l'épicentre.

Son sourire si craquant illumine son visage avec plus d'intensité que les rayons du soleil.

— Promets-moi de ne pas réinstaller les réseaux sociaux, quand tu seras de retour à Londres.

— C'est promis. Je préfère ne rien savoir de ce que les gens pensent.

Certains commentaires abjects me reviennent en mémoire. La simple idée qu'Evan puisse lire ça m'écorche vive. Certaines choses valent mieux d'être ignorées.

— Il y a quand même plusieurs marques qui m'ont témoigné leur soutien, me rappelle-t-il. Gavin m'a encore transmis des courriers hier. Enfin, il les a surtout pris en photo pour que je puisse lire.

— Le communiqué d'Alex Ivero sur Instagram m'a pris au cœur, avoué-je.

— Il est l'un des rares à avoir parlé publiquement et ça m'a beaucoup touché aussi.

— Je déplore juste l'hypocrisie de certains, lâché-je, amère. Ne pas vouloir se prononcer là-dessus en se cachant derrière le meurtre, ça me dégoûte. Comme si se faire assassiner lavait quelqu'un de ses péchés. D'accord ! Elle ne méritait pas ça. Mais ça n'enlève pas que c'était un monstre.

Evan opine du chef.

— On n'empêchera jamais les gens de faire des amalgames stupides.

Je vide le reste de mon verre d'un trait, puis demande :

— Ça va aller pour tes shootings ? Tu auras la tête à ça ?

— Ça va me vider la tête, à moi aussi. Je me suis demandé si j'allais arrêter le mannequinat après l'agression de *Mygale*. Ça m'a toujours hanté. Puis j'ai réalisé que j'aimais ce métier. Je n'ai pas l'intention de m'arrêter. Ça m'épanouit toujours de porter des pièces pensées par des esprits brillants. J'ai besoin de continuer à évoluer dans ce monde purement subjectif et artistique. C'est le contrepoids qui me maintient à flot. Ma parenthèse où je n'ai rien besoin d'intellectualiser. Ça me rend… plus humain. Moins machine.

Je trace des ronds sur sa main pour l'apaiser.

— Regarde à quel point tu as évolué, Evan.

— Je sais. Mais j'ai parfois l'impression que je ne deviendrai jamais comme les autres.

— Ce serait la pire chose qui puisse t'arriver. Je te l'ai déjà dit : ne deviens pas comme tout le monde. Même si la majorité ne te comprend pas ou se méprend sur tes propos, ta valeur n'en est pas altérée.

Evan se penche vers moi pour me dérober un baiser. Un frisson dévale ma colonne vertébrale. Personne n'a le pouvoir de me transpercer d'émotions comme ce garçon.

Nous réglons notre commande puis partons main dans la main en direction de la gare du Nord. La foule d'inconnus me rappelle celle que j'ai brassée à Londres, quand je cherchais Evan et que je l'ai trouvé dans les bras de Linda. Nous naviguons entre les vagues de promiscuité, l'un s'accrochant à la paume brûlante de l'autre.

Sur le quai de l'Eurostar, Evan m'adresse un regard inquiet.

— Ça ira, toute seule ? Je peux encore annuler mes partenariats et rester plus longtemps.

— Je ne serai pas seule, assuré-je. Aline va squatter tous les soirs chez moi, elle n'a pas l'intention de me lâcher. Et pour le reste, j'ai aussi besoin de me retrouver pour me libérer de tout ce qu'il s'est passé ces derniers temps.

— Je comprends. Moi aussi, ça me fera du bien de rester un peu seul pour digérer. Mais pas trop longtemps, quand même. Tu… tu vas me manquer, Ophélie.

— Toi aussi, tu vas me manquer, Evan.

Je me hisse sur la pointe des pieds pour capturer sa bouche. J'imprime sa texture et son goût dans ma mémoire. Je ne veux jamais oublier à quel point ce garçon m'ébranle et me donne l'équilibre. La sorcellerie qu'il exerce sur moi est pleine de mystères que je brûle de percer.

— Je n'aime pas du tout cette impression de déjà-vu, murmure-t-il.

Je lui souris pour le rassurer.

— Ça n'a rien à voir avec l'année dernière. Je suis sur le quai avec toi, cette fois. Et je te promets que la distance ne nous empêchera pas de nous aimer.

L'Angleterre n'est pas loin. Nous nous sommes juré de faire le voyage régulièrement, à tour de rôle, pour apprivoiser notre histoire sans brûler les étapes. J'ai déjà tant de fois commis des erreurs relationnelles que j'ai besoin de prendre mon temps pour ne rien gâcher. Evan est trop précieux pour ça.

Le grand brun me tourne le dos pour monter dans l'Eurostar, chargé de sa valise. J'en profite pour mater ses fesses rebondies dans son jean noir. Dans les moments où il me manquera, j'aurai de quoi rêver à nos retrouvailles.

Evan pivote, nos regards s'aimantent. Mon cœur bat un peu trop fort. Les portes étant sur le point de se refermer, je lui dis de but en blanc :

— Tu sais, j'ai longtemps cru que c'était l'anxiété, la douleur et la peur. Puis je t'ai rencontré et j'ai compris que je me trompais. En fait, c'est l'amour.

Perplexe, Evan fronce les sourcils et demande :

— C'est l'amour ?

Je lui souris.

— Ce qui nous consume.

Bonus 1

Ophélie
Un an plus tard

— Meuf ! Tu trembles.

— Désolée, me dit Aline.

Elle se stabilise, figeant la robe qu'elle tient pincée entre ses doigts. Je plante à nouveau mon aiguille pour terminer mon point de couture. À plat, je ne visualisais pas le volume de l'aisselle comme il fallait pour la reprendre.

— Merci.

Ma collègue me rend le vêtement puis bâille à pleine bouche.

— Ça donne moins envie la quarantaine, quand je te vois aspirer tout l'oxygène de la pièce en trois secondes, raillé-je.

Aline m'adresse une grimace méritée.

— Figure-toi que je manque de sommeil parce que je kiffe ma quarantaine jusqu'au bout de la nuit. Et si tu veux un indice, ce ne sont pas *les démons de minuit* qui m'y ont entraînée.

Je glousse tout en rangeant mon poste de travail. La journée a été longue mais je suis fière du travail que j'ai abattu. La couture me plaît toujours, même si je m'épanouis davantage en dessin.

Imaginer des tenues *ex nihilo* est un processus qui me remplit d'enthousiasme. Il me permet de donner vie à mes rêves.

— T'es pas possible, toi.

Aline jette un œil à sa montre et me dit :

— J'ai peut-être le temps de faire une petite sieste en rentrant.

— Une sieste ? lancé-je, étonnée. Il est 19 heures passées.

— Je sais. Mais je revois le *fantôme de l'ennui* ce soir.

— Cette métaphore ne te rajeunit pas.

— Fais pas genre ! T'es la première à te trémousser sur la piste quand tu l'entends. Et je ne te parle même pas du jerk de Thierry Hazard.

— Je plaide coupable, admets-je.

Une fois mon rangement terminé, je récupère ma veste en jean. Aline pianote sur son téléphone puis me demande :

— Tu veux qu'on aille boire un verre ?

— Surtout pas. Je ne voudrais pas être tenue responsable d'une baisse de régime par Émile.

— Mauvaise pioche ! *Les Démons de minuit*, c'est Images.

— Roh ! Je les confonds tout le temps. Quelle idée de s'être mélangés pour former un plus gros groupe, aussi.

— Un petit sex on the beach, je ne dirais pas non, insiste Aline. Je dormirai quand je serai morte.

— J'aurais adoré mais j'ai un colis à récupérer.

Mon amie me sourit, l'air goguenard.

— Laisse-moi deviner ! Un colis d'un mètre quatre-vingt-dix aux yeux vairons ?

— Gagné !

Lisa nous rejoint près de la porte, l'air éreinté, elle aussi.

— Je ne suis pas fâchée d'avoir terminé ma journée, nous

dit-elle en ajustant ses lunettes. Charlène est de plus en plus chiante. L'accalmie n'aura pas été longue.

Aline et moi éclatons de rire, après avoir vérifié que la concernée n'était pas dans les parages pour nous entendre.

— Je vous jure ! Si je l'entends une fois de plus lécher le cul de Nathalie aujourd'hui, je vais rendre l'âme.

— Toi t'aurais bien besoin d'un sex on the beach, suggère Aline.

— Entre la picole et le cul, tu mènes la belle vie, toi, commenté-je.

— Et comment !

— C'est pas comme ça que tu seras en forme cette nuit.

— Pourquoi, il se passe quoi cette nuit ? demande Lisa.

— Aline se refait le best of des années 1980.

Notre éclat de rire à toutes les deux résonne dans l'atelier. Heureusement que la plupart des collègues sont déjà partis. Nathalie est agréable, mais pointilleuse sur la façon de se comporter au travail. Elle a un côté un peu vieux jeu mais je lui pardonne volontiers.

— Je vais dire au revoir à Nathalie, préviens-je les filles. Je reviens !

En m'engageant dans le couloir, j'entends Aline expliquer à Lisa la conversation qu'elle a loupée. Je toque à la porte de la directrice d'atelier, qui relève la tête et m'observe par-dessus ses lunettes.

— Encore dans le feu de l'action ? demandé-je.

— La paperasse, je te jure. Ça n'en finit jamais.

À observer la posture toujours droite et élégante de ma supérieure, je songe à la combinaison sur laquelle je travaille pour ma propre collection. Je m'attarde sur les épaules, imaginant une nouvelle manière de donner mes coups de crayon sur mon œuvre pour gagner en contraste des proportions.

— J'ai un cil ?

— Pardon ?

En réalisant que je fixais Nathalie, j'explique :

— Oh non, non. Désolée, j'étais dans mes pensées. Je voulais juste te souhaiter une bonne soirée et te dire que tout est OK sur la robe pour la première série d'ébauches d'Alex. Ce lancement sur la mode féminine va cartonner. J'ai relevé quelques problèmes mineurs et j'ai tout consigné par écrit.

— Super, Ophélie ! Merci encore pour ton excellent travail. À demain.

— À demain.

Je referme derrière moi, puis m'engage dans l'escalier pour retrouver les filles devant le bâtiment. Aline s'en grille une, les cheveux dans le vent.

— Lisa est déjà partie ?

— Elle devait passer chercher un colis au relais et ça ferme à 19 h 30. Un *vrai* colis.

Je souris, songeant à celui qui m'attend. Je prends ma collègue dans mes bras puis la salue. D'un pas rapide, je traverse la route pour rejoindre la rue suivante. L'image de Claude s'impose à mon esprit quand j'aperçois un poster de Shakira sur un abribus pour la promotion de son nouvel album. L'originale, cette fois. Pas le putois glaçant qui a appartenu à celui que j'ai considéré pendant des années comme mon meilleur ami.

Son souvenir faiblit dans mon esprit. Les premiers mois, j'ai pensé à lui tous les jours. Le matin en me réveillant, le soir en me couchant. J'ai même cru que ça ne disparaîtrait jamais de ma tête. Et puis par hasard, je suis repassée devant le cybercafé où nous nous sommes rencontrés et j'ai réalisé que cela faisait plusieurs jours que je n'avais plus songé à lui.

Mon thérapeute m'a bien aidée à lâcher prise sur le sujet. Il m'a aussi aidée à progresser avec mes troubles du comportement alimentaire. Le chemin est long et j'ai toujours la crainte d'une rechute, mais il y a longtemps que je ne me suis pas remplie pour faire tampon de mes émotions. Je les verbalise au maximum et accepte de les ressentir sans essayer de les dévier.

En apercevant le cabinet de dermatologie, mon cœur bat un peu plus fort à l'idée de retrouver Evan. Celui-ci sort par une porte en bois massif à l'instant même où j'arrive. Ses lèvres s'étirent, gonflant ma poitrine d'une joie qui irradie dans toutes mes cellules. Je m'approche de lui pour lui chiper un baiser.

— Alors ? lui demandé-je tout excitée. C'est terminé ?

— C'est terminé. Pour de bon cette fois !

— Je peux voir ?

Evan tire sur la manche de sa veste, dévoilant son épaule dénudée par un débardeur blanc côtelé. Une cicatrice rouge et boursouflée apparaît là où se trouvait avant le tatouage d'araignée.

— *Mygale* n'est plus qu'un mauvais souvenir, assure-t-il. Elle appartient à mon passé et j'ai vraiment l'impression de l'avoir effacée de ma vie, maintenant.

Je passe la pulpe de mes doigts avec douceur. Evan ne bronche pas, m'observant de son regard incandescent.

— Je suis heureuse pour toi, si c'est ce que tu voulais.

Il opine du chef. Je me rappelle les raisons pour lesquelles il s'est fait tatouer à l'origine et je comprends aussi celles pour lesquelles il a voulu l'enlever. La fin de ses séances au laser m'apparaît comme une page qui se tourne.

— Prêt à rentrer chez nous ? demandé-je.

Son sourire s'élargit.

— Redis-le encore !

— Chez *nous*, murmuré-je près de son oreille. Chez *nous*.

Evan m'attrape la main et nous empruntons le premier métro pour rentrer à Saint-Germain-des-Prés. Notre appartement se situe dans un sublime immeuble haussmannien dont les saillies me laissent contemplative. Ce ne sont que trente-cinq mètres carrés, mais c'est notre endroit rien qu'à nous. Nous avons emménagé ensemble il y a un mois seulement et je peine à croire que c'est réel.

Evan et Gavin ont laissé leur colocation. Ce dernier en a profité pour voler de ses propres ailes vers de nouvelles contrées. Quant à celui qui fait chavirer mon cœur, il m'a tout de suite fait comprendre qu'il voyait son avenir à Paris. Comment ne pas considérer l'idée de vivre ensemble ?

Il nous reste encore beaucoup d'ajustements à faire. Le quotidien est un concept que nous ne connaissons que sur de courtes périodes jusqu'ici, mais je ne doute pas que nous réussissions à trouver notre équilibre. Lui et moi avons bravé tant de tempêtes pour faire fi de nos différences que rien ne pourra plus nous arrêter, désormais.

Je me laisse choir sur le canapé, près de la fenêtre orientée au sud. Evan s'installe à mes côtés et m'encercle de ses bras. À observer son profil à la faveur d'un rayon de soleil, une envie me titille : l'emmerder. Je me prends à lui chatouiller les côtes, lui arrachant un rire immédiat.

— Eeeh !

Malgré sa protestation sonore, il contre-attaque sans délai. Dommage pour lui : ma posture me donne l'avantage. Il finit par gigoter dans tous les sens, riant aux éclats. Nous nous chamaillons innocemment jusqu'à ce qu'il dise :

— Assez ! Je hisse le drapeau noir.

Je secoue la tête, un sourire moqueur aux lèvres.

— T'as encore des progrès à faire, 176. L'expression c'est le drapeau blanc.

Son regard grivois me fait l'effet d'un lance-flamme. Mes joues s'empourprent tandis que son air sûr de lui ne le quitte pas.

— Je n'ai commis aucune erreur, assure-t-il.

Il se penche pour m'embrasser dans le cou et une ampoule s'allume au-dessus de ma tête. Comment ai-je pu passer à côté ?

— Le noir... ma couleur préférée depuis un an, susurré-je.

Evan s'arrête et emprunte une moue ingénue.

— Je me doutais que tu dirais ça. Mais j'ai comme un trou de mémoire, je ne me rappelle plus ce que cette couleur veut dire...

Je lui donne une tape dans l'épaule. Il se marre. Joueuse et peu désireuse de me voir privée d'un éden qu'on vient de me promettre, j'explicite :

— Prends-moi dans tes bras et embrasse-moi à en perdre la raison.

Bonus 2

Evan
Deux ans plus tard

Ophélie presse le bouton. Les portes se referment et nous nous élevons. Elle m'adresse un regard insistant et me glisse :

— Il ne te donne pas des idées, cet ascenseur ?

— Des tas, approuvé-je. Déjà, le bouton d'arrêt d'urgence n'est plus aux normes en vigueur dans l'État de New York depuis trois ans. Le miroir est tellement abîmé qu'on peine à se voir dedans et la superficie laisse à désirer. Comparé au standing des autres parties du bâtiment, ce n'est pas terrible. Enfin, je ne suis pas décorateur d'intérieur.

Ophélie secoue la tête et finit par sourire.

— Mes propositions sont donc si amusantes ? l'interrogé-je.

— Pas tes propositions. Toi !

J'arque un sourcil, me repassant la scène en tête pour savoir à quel moment j'aurais pu dire quelque chose qui provoque une telle réaction, en vain.

— Tu as tellement changé ces dernières années et à la fois pas du tout. Je crois que je n'aurais pas pu rêver mieux. Même si une petite friandise dans l'ascenseur ne m'aurait pas déplu.

Friandise. Mon cerveau dédaigne le sens littéral pour se remémorer les contextes dans lesquels Ophélie a utilisé ce mot par le passé. Mes yeux s'ouvrent en grand quand je comprends le sens original de sa proposition. Je m'approche d'elle pour rectifier le tir quand elle secoue la tête, un air mutin peint sur les lèvres.

— Il est trop tard maintenant, 176 ! On arrive.

Comme pour lui donner raison, l'ascenseur émet le bruit caractéristique qui précède l'ouverture des portes. Alors que nous nous engageons dans le couloir, j'approche ma bouche de son oreille et murmure :

— On se rattrapera à la fin de la soirée.

— Je ne serai pas en état pour ça, mais on a toute la vie pour se rattraper.

— Pas en état ?

— Un anniversaire dans un appartement de standing, en plein cœur de Manhattan ? Et pas celui de n'importe qui. Je ne vais pas tourner à l'eau minérale, 176 ! Si je tiens encore debout à la fin de la soirée, ce sera un miracle. En plus, Aline m'a fait remarquer que ça faisait longtemps qu'on n'avait pas fait la fête à l'ancienne. J'ai échauffé mon foie, je suis prête.

— En parlant d'Aline, tu es sûre qu'elle a géré pour le cadeau ?

Nous nous sommes rassemblés tous les trois pour offrir à Gavin une soirée inoubliable comprenant une comédie musicale à Broadway, un dîner dans un des meilleurs restaurants de Manhattan et un tas d'autres attentions qui nous permettront à tous de passer un bon moment ensemble.

— Mais oui, t'inquiète !

Devant le numéro indiqué sur le carton d'invitation, je m'arrête pour observer Ophélie. Je veux profiter de sa splendeur rien que pour moi, encore quelques secondes. Elle porte une robe bleu nuit pailletée qui laisse une ouverture béante entre ses seins jusqu'à son plexus solaire. Si le tissu s'étend jusqu'à la cheville, il est fendu à mi-cuisse, laissant une liberté de mouvement à sa propriétaire. Lorsqu'elle lance sa jambe en avant pour faire un pas, mille délices s'impriment dans ma tête.

— Tu me mates encore, 176 !

— J'y peux rien si tu es belle.

Ses pommettes rosissent. Les compliments lui font toujours cet effet. Je crois qu'elle n'en a pas entendu beaucoup au cours de sa vie pour y être aussi sensible. Si ça me brise le cœur de songer à son passé, j'écarte cette sensation passagère pour me concentrer sur le présent. Et sur notre avenir qui s'annonce plus radieux que jamais.

Je tends la main pour frapper. Les gonds pivotent, mon meilleur ami apparaît dans l'encadrement. Son sourire est si large que je pourrais l'accrocher à ses deux oreilles. Il porte un costume noir strié de sequins lui donnant un air de patron de casino des années 1970.

Il s'avance pour me prendre dans ses bras. Je le serre contre moi.

— Waouh ! Ça fait une éternité qu'on ne s'est pas vus ! nous lance-t-il.

— Une éternité, c'est imp…

Ophélie m'envoie un coup de coude et du bout des lèvres, me glisse « violet ». *Sens figuré.* Mes méninges tournent à plein régime. Ce doit être une hyperbole pour dire que ça fait longtemps.

— Oui, ça fait une éternité, affirmé-je.

Gavin s'esclaffe. Ses prunelles pétillent.

— Tu l'as bien dressé, confie-t-il à Ophélie.

Ils s'échangent un clin d'œil sous mon regard désapprobateur, puis Gavin nous fait visiter l'intérieur de l'appartement.

Les volumes et la hauteur sous plafond achèvent de me faire comprendre que nous ne sommes plus à Paris. En écho à mes pensées, Ophélie lance :

— Ça change de nos trente-cinq mètres carrés.

— J'ai eu du mal à m'adapter au début, avoue Gavin. Il faut faire des kilomètres pour passer d'une pièce à l'autre.

— Comment tu as eu cette opportunité, déjà ?

— C'est un appartement de fonction. La marque avec laquelle je collabore sur un contrat de trois ans me le fournit pour que je sois toujours à leur disposition. Enfin, c'est plutôt un conglomérat de marques, mais le résultat reste le même.

— En échange, tu dois fournir un sacré travail, commente Ophélie les yeux écarquillés.

— Je n'ai pas à me plaindre : je m'éclate toujours dans le mannequinat. Mais j'ai bien cru que je n'arriverais pas à avoir mon week-end libre pour fêter mon anniversaire.

Ma petite amie m'observe du coin de l'œil. Le souhaiter la démange, mais elle grommelle en me singeant :

— Je sais ce que tu vas me dire : « Il faut attendre minuit ».

— Ce n'est pas encore l'anniversaire de Gavin, pourquoi déjà le lui souhaiter ? Et je ne parle pas du tout comme ça. Il va falloir revoir tes imitations.

— Moi, j'ai trouvé ça très réussi, lance Gavin, mort de rire.

Ophélie m'adresse un regard victorieux et enroule son bras autour de celui de mon pote.

— Et si tu nous montrais le salon ?

Il a fait en sorte que la visite s'achève par le lieu des festivités, où se trouvent déjà les autres invités. Des bruits de conversation parviennent jusqu'à nous, couverts par les basses qui diffusent *Toxic* de Britney Spears. Le souvenir de Gavin déchirant ses cordes vocales sur cette chanson en faisant le ménage me revient en mémoire. Et je souris. Une onde de chaleur se diffuse dans ma poitrine.

La fête bat son plein lorsque nous rejoignons les autres. Une cinquantaine de personnes s'amusent, discutent, dansent, boivent. La plupart des visages me sont parfaitement inconnus. Gavin s'est constitué un nouveau cercle depuis qu'il vit aux États-Unis. Quand j'aperçois une blonde pétillante, je me dirige vers elle. Aline me sourit en me voyant approcher.

— Ça me fait plaisir de te voir, Evan.

— Plaisir partagé.

Nous avons eu l'occasion de nous côtoyer ces derniers mois à Paris. Néanmoins, les semaines précédentes m'ont fait voyager dans toute l'Europe pour une série de shootings et pour le tournage d'une publicité internationale. Ophélie n'en a même pas profité pour faire les quatre cents coups avec Aline, préférant se concentrer sur l'élaboration de sa première collection en tant que créatrice. Elle y consacre tellement de temps et de minutie que j'en ai développé une admiration sans bornes pour son éthique de travail.

— Tu veux boire quelque chose ? J'ai déjà repéré toutes les boissons.

— Ça ne m'étonne pas de toi.

Aline m'adresse un clin d'œil puis me guide vers la table faisant office de buffet. J'y prends volontiers une coupe de champagne.

— Ton voyage s'est bien passé ?

— Et comment ! J'ai sillonné le côté ouest avant de revenir à New York hier. Ça va me faire drôle de rentrer en France pour reprendre le boulot.

Aline a profité de ses vacances pour faire un *road trip* en voiture, seule, voguant d'État en État pour faire de nouvelles rencontres. Et à son air détendu, ça a l'air de lui avoir bien plu.

Ophélie se pointe derrière la blonde pour l'entraîner à sa suite.

— Allez ! Viens danser !

Les filles s'éclipsent tandis que Gavin s'approche, accompagné d'un garçon aux cheveux bruns rasés très court. Ses yeux aussi bleus que ceux de mon meilleur ami sont soulignés d'un trait d'eye-liner. À en juger par sa carrure, il doit pratiquer un sport physique.

— Evan ! Je te présente Cade… mon mec.

Je hausse les sourcils, étonné par cette révélation. Cade me tend la main, je la serre fermement. Son sourire me paraît franc.

— Alors j'apprends au détour d'une soirée que tu es en couple ? demandé-je, surpris.

— J'attendais que ce soit sérieux. Tu sais ce qu'on dit, « pour vivre heureux, vivons cachés ».

— Vous vous êtes rencontrés comment ?

Cade répond :

— Mon équipe de football a fait un shooting avec le même photographe que Gavin, pour une marque de sous-vêtements. Je crois qu'au premier regard, on a compris tous les deux qu'on se plaisait.

— Tu joues en pro ?

Cade secoue la tête.

— Mon père a nourri cet espoir, mais pas moi. La pression de l'enjeu a fini par me dégoûter du foot à un moment donné. Ce n'est qu'en me refocalisant sur le plaisir du jeu que je m'y suis remis.

— Cade est super bon, précise Gavin. Son père ne se faisait pas d'illusions. Un recruteur l'avait même repéré.

— Au lycée, précise Cade. Alexander Whitaker a beau être un établissement prestigieux, il n'a jamais fait émerger de grand sportif. Je ne suis pas non plus le meilleur joueur que le pays ait vu. Mais j'aurais pu me faire une carrière, je pense. Si ça m'avait intéressé.

Gavin passe le bras autour de sa taille. C'est drôle de voir mon meilleur ami amoureux, lui qui n'a jamais trouvé quelqu'un qui lui donnait envie de construire quelque chose. Si on m'avait dit qu'il me réservait cette surprise pour son anniversaire, je n'y aurais probablement pas cru.

— Ça a été, tes déplacements ? me demande Gavin.

— Ça s'est bien passé. Je suis content que ce soit terminé…

Mon attention est accaparée par Ophélie qui se trémousse sur la piste. Elle a l'air si heureuse de libérer son corps au rythme de la musique que je ne peux m'empêcher de sourire. Après tout ce qu'on a traversé, je lui trouve une résilience hors norme. Elle s'est battue comme une lionne pour enterrer les séquelles laissées par ses parents, par Jérôme et par Claude. Elle a lutté dur contre sa boulimie et n'a plus eu de crise depuis bien longtemps, même si je sais que ça reste une crainte pour elle que de rechuter.

Ses longs cheveux bruns cascadent dans son dos, se découpant sur le bleu nuit de sa robe. Elle est divine… et moi je suis le plus chanceux des hommes de l'avoir dans ma vie.

— Tu m'étonnes ! raille Gavin qui a suivi la trajectoire de mon regard.

Pour noyer le poisson, je le questionne à mon tour :

— Et toi, tu bosses sur quoi en ce moment ?

— Je dois défiler pour Shaw'n'Janed, une marque américaine

hyper en vogue en ce moment. Ils ont explosé grâce à TikTok. Le thème est incroyable.

Gavin sort son téléphone pour me montrer des photos de la tenue qu'il portera.

— C'est Arsène Lupin, le thème ?

— Tu ne crois pas si bien dire. En fait, la collection a été inspirée par Belladonna, une légende locale aussi surnommée « le pickpocket mondain ».

Gavin me raconte les exploits hallucinants de la muse de Shaw'n'Janed.

— Le défilé va être sensas' !

Cade jette un œil à son téléphone et s'excuse pour aller accueillir les nouveaux invités. Je me demandais comment ils savaient que nous étions arrivés avec Ophélie, vu le bruit ici. En fait, il y a une caméra dans le couloir.

Profitant de ce qu'on est seuls tous les deux, je demande :

— Pure curiosité : qu'est devenu Andy le conducteur de train ?

— Celui qui me donnait envie de faire tchou-tchou ?

Nous sourions de concert.

— Le revoir m'a fait du bien. Ça m'a rappelé que j'avais envie d'aimer vraiment, pas juste enchaîner les plans.

— Mais pas avec lui ?

Gavin secoue la tête.

— Pas avec lui. Passer un moment ensemble, ça a fait remonter beaucoup de souvenirs qui appartiennent au passé. Cade est mon avenir. Et toi, comment tu vas, mon pote ?

— Bien. Vraiment bien.

— Tu as l'air toujours aussi amoureux d'Ophélie.

— Plus que jamais. Cette fille me rend dingue…

— Qui te rend dingue ?

La concernée se presse contre moi. Je l'entoure de mon bras.

— T'arrives au bon moment, toi, raille Gavin. Dis-moi, Ophélie ! Tu n'es pas jalouse qu'Evan continue d'être mannequin ? Avec toutes les femmes qu'il peut croiser, je veux dire.

Elle hausse les épaules avec désinvolture.

— Je ne vais pas lui dire ce qu'il a à faire. J'ai confiance en lui.

— Et puis, je te rappelle que je suis demi-sexuel, interviens-je. Le désir n'a toujours rien d'automatique pour moi. S'il y a bien une personne qui peut dormir sur ses deux oreilles, c'est Ophélie.

— C'est clair ! Et de toute façon, je ne suis pas jalouse de nature.

— Eh bah ! Plus rien ne peut vous arrêter, vous deux, commente Gavin. Ça fait plaisir de vous voir solides comme ça, après tous les doutes que vous avez eus sur vos différences.

— C'est vrai que ça a été compliqué, admet Ophélie. Mais ça a fini par faire notre force.

— Vous avez plus qu'à nous faire deux mioches, prendre un pavillon, un golden retriever et tout sera bouclé.

— Bien sûr, se moque Ophélie. Je n'ai pas l'intention de quitter Paris et un golden retriever ne serait pas très heureux dans trente-cinq mètres carrés. Et pour les enfants, on va passer notre tour. Je n'ai aucune envie de devenir mère. J'ai d'autres aspirations, d'autres rêves.

— Là-dessus, on n'a pas eu besoin de débattre, renchéris-je. Vu l'enfance horrible que j'ai eue, je me passerai de devenir père.

Gavin mordille le bord de son verre, puis demande :

— J'en déduis qu'aucun de vous deux n'a amélioré ses relations familiales.

— J'ai tiré un trait définitif sur ma famille, affirmé-je.

La lâcheté de mon père est impardonnable à mes yeux. Il

ne voulait pas de moi dans son passé, je ne veux pas de lui dans mon avenir. Son ex-femme ne mérite même pas que je lui accorde une pensée.

— Moi je reparle un peu à ma mère, avoue Ophélie. De temps en temps, on s'appelle. Ce n'est plus comme avant, mais je ne voulais pas complètement couper les ponts. Mon père, par contre...

L'amertume de son rire en dit long. Elle vide sa coupe de champagne et part s'en resservir une autre.

— Elle a l'air d'avoir besoin de décompresser, me glisse Gavin une fois que nous sommes uniquement tous les deux. Tu es sûr qu'elle va bien ?

— Ça allait mieux ces derniers temps, mais le procès de Claude vient d'avoir lieu, expliqué-je. Il a été condamné à trente ans de réclusion criminelle pour homicide volontaire avec préméditation. Ça a beaucoup remué Ophélie, mais ça finira par passer. Elle est bien entourée et elle a trouvé un équilibre qui l'épanouit.

— J'en reviens toujours pas qu'il ait pu faire ça...

— Moi non plus.

Gavin me presse l'épaule dans un geste réconfortant.

— Et si on allait souffler mes bougies ? me propose-t-il.

— Tu ne veux pas attendre minuit ?

— Je ne peux plus attendre quand je vois la pile de cadeaux qui m'appelle.

Il m'adresse un clin d'œil. Sa légèreté chasse les nuages qui s'amoncellent dans mon ciel complexe. Le sourire aux lèvres, je lui emboîte le pas, prêt à profiter de cette soirée comme il se doit.

Bonus 3

Ophélie
Trois ans plus tard

Étendue sur le canapé, le dos calé grâce à un coussin rembourré, je suis plongée corps et âme dans mon dessin. Cela fait cinquante fois que je reprends cette tenue, mais je ne suis pas satisfaite. Le clou du spectacle de ma première collection doit être sensationnel, je ne peux pas me rater là-dessus. Je bosse comme une folle depuis des années pour que mon lancement prouve mon talent. Je ne lésine ni sur les heures, ni sur la précision. Me précipiter pour échouer ne m'intéresse pas.

Alors que j'agite ma gomme, mon téléphone sonne. En voyant le visage d'Aline, je décroche et pose mon téléphone sur la table basse.

— Je suis en train de dessiner, meuf ! Je t'ai mise sur haut-parleur.

— Parfait ! J'ai fait pareil, je m'applique du vernis. Je voulais savoir si tu t'en sortais avec le dessin de la dernière pièce ?

— Pas encore. Je m'arrache les cheveux.

— T'as essayé les modifications dont on a parlé jeudi ? Je

pense vraiment que jouer sur les contrastes à la taille et les volumes aux épaules peut régler le souci.

— Je suis sur le coup. Merci encore pour tes conseils. Je serais larguée, sans toi.

— N'importe quoi. C'est du détail tout ça. Le diamant brut, c'est toi. Et tu me trouveras à tes côtés de A à Z pour ton avènement en tant que grande créatrice.

Mon rêve de faire de mon nom de famille une référence dans le milieu de la Haute Couture pourrait se réaliser, si les planètes s'alignaient. Ce serait l'occasion de prendre ma revanche sur mon père : que les gens pensent à moi lorsqu'ils entendent « de Montmorency » et plus à lui.

— N'empêche que j'ai bien fait de décliner la proposition de Victoria Bellucci. Si j'avais accepté d'être l'hôtesse de son émission en France, je n'aurais pas eu de temps à consacrer à mon projet.

Quelques semaines après le tumulte milanais, Victoria m'avait recontactée pour reparler de tout cela. Elle m'avait à nouveau confirmé que je n'avais pas quitté la liste des candidates potentielles. Elle est revenue vers moi une seconde fois quatre mois plus tard pour me dire que le projet était lancé et qu'elle me voulait. J'ai choisi de miser sur mon talent en le mettant à mon service, plutôt qu'à celui d'une autre.

Espérons que la vie me le rende…

— C'est clair, renchérit Aline. Et puis, Luce Malvoisie assure dans ce rôle. Comme quoi, chacune est sa place.

— Tu crois vraiment que la mienne est celle d'une grande créatrice ?

— C'est tout le mal que je te souhaite, Ophélie.

— Merci, meuf ! On croise fort les doigts.

La porte d'entrée de l'appartement s'ouvre.

— Aline, je te laisse. Evan vient de rentrer ! On se parle plus tard ?

— Ça marche. On se voit lundi ! Bisous.

— Bisous.

Je clique sur le bouton rouge, mon écran se verrouille. Evan apparaît sous mes yeux, l'air pensif. Il dépose un baiser aérien sur mes lèvres. Je fronce les sourcils, étonnée.

— Tu as passé une bonne journée ? me demande-t-il.

— Plutôt, oui. Et toi ?

— Hum.

— Hum ? répété-je en imitant son mystérieux bruitage.

— Oui.

Evan se met à faire les cent pas, les mains dans les poches. Il déplace ainsi un bibelot sur le guéridon dans l'angle de la pièce après avoir posé un truc dessus, ouvre le réfrigérateur mais n'en sort rien, puis observe à travers la fenêtre. Distraitement, il m'interroge :

— Tu as passé une bonne journée ?

Cette fois c'est le signal : un truc cloche.

— Crache le morceau, 176 !

Il pivote pour me jeter un regard plein d'innocence.

— Quoi ?

— Je vois bien qu'il y a un truc qui te tracasse. Parle-moi !

Soucieuse, je pose mes affaires de dessin sur la table basse, me lève et le rejoins.

— Tout va bien, je t'assure.

— Tu es un excellent mannequin mais un très mauvais comédien. C'est quoi, ça ?

Je m'approche du guéridon pour m'emparer de ce qu'Evan a posé et qui s'apparente à… une carte postale. Si celle-ci est timbrée et que notre adresse s'y trouve bien, sous le nom d'Evan, il n'y a en revanche aucun message écrit. C'est curieux, qui enverrait un souvenir de vacances sans prendre le temps de rédiger un mot ?

— Tu sais de qui ça vient ? le questionné-je.

— Linda, je pense. Ça doit être sa manière de me dire qu'elle va bien, sans prendre de risque.

— C'est donc ça qui te rend tout bizarre ?

— O… oui. Voilà.

Je plisse les yeux.

— Tu sais toutes ces fois où tu joues le comportementaliste et que ça m'agace ?

— Oui ?

— Figure-toi que c'est mon tour, rétorqué-je en jubilant. Sudation excessive du front et des mains, regard fuyant, démarche pesante. Tu me caches quelque chose, Evan. Et ça n'a rien à voir avec cette carte postale. Dis-moi de quoi il s'agit ou je vais commencer à m'inquiéter…

À en juger par la boule logée au creux de mon ventre, je crois que c'est déjà fait. Après toutes les sales découvertes que j'ai faites sur les personnes les plus proches de mon entourage, je ne peux pas m'empêcher de penser au pire.

Evan grimace puis finit par relâcher ses traits, signe qu'il capitule. Il fouille dans sa poche pour en sortir un briquet et me le tendre. Je le réceptionne, un peu étonnée. À l'observer sous toutes les coutures, je ne lui trouve rien de particulier.

— Un briquet, commenté-je. C'est pour quoi ?

Evan passe nerveusement la main dans ses courts cheveux bruns.

— Pour te déclarer ma flamme, me répond-il sérieusement.

D'abord perplexe, je finis par éclater de rire.

— Waouh, 176 ! raillé-je. Pour avoir droit à une expression, j'en déduis que tu avais préparé ta vanne.

— Tu n'as pas idée, murmure-t-il du bout des lèvres.

Evan pose un genou à terre. Mon cœur tombe dans mon estomac. L'envie furieuse de lui demander ce qu'il fait me taraude, mais ce serait la question la plus stupide du monde. Je sais très bien ce qu'il est en train de faire et… *oh mon Dieu !*

Il s'empare de ma main, s'éclaircit la gorge, puis me dit :

— Ophélie, ça fait plusieurs années qu'on vit ensemble, maintenant. Encore davantage que je suis amoureux de toi. Tu sais combien la poésie est complexe pour moi, avec toutes ses subtilités, alors je ne vais pas m'étendre. Je veux juste que tu saches combien tu as changé ma vie. Tu n'imagines pas à quel point je suis reconnaissant de me réveiller chaque matin à tes côtés. Tu es la seule femme qui ait su me sortir de l'indifférence et pour ça, je suis le plus chanceux des hommes.

L'adrénaline pulse dans mes veines. Mes jambes tremblent tellement que je pourrais m'effondrer. Evan sort de derrière son dos un écrin en velours bleu marine. Il l'ouvre et sous mes yeux se dévoile une sculpture représentant deux personnages : une princesse agenouillée devant un chevalier. C'est elle qui lui tend une bague en or sertie de diamants sur toute sa longueur.

Alors qu'une larme s'échoue sur mes lèvres, un gloussement m'échappe.

— J'ai envie de rire et de pleurer en même temps…

Evan me sourit. La maladresse et l'appréhension peignent des nuances craquantes sur son visage parfait.

— Ophélie, me ferais-tu l'honneur de devenir ma femme ?

Des milliers d'aiguilles me transpercent la peau. La chaleur irradie dans ma poitrine. Mon cœur va exploser. L'esprit libre du moindre doute mais la voix tremblotante, je prononce solennellement trois lettres que j'ai dites tant de fois auparavant sans y prêter attention et qui aujourd'hui s'apprêtent à sceller mon avenir.

— Oui.

FIN

Remerciements

Au terme de cette trilogie, je tiens à vous remercier, vous, mes lecteurs et lectrices.

Que vous me suiviez depuis le début de ma carrière ou que vous ayez pris le train en cours de route.

Que vous me lisiez dans l'ombre ou manifestiez publiquement votre ferveur.

Que vous souriiez à mes traits d'humour ou que vous pleuriez au détour d'une page poignante.

Que vous affectionniez mes dialogues triviaux ou que vous préfériez mes élans de poésie.

Si l'histoire d'Evan et Ophélie véhicule plusieurs messages, ma vie entière en porte un, elle aussi : soyez qui vous êtes. L'amour n'a de valeur qu'à travers votre authenticité. Soyez trop ou pas assez, mais soyez vous.

C'est comme ça que je vous aime.

Kentin

Composé et édité par HarperCollins France.

Achevé d'imprimer en décembre 2023.

FIRMIN-DIDOT

à Mesnil-sur-l'Estrée (Eure)

Dépôt légal : janvier 2024.

Pour limiter l'empreinte environnementale de ses livres, HarperCollins France s'engage à n'utiliser que du papier fabriqué à partir de bois provenant de forêts gérées durablement et de manière responsable.

Imprimé en France